Berger Str. 261, D-60385 Frankfurt/Main
Internet: www.simon-schweitzer.de.

Titelbild: Getty Images; Fotograf: Ryan McVay
Lektorat: Stefanie Reimann
Druck: Prisma-Druck, Saarbrücken
1. Auflage

Fake Off!

Roman von Anke Behrend

Viel Spass!

Röschen-Verlag

Die Autorin

Anke Behrend (geb.: ja) stammt aus dem Herzen Berlins, lebt inzwischen in München, arbeitet seit über zehn Jahren in der Medienbranche als On-Air-Designerin, Regisseurin und Autorin, sie sammelt keine Schuhe, besitzt nur zwei Handtaschen, isst nicht täglich Süßes und wird in Internetforen gelegentlich für einen Mann gehalten.

Fake Off!

I.

Im Chat
(Mia) hi @all
(Bella) hallo :-)
(Listen2Me) Hallo Mia, bist du das auf dem Bild?
(Mia) ja, wieso?
(Listen2Me) sehr hübsch
(Mia) danke
...

Es war Freitag, der zwölfte Oktober. Mein Geburtstag. Der vierzigste.

Schon lange zuvor hatte ich beschlossen, ihn einfach zu ignorieren. Zumal meine neue Steuerberaterin, eine gestandene und mondäne Person um die fünfzig, mich erst vor einigen Wochen ziemlich indezent darauf hingewiesen hatte, dass es mit nunmehr fast 30 (in Worten: dreißig) Jahren an der Zeit sei, mir einen Mann zu suchen. Ihr absolut schmeichelhafter Irrtum zeigte mir aber nur noch deutlicher, wie lange ich mich bereits mit dem Problem herumschlug. Eine halbe Ewigkeit nämlich, leider ohne nennenswerte Erfolge.

Man sieht mir die vierzig nicht an, und so war es nur ein ganz kleiner Schmerz, der sich an diesem Tage ab und zu hinter meinem Solarplexus bemerkbar machte. Ha, das erste Alterszipperlein. Die zweite Lebenshälfte hatte begonnen und ich war Single.

Listen2Me flüstert: wie heißt du?
Mia flüstert: alex (alexandra), und du?
Listen2Me flüstert: Roman
Mia flüstert: schöner name
Listen2Me flüstert: Wollen wir telefonieren?
Mia flüstert: gern, wann?
Listen2Me flüstert: Wie wärs um 16 Uhr?
Mia flüstert: ok. leider muss ich jetzt raus. bis dann, ciao

Computer aus, zusammenpacken, den Zettel mit der Telefonnummer nicht vergessen und schnell nach Hause.

Ich fahre heute Nachmittag nach Gießen zu Judith und bin etwas in Eile. Um sechzehn Uhr wähle ich die Nummer. Es muss auch irgendwo im Hessischen sein.

Fast unmittelbar meldet er sich. Die Stimme ist wohlklingend, dunkel, weich, wie schokoladenbrauner Samt, mit dem melancholisch warmen Timbre eines Cellos, minimale süddeutsche Sprachfärbung. Macht seinem Nick „Hör mir zu“ alle Ehre. Wie er wohl aussieht? Wir plaudern. Er bittet mich, nicht zu berlinern. So so, anspruchsvoll. Oder pseudointellektuell, ein Blender? Seine Sprache ist gepflegt, bedächtig. Er könnte ein kluger Mensch sein, kultiviert und feinsinnig. Auch in der Online-Community pflegt er dieses Image, schreibt eloquente Beiträge, bisweilen allerdings von etwas zweifelhaftem Inhalt. Dann wieder romantisch anmutende Gedichte, deren literarische Qualität sich meiner Beurteilung allerdings entzieht, da ich mit Poesie nicht viel anfangen kann. Wie auch immer, zwischen dem Online-Auftritt einer Person und dem wahren Leben können Welten liegen. Doch darüber kann ich mir später noch Gedanken machen.

Wir telefonieren fast eine Stunde. Er arbeitet zu Hause, ist selbstständig. Vielleicht Anwalt? Architekt? Nein, in der Computerbranche. Ah, ich auch im weiteren Sinne. „Wie schön, das passt ja“, meint er. Hat eine seltsam eindringliche und faszinierende Art zu reden. Und er fragt, interessiert sich, bestimmt das Gespräch, verführt zum Erzählen und schmeichelt.
Schließlich will ich los. Ich habe bis Gießen eine lange Strecke vor mir. Diese Stimme klingt noch in meinem Ohr. Nächste Woche werde ich wieder mit ihm telefonieren. Ein interessanter Mann, schöne Aussichten.

Eigentlich hatte ich es bereits aufgegeben, im Internet nach einem Mann zu suchen. Es ist zu anonym, unpersönlich, beliebig. Auf den einschlägigen Singleseiten komme ich mir wie ein Loser vor. Übrig geblieben unter Übriggebliebenen. Klar, von einer Internetliebe mit Happy End hat jeder schon gehört. Ich auch. Aber gibt es eine Erfolgsgarantie allein durch das Medium? Hat Marx hier Recht: Qualität durch Quantität? Da hab ich mittlerweile arge Zweifel. Von Lottogewinnern hab ich auch schon gehört, trotzdem spiele ich nie. Das Internet ist auch eine Art Lotterie, eine mit vielen Nieten im Topf.

Von denen kann ich bereits ein Liedchen singen:

Zunächst war ich auf einigen kostenfreien Singleseiten unterwegs, die völlige Pleite. Nur Spinner, Dumpfbacken und Perverse jeglicher Couleur. Eine gewisse Ähnlichkeit mit Räumungsverkäufen und Ladenhütern drängte sich auf – Leute auf dem

Wühltisch. Alles muss raus. Wer will das schon. Also versuchte ich mein Glück bei einem kostenpflichtigen und laut Werbung hoch seriösen Anbieter. Die Betreiber sind sicherlich seriös, keine Frage. Für die Leute, die sich dort tummeln, können sie ja nichts.

Vorab gibt es einen „wissenschaftlichen Partnerschaftstest", der allerdings entscheidende Lebensbereiche völlig ausklammert. Und so meldeten sich bei mir scharenweise Männer, die sehr, sehr dringend Familien gründen und Nestchen bauen wollten. Herrje! Des Weiteren gab es „getrennt Lebende" in Kohortenstärke …

Es gibt eine Software-Funktion für die eigenen Suchkriterien, doch diese arbeitet mit fragwürdigem Erfolg. Egal, welche Größe, welche Region man wählt, es melden sich immer wieder Kandidaten unter einsdreißig und aus der Schweiz, obwohl man eigentlich einen großen Friesen sucht.

Der anfänglich verlockend riesige Bewerberansturm verführt zu dem Irrglauben, es würden sich über die Monate ganze Heerscharen an Interessenten finden. Denn man wird als neues Mitglied sofort bei allen in Frage kommenden Kandidaten als „neu" gelistet und damit quasi überlistet. Die Unzahl von Anfragen verleitet schließlich dazu, einen Vertrag abzuschließen. Doch der Boom der ersten Tage lässt schnell nach. Wirkliches Interesse trifft man kaum an. Wenn er/sie es nicht ist, egal, sind ja noch fünfzig andere Traumkandidaten auf der Liste.

Die meisten Männer dort sind Ärzte, Anwälte, Ingenieure, die Frauen sind sicher alle Models, Modedesignerinnen oder in PR-Agenturen beschäftigt. Allesamt sportlich, gepflegt, attraktiv, gut situiert. Seltsam, oder? Ob da nicht doch der eine oder andere Köder-Fake darunter ist? Einen Bäcker oder Busfahrer hab ich nicht finden können. Aber auch nicht unbedingt gesucht, ich geb's zu.

Über den gesamten Zeitraum hab ich mit zehn, vielleicht fünfzehn Männern Mails getauscht. Die meisten fanden mein Bild „sehr hübsch", meldeten sich aber irgendwann nicht mehr; grundlos, klar.

Männer, die Bilder von sich verschickten, schienen meist an gestörter Selbstwahrnehmung zu leiden, denn kaum einer war so toll, sportlich und attraktiv wie selbst beschrieben. Einer ließ mir ein Bild zukommen, welches ihn auf einer Party mit zwei vielleicht 16-jährigen Schnepfen im Arm zeigte. Da frag ich mich: Was will er damit sagen? Wenn jemand schon die 149 Euro für die Agentur ausgibt, warum leistet er sich kein gescheites Foto? Einen

Mister *lost in the eightees* hatte man vergessen aufzuklären, dass Tom Selleck der einzige Mann war, der mit Oberlippenbart und Hawaiihemd wirklich cool aussah. Und dieser Lutz (oder war's ein Lothar?), vorzeigbar und familienorientiert, bezeichnete sich mit seinen 35 Lenzen als junggeblieben. Na Mahlzeit. Was würde der schreiben, wenn er 55 ist? Oder pubertierte der noch? War er noch nicht stubenrein? Vielleicht Windelfetischist? Gibt's alles ...

Der Dings, egal, 39 war nicht nur ein Mann mit Köpfchen (wie schön für ihn). Er strebte eine *„genusvolle erothik"* an und beschrieb seine Aktivitäten als *„leidenschaftlich und lustbeton"*. Das fand ich irgendwie aufregend und fragte ihn per Mail, ob er mit „Lustbeton" etwas über die Art seiner Erektionen mitzuteilen gedenke. Es kam keine Antwort – das Leben kann so hart sein.

Mit einigen hab ich telefoniert. Manche waren sympathisch, andere eher seltsam. Oft bekam man zu hören, was sie bisher für Luschen und Nieten getroffen hatten und wurde den Verdacht nicht los, selbst für eine Lusche gehalten zu werden. Ehrlich gesagt, nach einiger Zeit konnte ich's nachvollziehen.

Da war zum Beispiel der ... nennen wir ihn Horst 47 – ja, das Namensgedächtnis lässt zu wünschen übrig, wenn man erst mal in die Jahre kommt. Tageslichttauglich war Horst und weitgereister Berufsschullehrer aus Neukirchen-Wyhra war er auch, der Horst, der noch Träume hatte, und mich eines Dienstagmorgens um halb acht Uhr das erste Mal anrief. Ich umkreiste gerade mit der Zahnbürste die linken oberen Backenzähne, das Frühstücksei absolvierte seine letzten zwei Kochminuten und meine Neigung, in dieser Situation eine nette Kennlern-Konversation zu führen und dabei das Telefon mit Zahncreme vollzusabbern, ging gegen null. Obschon ich gern erfahren hätte, ob es eher Alb- oder feuchte Träume waren, die den Horst 47 aus Neukirchen-Wyhra schon so früh aus den Federn trieben. Möglicherweise war es auch eine Frühform seniler Bettflucht?

Oder dieser Zahnarzt 43, dem seine ambitionierten und wahrscheinlich ökologisch orientierten Einzelkindeltern so einen störrisch nordischen Namen verpasst hatten: Ikea ... Köttbullar ... Torbjörn! Beschrieb sich als gutaussehenden Kosmopoliten in Jeans und im Anzug, der noch Spaß am Leben hatte, was mich einerseits von ganzem Herzen für ihn freute, andererseits jedoch besorgte, haftet doch dem Wörtchen *noch* der spätherbstlich faulige Duft der Vergängnis an. Und wer will schon einen Mann, mit dessen Freude am Leben es in Bälde vorbei sein kann. Noch glaubte er auch an Liebe und Treue. Und nicht nur das, sondern auch noch – nochmals noch – ganz fest, so erfuhr ich im ersten und letzten Telefonat, an den baldigen Durchbruch, nein, nicht seiner Weisheitszähne, sondern des Geruchsfernsehens. En passant hielt Torbjörn ausgerechnet mir ein umfassendes Referat über die Vermarktung des neuen Fernsehstandards HDTV. Besonderes Augenmerk legte Torbjörn auf den Genusszuwachs, welchen man vom Geruchsfernsehen hätte. Schon ganz kleinlaut vor lauter Bewunderung wies ich auf derzeit noch bestehende technische Probleme hin, schließlich gäbe es ja einiges mehr an Aromen als die drei Grundfarben der additiven Lichtmischung (ja, Torbjörn in Jeans und im Anzug, ich weiß wenigstens, wovon ich rede) Rot, Grün und Blau, welche man problemlos elektronisch verschlüsseln, übertragen und entschlüsselt mittels eines Endgerätes wieder sichtbar machen könne, aber er wiegelte ab. Nein, das wäre bereits in allernächster Zukunft gar kein Problem mehr, selbst wenn die Schauplätze einer Sendung zwischen Badezimmer und Tannendickicht wechseln würden. Klasse, dachte ich, dann riecht es bei mir im Wohnzimmer wie im Wald, in dem ein Dixie-Häuschen steht. Und gleich danach kocht Kerner. Mahlzeit. Nach circa zwanzig Minuten leitete Torbjörn 43, Dr. blend., *noch & noch* gutaussehend, in einer brillanten Argumentationskette anhand der zahlreichen technischen Features moderner Handys und dem Benutzerverhalten ihrer minderjährigen Besitzer den ungeheueren Bedarf der heranwachsenden technophilen Generationen am Projekt Geruchsfernsehen her und fragte schließlich – ob meiner ausbleibenden Reaktionen – etwas verunsichert, nach dem Fortbestehen der Telefonverbindung:

„Hallo? Bist du noch dran?“

Ich war derweil in Duldungsstarre gefallen.

„Ja ... ich ... ich ... glaube, ich muss jetzt Schluss machen. Information overflow ...“ Gott sei Dank, der Knilch ist an mir vorübergegangen.

Und der Dirk (oder Detlef, Dieter?) 39, liebte die Natur, war allem Schönen aufgeschlossen und toleranter Freidenker. Vor allem frei von jeglichen Vorurteilen wollte er sofort wissen, woher aus Berlin ich komme, Ost oder West? Ob und welche Rolle das spiele? Ja, dann wisse man doch sofort, mit wem man es zu tun habe. Schließlich sei doch bekannt, wie die Ossis sozialisiert seien. Schlaues Kerlchen, dieser Dirk/Detlef/Dieter, Chapeau! Dann wisse er ja jetzt auch, warum ich mit so einem *unvoreingenommenen*

Freigeist nicht länger telefonieren und auch sonst nichts weiter möchte. Und jetzt dürfe er mich eine intolerante Zicke mit PMS nennen. Ein Angebot, welches er nicht ausschlagen konnte.

Oder Robert 46, phantasievoll, kreativ, Künstler und Lebenskünstler, von dem ich bereits nach fünfeinhalb Minuten seinen Soll-Kontostand erfahren hatte und nach zehn Minuten um einen Job angegangen wurde ...

Aber: Man kann ja nicht immer Pech haben, nicht mal ich. Schon rein statistisch ist das unwahrscheinlich. Mit Roman alias *Listen2Me* aus dieser Community lässt es sich schon viel besser an. Er doziert nicht, beherrscht unsere Sprache fehlerfrei, ja, sogar überaus gekonnt und hat keine Defizite, die dringend beim Erstkontakt mitgeteilt oder demonstriert werden müssten. Das ist schon viel wert. Und er interessiert sich ganz offensichtlich für mich. Für MICH!

Schon bis zum Halse im Treibsand des momentan noch genauso grundlosen Optimismus versunken, deliriere ich bereits von nachtblauen Maßanzügen, blütenweißen Manschetten, edel aber unaufdringlich glänzenden Budapestern an einem Kerl mit aal-ledernen Accessoires, dem alle diese käuflichen Attribute im Grunde so selbstverständlich und nebensächlich sind wie mir, von dem Bild von einem Manne, Mitte vierzig, einiges über einen Meter achtzig, mit vollem graumeliertem Haar, markanten Zügen, formvollendeten Manieren, immer ein geistreiches, bisweilen auch leicht frivoles Scherzchen auf den Lippen und tiefschürfenden Abstechern in philosophische Gefilde nicht abgeneigt. Von Einem mit der elegant federnden Motorik eines Panthers und dem Sexappeal eines George Clooney. Hach ... lieber Weihnachtsmann, wärdas wohl möglich, ja? Dann vergess ich auch die Sache mit der Eisenbahn, damals, als Lars von den Tanten diese scheußliche überdimensionierte Modelleisenbahnplatte geschenkt bekam, die zu allem Überdruss aus Platzgründen in *meinem Zimmer* aufgestellt wurde! Schmach! Ein dermaßen teures Monstrum, dass ich in jenem Jahr nahezu leer ausging und dafür mit der Tanten-Ansage abgespeist wurde, der Larsi sei ja schließlich mein „Brüderchen" und würde mich, sein „Schwesterchen", sicher auch mal mit der Bahn spielen lassen. (Das gerade 13-jährige Schwesterchen konnte sich gar nichts Besseres vorstellen, als vom 11-jährigen Brüderchen *spielen gelassen* zu werden!) Diese Demütigung bin ich bereit zu vergessen. Wär das ein Deal?

Notice: Diesen Mann will ich!*

*(*Leichte Abweichungen in Farbe, Größe und Ausstattung sind material- und konstruktionsbedingt und stellen keine Qualitätsminderung dar.)*

Roman ist zumindest auf den ersten Blick ganz anders als die Singlebörsen-Abziehbilder, zum Beispiel dieser Tilmann 38. Den gutsituierten Anwalt mit Humor in allen Lebenslagen wollte ich nach einigen Mails und Telefonaten treffen und bin zweihundert Kilometer hingefahren (hatte praktischerweise einen Termin dort). Der Typ bestellte mich dann in einen überfüllten Biergarten. Wären alle Tische besetzt gewesen (höchst wahrscheinlich, bei fünfunddreißig Grad im Schatten), sollte ich mich einfach irgendwo mit ransetzen. Er würde dann vorbeikommen, schauen, ob er mich erkennt. Und wenn er mich erkennt, quer über den Tisch fragen, ob ich das Date aus der Online-Agentur bin? Da musste ich feststellen, dass es an meinem Humor in allen Lebenslagen hapert. Und ein Minimum an Gemeinsamkeiten sollte schon gegeben sein, oder? Der nächste bitte! Gab ja genug.

Also wieder zweihundert Kilometer, wieder Termin wie oben. An einem übersichtlicheren Treffpunkt in der Stadt diesmal. Aber Gunnar 40, Sportjournalist, war nicht grundlos beim lokalen Radio und hatte aus eben diesem Grunde kein Foto mitgeschickt. Er schien mir der verschollene Zwillingsbruder von Bastian Pastewka zu sein, war leider nicht annähernd so komisch, dafür fast so verklemmt wie dessen *Brisko Schneider* und würde, dessen war ich sicher, nie als zweiter solcher im TV reüssieren, denn mit dem einen hat die Nation bereits genug an *Comedians* mit Wabbelkinn und Körperschwerpunkt auf Hüfthöhe. Außerdem hatte er eine extrem feuchte Aussprache und ich keinen Schirm dabei. Okay. Das war's dann. Keine Mails, keine Telefonate, keine Dates mehr. Keine Fakes mehr. Dankeschön.

Der Internet-User unterscheidet drei Kategorien von Fakes:

1. Vorsätzlicher Fake oder Troll – In diese Kategorie fallen User, die im Internet unter Verwendung falscher persönlicher Angaben unterwegs sind und häufig in Chats und Diskussionsforen mit provokantem, beziehungsweise unqualifiziertem Verhalten, auch Trollen genannt, auffallen.

2. Multipler Fake – Wie Typ 1, nutzt aber mehrere Identitäten parallel und wird gemeinhin als *Smurf (engl. für Schlumpf)* oder *Sockenpuppe* bezeichnet. Er bestätigt sich gern selbst durch die

Diskussionsbeiträge seiner verschiedenen Identitäten.

3. Der Wannabe-Fake – Erschafft sich im Internet seine Möchtegern-Identität, die von der realen meist erheblich abweicht.

Ein klassischer Wannabe-Fake ist „*Romantic_Fee*". Auch *Elfe, Engel, Prinzessin, Rose, Stern, Traum* oder *Zauber* sowie *Dream, Kiss, Love oder Magic* sind beliebig kombinierbar: *Engel_Rose, Sternenfee, Zauberelfe, -rose, -sternchen, Traumprinzessin, dreaming_angel, love_rose, magic_kiss* usw. Bei Namen dieser Art ist Vorsicht geboten. Denn im richtigen Leben ist die *Romantic_Fee* natürlich kein Wunsch erfüllendes, anmutig goldgelocktes Zaubergeschöpf im Flatterhemdchen, sondern womöglich 'ne Zonen-Gabi mit rausgewachsener Dauerwelle und ohne Schulabschluss. Ihre reichliche Freizeit verbringt sie mit Hausputz in Unterwäsche. Das hat sie irgendwann bei „Wa(h)re Liebe" gesehen und gleich endgeil gefunden. Sie ist stolz drauf, diese Tätigkeit quasi vom Amt vergütet zu bekommen. So gern und „sexy" wie sie putzt, glaubt sie, die Traumfrau schlechthin zu sein und dazu noch eine gaaanz verruchte. Dementsprechende Fotos stellt sie dann in ihr Online-Profil: Zonen-Gabi in C&A Strapsen – den Kampf gegen die Cellulite hat sie verloren – im Wohnzimmer vor schütterem Ficus Benjamini, im Hintergrund das bekannte Airbrush-Kunstwerk „Träne & Mond", mit Selbstauslöser aufgenommen, *Romantic_Fee*.

Oder der erfolgreiche, gebildete, gepflegte und zudem wahnsinnig charismatische Herr, *Kant_58*. Männliche Wannabe-Fakes nennen sich, wie die Kategorie bereits nahelegt, gern nach bedeutenden Männern, auf dass ein Abglanz fremden Ruhmes auf sie herabscheinen möge. Bei Namen von Philosophen, Künstlern, vornehmlich Schriftstellern, bisweilen auch Sportlern oder Schaupielern, Helden aus Sagen oder Shakespeare-Dramen sowie Fantasy-Gestalten ist Misstrauen angebracht. Denn *Kant_58* ist möglicherweise ein Kandidat, dessen Erfolge so lang zurückliegen wie seine letzte Visite beim Stomatologen. Die Geistesblitze dieses selbsternannten Philosophen sind so kariös, wie seine *Incisiven* und zwar *labial (Schneidezähne, vordere Front)*. So hat er seit Jahren nicht mehr gelacht und öffnet den Mund beim Sprechen nur einen *wönzigen* Spalt, gerade so viel, dass die selbst gedrehte Fluppe nicht aus dem Mundwinkel kippt (vergl. *Kippe*). Immer ein Auge halb zugekniffen, ganz so, als würde die tief stehende Sonne von Dodge City unseren Helden blenden. Doch ist es kein verwegener

Blick, sondern nur der an der stoppligen Wange hochkriechende Qualm, der den Cowboy zwinkern lässt. Genau diese Mischung aus Fluppe und zusammengekniffenem Auge verleiht ihm, so glaubt er, eine irgendwie sehr männliche Ausstrahlung. Das hat er als Dreikäsehoch schon bei Humphrey-ich-schau-dir-in-die-Augen-Kleines-Bogart und Peter Maffay, da war er sechzehn, bewundert. So ziemlich das einzig Gepflegte an ihm ist die Profilneurose. Rund um die Uhr ist er online, sondert im Forum einen Beitrag nach dem anderen ab, alle vom Ausmaß einer mittleren Dissertation, gibt ausschweifend moralistische Sentenzen zum Besten, und die Welt darf sich fragen, was dieser scheinbare Privatier eigentlich sonst noch treibt und wie er seinen Lebensunterhalt bestreitet. Was für ein Kerl!

Beide perfekte Wannabe-Fakes, Schreckgestalten in der virtuellen Geisterbahn. Aber im Unterschied zu den Fakes mit Vorsatz (Typ 1 und 2), zum Beispiel den pubertierenden Jungs, die sich aus Neugier in Erwachsenen-Foren mit entsprechenden Themen einschleichen und mit provokativem Verhalten die Diskussionen aufmischen, glauben Zonen-Gabi alias *„Romantic_Fee“* und *„Kant_58“* mit Inbrunst an ihre Authentizität, sind sich ihrer Täuschung nicht im Geringsten bewusst und nicht nur online ein Fake.

Trotz all der Tiefschläge war ich fest entschlossen gewesen, das Projekt Singlebörse tapfer bis zum Ende der Mitgliedschaft zu durchleiden. Schließlich hatte ich *bezahlt!* Und endlich, nach fünfeinhalb mit Fehlversuchen angefüllten Monaten und beinahe am Tiefpunkt meiner Such-Karriere angelangt, erblickte ich ein Licht am Ende des Tunnels: Daniel 42, unkompliziert und sensibel, der nach schwerer Enttäuschung nach vorn schauen und sich wieder verlieben wollte, spielte sieben Instrumente, konnte lustige Zaubertricks und war – nicht nur kulinarisch, so meine stille Hoffung – ein echter Gourmet. Mit diesem Steckbrief würde Daniel 42 in *Brigittes* Männertyp-Ranking als romantischer, einfallsreicher Genießertyp und exzellenter Liebhaber gehandelt werden. Denn, das weiß heute schon jede Redaktionspraktikantin, so wie ein Mann isst, so liebt er auch. Ebenso aufschlussreiche Übermittler subtil verschlüsselter Botschaften sind seine Schuhe und sein Auto. Trägt er Turnschuhe, ist er sportlich, trägt er Sandalen, ist Sommer, trägt er graue Socken in den Sandalen, vergiss ihn, und fährt er ein großes rotes Auto, ist er Feuerwehrmann. Sollte frau trotzdem noch immer unsicher sein, mit welchem Typ Mann sie es zu tun hat, einfach in seinen Kühlschrank schauen oder auf seinen Handyklingelton achten. Männer sind ja so kalkulierbar – in Frauenzeitschriften.

Daniel 42 sah auch passabel aus, hatte Witz, Charme und konnte eloquent parlieren. Wenn er jetzt noch Erdbeerjoghurt vorm Verfallsdatum im Kühlschrank hat, ist er zudem treu, weiß *Brigitte*. Was wollte ich mehr? Nach zwei oder drei langen Telefonaten wurde sich getroffen. Er sah noch besser aus als auf dem Foto und roch sogar zum Anbeißen. Nach drei Erfolg versprechenden Dates, „Gläschen Wein bei Kerzenschein", dachte ich mir, dieses Jahr ist nun schon acht Monate alt, und wenn ich es nicht wie das vorige ohne Sex mit Zweitbeteiligung verstreichen lassen wollte, läge ich goldrichtig mit diesem gut aussehenden Daniel 42, Virtuose, Zauberkünstler und Gourmet, dem geeigneten Kandidaten für einige amouröse Abenteuer, alles Schöne und vielleicht noch vieles mehr. Gesagt getan. Aber was war das denn? (Ich spare mir die Vorrede quasi exemplarisch.) Wir lagen also im Bett und er küsste mich auf den Mund, besser gesagt, er speichelte meine untere Gesichtshälfte ein. Dann machte er sich ohne Umweg über erogene Zonen zwischen meinen Beinen zu schaffen. Ich gab einige Geräusche von mir, teils anstandshalber, teils aus Protest, den er gänzlich missdeutete. Nach circa drei Minuten kam es zum Koitus – weitere zwei Minuten später kam er. „Uaaah!" Fertig.

Nach einem erneuten und endgültig ernüchternden Versuch stand fest, der Sex mit ihm war lausig, aber gottlob kurz.

Da beschloss ich, Alex, alias *Mia,* zu diesem Zeitpunkt noch 39, noch einigermaßen vorzeigbar und *noch* Single, nach einigen schweren Enttäuschungen wieder nach vorn zu schauen und war bereit, mich neu zu verlieben …

Diese und andere desaströse Dating- und Online-Erfahrungen gehen mir auf dem Weg zu Judith durch den Kopf.

Nach einer ruhigen Fahrt, vorbei an Thüringens Bergen und Burgen, verbringe ich ein paar schöne, erholsame Tage mit meiner besten Freundin Judith in Gießen. Wir spazieren mit ihren Hunden durch die Landschaft und philosophieren über das Leben – und über Männer natürlich. Rein beziehungsmäßig ist Judith der totale Gegenentwurf zu mir. Das Reziprok sozusagen. Während Männer in meinem Leben durch ihre Abwesenheit ein zentrales Thema darstellen, ist es ihre schiere *Anwesenheit*, sowohl in nahtlos aufeinander folgenden Beziehungen, als auch im Heer potenzieller Kandidaten, mit der Judith nicht selten zu kämpfen hat. Und ich frage mich des Öfteren, wie macht sie das? Macht sie überhaupt etwas? Wie fühlt es sich an, ständig von einer Entourage an Verehrern umschwärmt zu werden? Was fehlt mir, um diese Wirkung zu erzielen? Und will ich das überhaupt? Oder um es mit Kant_1724 zu formulieren: „Was kann ich wissen, was kann ich hoffen, was muss ich tun, wer bin ich?" Da sieht man's wieder, wie irdisch die Philosophie sein kann …

Sonntagnachmittag verabschiede ich mich von Judith und begebe mich auf den Heimweg nach Leipzig. Heute Abend telefonieren wir wieder, Roman, der Mann mit der samtenen Stimme, und ich.

Seine Stimme klingt genauso, wie ich sie in Erinnerung habe. Wir erzählen aus unserem Leben. Er ist wohl ein kluger und sehr einfühlsamer Mensch. So einen suche ich. Es macht sich die erste leise Hoffnung breit, daraus könnte etwas mehr werden. Und nichts wünsche ich mir sehnlicher, als dass mein Leben sich ändert, dieser Alltagstrott ein Ende nimmt. Nicht, weil es jetzt an der Zeit wäre für die obligatorische Midlife-Crisis. Das ist es nicht. Denn in vieler Hinsicht ist mein Leben, so wie es ist, vollkommen in Ordnung. Ich hab einen wirklich guten Job, der sehr viel Spaß macht und genug Geld zum Leben abwirft, einige wenige, dafür aber richtig gute Freunde, eine schöne Wohnung und bin im Allgemeinen nicht frustriert über meine Situation. Dennoch fehlt das sprichwörtliche Salz in der Suppe. Das Privatleben eben. Und wäre es für's Erste nur eine Fernbeziehung, es sollte mir recht sein. Man könnte sich in aller Ruhe kennen lernen, sich besuchen und hätte doch genug Raum für sich selbst.

Dienstagabend. Diesmal ruft er an. Aufmerksam, konstatiere ich erfreut.

Nachdem Roman die letzten Jahre im europäischen Ausland verbracht hat, ist er nun seit einigen Monaten wieder in Deutschland und wohnt in einer Art WG bei einem alten Freund, Richie. Nach einschneidenden Ereignissen in seinem Privatleben habe er beschlossen, hier völlig neu anzufangen, ohne Geld, ohne Wohnung und nur mit dem Nötigsten in zwei Koffern. Mit seinem Freund plane er, eine Firma zu gründen, für die er eine Software entwickle. Von Richie bekomme er dafür etwas Taschengeld, fünfzig Euro pro Woche.

Ganz schön mutig? Leichtsinnig? Dämlich?

Ich bin geneigt, es für ihn positiv zu interpretieren und seine Lebensumstände aus unserem Kennenlernen herauszuhalten. Denn diesen Mann will ich. Zumindest das, was ich bis jetzt von ihm kenne. Irgendwann muss es ja klappen, und diesmal fängt es so gut an. Ja, Roman interessiert sich sehr für mich, will alles von mir erfahren. Kaum zu glauben, aber dieser Mann will mich – *diesen Mann will ich!*

Er meint von sich, eine starke spirituelle Ader zu haben und ohne Probleme sehr bescheiden leben zu können. Es gäbe in der modernen Welt ohnehin nur eine Herausforderung für einen intelligenten Menschen: Völlig mittellos in einem fremden Land innerhalb eines halben Jahres eine Existenz aufzubauen. Ob er das schaffen wird? Immerhin hat er mildernde Umstände, einige Freunde, eventuell alte Kontakte und ein nur marginal fremdes Land. Denn nach zehn Jahren hat sich so viel nicht geändert. Er sei damals aus Deutschland weggegangen, weil ihm das politische Klima nicht mehr zugesagt hätte, erzählt er weiter. Die Rechten hätten ihm zu sehr an Einfluss gewonnen, vor allem auf der Straße. Er lege sehr großen Wert auf ein menschenfreundliches Klima. Mit Ausländerhass und jeglicher Form von Menschenverachtung könne er in keinem Falle leben. Erfreut verbuche ich diese Einstellung sogleich auf Romans ideeller Haben-Seite.

In den nächsten Tagen rufe ich ihn an, denn Richie sieht es nicht gern, wenn Roman lange Ferngespräche auf seine Kosten führt. Als Richie eines Abends selbst am Apparat ist, staune ich über seinen mürrischen Ton. Roman meint, es gäbe Spannungen zwischen ihnen. Er sei zwar ein sehr angenehmer Gast, unaufdringlich, dezent und bescheiden, doch Richie hätte diverse Probleme im Job, mit Frauen und häufig üble Launen. Roman müsse demnächst dort weg, sonst drohe die Situation zu eskalieren. Nun, das verstehe ich gut. Gäste, manche zumindest, und Fisch beginnen nach spätestens drei Tagen ungenießbar zu werden. Und Roman wohnte nun bereits seit Monaten bei Richie in einer kleinen 2-Zimmerwohnung.

Wir telefonieren fast jeden Abend ausführlich. Er bittet mich, Fotos von mir zu mailen. Ich hasse es, fotografiert zu werden, finde mich extrem unfotogen. Es gibt nur ein gescheites Foto, das er bereits kennt. Aber er bittet und bettelt. So fotografiere ich mich zu Hause vor dem Spiegel mit meiner Digicam, was eine heikle Angelegenheit ist, kein richtiges Licht, der Hintergrund ungeeignet. Es dauert Stunden, bis ich mit dem Ergebnis halbwegs zufrieden bin. Er ist so begeistert, süß. Ja, manchmal ist er wie ein kleiner Junge, einfach unwiderstehlich. Er hat sein Lieblingsfoto von mir als Schreibtischhintergund auf dem alten Laptop installiert, das er von Richie für den Job zur Verfügung gestellt bekommen hat. Was für ein Kompliment. *Diesen Mann* … Und irgendwann muss ich ja auch mal Glück haben. Sonst wächst sich das Ganze noch zur Torschlusspanik aus.

Wir reden über materielle Dinge. Darüber, dass er alles zurückgelassen hat. Dinge, Besitz bedeuten ihm heute nicht mehr viel. Sie machen abhängig, unfrei, meint Roman. Ich, dagegen, hänge durchaus an einigen Sachen wie Fotos und Möbeln. Sie gehören zu meinem Leben, und ich halte sie in Ehren. Zum Beispiel dieses wunderschöne Vertiko von meiner Oma. Es sieht aus wie ein Schloss mit seinen geschwungenen Türen, den kleinen Säulen, Ornamenten und dem herrlichen Wurzelholzfurnier. Dieses Vertiko würde ich niemals weggeben. Es erinnert mich an meine Oma, bei der ich aufgewachsen bin und die ich sehr lieb hatte. Wenn ich es ansehe, scheint es Geschichten erzählen zu wollen aus der guten alten Zeit. Davon, wie es später Jahrzehnte auf dem Dachboden des kleinen Häuschens verstaubte. Und von seiner glücklichen Rettung, als ich es vor nunmehr zwanzig Jahren zu mir nach Berlin in meine 1-Zimmer-Altbauwohnung holte. Von Staub und Holzwürmern befreit, führt es nun ein komfortables Leben, wieder in der Gesellschaft genau desselben alten Schreibtisches, mit dem es damals in einer winzigen Kammer ein Schattendasein unter Kram und Gerümpel fristete. Meine Oma würde sich bei mir wohl fühlen.

Meine Oma. Ich erinnere mich noch genau an den Tag, als sie plötzlich fort war. Mein Vater hatte sie weggeschickt, zurück in das kleine Kaff in Sachsen-Anhalt. Er war überzeugt, sie sei schuld an den Eheproblemen meiner Eltern gewesen, völlig verkennend, dass das Sich-gehen-lassen meiner Mutter und seine daraus folgende Untreue eine unheilige Allianz gebildet hatten, und nur Oma die Familie noch zusammenhielt. Das war kurz bevor ich in die Schule kam. Drei Jahre später starb meine Oma. Ich hab sie nur noch ein Mal gesehen.

Roman findet unsere Einstellung zu persönlichem Eigentum durchaus kompatibel. In diesem Falle zu meinem Eigentum, denn Erinnerungsstücke hat er keine. Nicht einmal Fotos. Die Ex habe alles irgendwie Wertvolle mitgenommen. Mit ihrem neuen Lover in einer Nacht- und Nebelaktion quasi das gesamte Haus ausgeräumt. Seine finanzielle Situation ist prekär. Sich aber von einer Frau aushalten zu lassen, sei für ihn undenkbar. Gott sei Dank, ist Richie ein Mann, denk ich mir. Denn ich würde keinen Mann aushalten. Niemals. Und ich könnte es mir auch gar nicht leisten.

Er liest mir eine Geschichte vor. Von einem kleinen Jungen. Die Mutter liebt ihn nicht, hätte ihn lieber abgetrieben, sagt sie ihm oft. Später erfährt er, was das bedeutet. Er ist ihr im Wege, sie sperrt ihn weg, schlägt ihn. Der Stiefvater schlägt ihn. Eines Tages hat er einen Unfall, fällt vom Klettergerüst. Die neue Hose ist zerrissen, der Pulli dreckig, die Knie blutig. So traut er sich nicht nach Hause, hat Angst vor den prügelnden Eltern. Als er endlich doch nach Hause schleicht, kommt, was kommen muss. Er wird grün und blau geschlagen.

Misshandelt, missbraucht, geschlagen - bis er mit achtzehn Jahren das Haus verlässt. Der kleine Junge ist Roman.

Mir laufen die Tränen. Ich muss das Telefonat beenden. Zu sehr erinnert es mich an meine eigene Kindheit. Nein, nennenswerte Prügel gab es nicht, doch das Gefühl, unerwünscht zu sein, kenne ich nur zu gut. Und es drängt sich eine längst vergessene Begebenheit in mein Gedächtnis. Ich war vielleicht zehn Jahre alt. Ob meine Eltern bereits geschieden waren, weiß ich nicht mehr. Damals bekam ich Gürtelrose, einen sehr schmerzhaften Ausschlag an der Taille von der Größe einer Handfläche, von dem ich damals annahm, man könne daran sterben, denn die Schulkameraden hatten das irgendwann erzählt. Aus Angst vor Schwierigkeiten und Ärger hab ich meiner Mutter nichts erzählt. Sie bemerkte auch nichts. Wie das möglich war, ist mir bis heute ein Rätsel, denn ich konnte mich kaum bewegen. Aber Ärger wollte ich auf keinen Fall, dann lieber sterben. Gestorben bin ich nicht.

Diese Geschichte maile ich ihm, denn reden kann ich darüber nicht. Aber er soll verstehen, dass ich zumindest einige von seinen Erlebnissen nachvollziehen kann.

Er antwortet sehr warmherzig und verständnisvoll. Wie kann eine so süße Katze unerwünscht sein?

Roman ist ein sehr feinfühliger Mensch. Fast könnte man meinen, dass er mich schon lange kennt, so genau kann er meine Gefühle nachempfinden, weiß er, ja, spürt er, was ich denke.

„Wie schwer muss es sein für eine Frau wie dich, einen adäquaten Mann zu finden. Einen Partner.

... Stimmt das?“

„Hmhm."

„Wie musst du sie satt haben, all diese lärmenden Möchtegerns, die Dir nicht das Wasser reichen können.

... Stimmt das?"

„Hmhm."

„Die keine Manieren haben, keinen Geist, keinen Stil und keine Brillanz, die dich nicht sehen, nicht erkennen können, die dich nicht begreifen, sondern nur begrapschen wollen.

Wir fühlen uns alle manchmal einsam.

Und du fühlst dich sehr oft schrecklich einsam.

... Stimmt das?"

„Hmhm. Manchmal schon ..."

„Eine Frau wie du, eine Frau mit deinen Ansprüchen, mit deinem Potenzial, die sehnt sich nach Tiefe, nach Gewissheit.

... Stimmt das?"

„Ja ..."

„Ich verstehe dich. Denn mir geht es nicht anders, weißt du, Kleines. Aber jetzt, wenn du willst - und du willst, das spüre ich - hat das alles ein Ende. Jetzt haben wir uns gefunden, wir zwei, meine Schöne. Ich weiß, was du brauchst, damit deine Wunden heilen. Meine Katze. Bald wirst du glücklich sein. Ja?"

„Ja."

Diesen Mann will ich! Klingt kitschig, ist aber so

Meine schöne Katze, so nennt er mich inzwischen stolz und begeistert.

Seltsam, meine Mutter nannte mich gelegentlich auch so.

Meine Mutter war ein Fall für sich. Am deutlichsten entsinne ich mich ihrer Bigotterie und dem moralinsauren „das-darf-man" und „das-darf-man-nicht"-System. Meine Erziehung beruhte ganz auf dieser Dualität. „Man" als universaler Taktgeber des pädagogischen Alltags. „Man" hatte immer Recht und machte einfach *alles* richtig. „Man" schien unfehlbar zu sein. Verhielt man sich wie „man", befand man sich auf der sicheren Seite. Wer denn dieser ominöse „man" eigentlich war, fragte ich mich nicht selten und folgerichtig auch eines Tages meine Mutter. Darauf lachte sie nur hysterisch:

„Huhuhu, wer *man* ist, huhuhu, *das* Kind kann Fragen stellen!"

„Man" war natürlich erwachsen, soviel war klar, was automatisch zur Folge hatte, dass Erwachsene immer korrekt handelten. Auch irrten sie quasi nie, und bestimmten je nach Laune, was für „man“ richtig oder falsch war. Als „man“ mir irgendwann von Gott erzählte, glaubte ich zunächst, er wäre „man“.

Es wird immer deutlicher, dass Romans und mein Lebenslauf trotz erheblicher Unterschiede jede Menge Parallelen aufweisen. Ich kann nicht umhin, das als gutes Omen zu deuten. Wir sind beide von unseren Großmüttern betreut worden. Unsere Mütter waren Lehrerinnen, die Väter meist abwesend. Beide hatten wir keine harmonische Kindheit und auch in Beziehungen wenig Glück.

Wir mögen die gleichen Dinge und scheinen einen ähnlichen Geschmack zu haben. Aber es zeichnen sich auch Differenzen ab. Mein Wunsch allerdings, endlich eine Liebe, eine Beziehung zu finden, ist stärker als die Unsicherheit. Roman hat ja so recht, ich fühle mich einsam, verdammt noch mal. Das muss doch irgendwann ein Ende haben. Und so mache ich mir keine Gedanken über die kleinen Wölkchen, die das harmonische Bild trüben könnten. Denn seine derzeitige Situation und das dramatische Scheitern seiner letzten Beziehung lassen Fragen offen, die ich im Moment nicht recht formulieren, geschweige denn stellen kann. Außerdem haben wir uns bis jetzt nicht gesehen. Also scheint es für einige Fragen eh zu früh.

In der Community schreibt Roman von sich, jeden Tag mit Ruhe und Gelassenheit in den Spiegel schauen zu können und ein sehr großzügiger und bescheidener Mensch zu sein, der in Tiefe, Energie und Konstanz fließt. Ein Mann mit seiner Autonomie brauche nicht, benötige nicht, nein, er würde einzig schenken und ermöglichen. Er könne Halt geben und Sicherheit. *Dieser Mann* scheint so souverän zu sein, in sich ruhend, ganz bei sich.

Ob es das ist, was ich suche? Ob er das ist, was zu sein er vorgibt? Oder phantasiert er sich das nur zusammen? Lebt er womöglich in einem virtuellen Traumgebäude? Noch kennen wir uns nur vom Telefon, noch ist alles möglich.

Eines Abends am Telefon frage ich Roman, wie er eigentlich auf mich gekommen ist, dort im Chat eben dieser Community, die ich mir schließlich suchte, nachdem ich das Projekt „Partnerbörse“ ad acta gelegt hatte. In dieser Com wimmelt es von Singles, wenn es auch nicht primär eine Single-Site ist. Im Büro gibt es immer mal wieder Leerlauf, und ich nutzte diese Zeit, um mich im Internet umzusehen.

Er sagt, es sei zunächst das Foto gewesen, das er in seiner

Bearbeitung sehr stilvoll fand – zurückhaltend und deshalb so interessant. Die Bildbearbeitung, na prima. Mein Aussehen war's also nicht, denke ich etwas säuerlich, relativiere meine Entrüstung jedoch sogleich, wäre es doch schrecklich oberflächlich von ihm gewesen, nur von meinem Äußeren ausgegangen zu sein. Und dann wäre da noch die Tatsache gewesen, dass ich ihn im Chat einfach angesprochen hätte. Er hätte das irgendwie mutig gefunden. Mutig? Ich muss schmunzeln. Denn in Wahrheit hat er mich angesprochen. Aus den diversen Forumsbeiträgen war zu erkennen, dass Roman zu den Großkopferten dieser Com zählte. So jemanden hätte ich, unerfahren wie ich zu diesem Zeitpunkt war, niemals angechattet. Aber ich lass ihm die Freude seiner Version, denn er behauptet felsenfest, niemals eine Frau im Chat anzusprechen. Er habe das nicht nötig, würde so häufig angebaggert werden, dass es ihm schon lästig sei. Tja, *dieser Mann* ist wirklich begehrt und wohl einer der Ersten, dem das wirklich lästig wäre.

Inzwischen haben wir bei unseren abendlichen Telefonaten auch mehr und mehr intime und erotische Themen. Am Telefon ist es leicht, unbefangen zu reden, und so erzählt er mir sehr offen von seinen Träumen, Wünschen, Phantasien und das alles mit seiner beeindruckenden, erotischen Stimme, in einer sehr gewählten Sprache. Diese Gespräche sind anfangs oft von einer romantischen knisternden Atmosphäre beherrscht. Und sie erzeugen einen hohen Erwartungsdruck, sorgen für ein aufregendes Kopfkino, auch wenn die eine oder andere Anleihe aus einem schlechten, sogar sehr schlechten Filmchen zu stammen scheint.

Ausführlich beschreibt er Situationen, die er sich ausmalt, wie er meinen Körper zu verwöhnen gedenkt, fragt, ob ich es mir ebenso vorstellen könne. Meist antworte ich mit einem vielsagenden „Hm“, denn längst nicht alles, was in der Vorstellung präsent ist, drängt nach tatsächlicher Umsetzung. Und kaum ist die Stimmung aufgeheizt, kommt er mit diesen verklemmten, spätpubertären Phantasien, von denen ich mich frage, wo er sich die eingetreten hat. Im Erotik-Bereich der Community vielleicht? Zum Beispiel fände Roman es aufregend, wenn ich beim Spazierengehen keine Unterwäsche trage. Au Backe! Das ist ja nachgerade *pervers!*

„Hm“, ich beiße mir auf die Zunge.

Könnte ich mir vorstellen, im Café, am Tische sitzend, den Slip auszuziehen? Nun denn, da müsste ich zunächst Schuhe und Jeans ausziehen, dort am Kaffeetisch. Oder wie denkt er sich das?

Vorstellen kann ich mir zwar alles Mögliche. Aber ob ich es auch aufregend im sexuellen Sinn fände? Das käme auf die Situation an. Darauf, was davor zwischen den Protagonisten ablief und später ablaufen könnte.

Ob ich ihn in einen verlassenen Hauseingang ziehen und dort oral verwöhnen würde? Der Spaß wäre wohl eher einseitig. Der erotische Kick an dieser Situation stellt sich mir nicht so recht dar. Aber sei's drum. Auch Sex an außergewöhnlichen Orten würde ihn anmachen. Und jetzt kommt's außergewöhnlich: Auto, Fahrstuhl und Tiefgarage stehen auf seinem Wunschzettel. Umkleidekabine im Kaufhaus hat er sicher nur vergessen. Doll, ich bin ehrlich beeindruckt. Im Fahrstuhl per Knopfdruck auf und nieder.

Mit einem früheren Partner zelebrierte ich Erotik stilvoll wie ein erlesenes Menü, mit wild-romantischen Rollenspielen, einen ganzen Tag lang, ein Wochenende, an einem einsamen Strand, sommernachts in einer Burgruine …

Einmal meint Roman, wir lassen uns so tief in Sex fallen, dass wir davon besoffen sind und nicht mehr wissen, wer wir sind, nur noch spüren. Das hört sich zumindest viel versprechend an, auch wenn er in puncto Außergewöhnlichkeit noch Nachholbedarf hat. Und Sex ist auch nicht alles. *Diesen Mann will ich!* So wie er ist. Notfalls bekommt er eben hier und da Nachhilfe.

Später fragt er mich, ob ich für ihn seine Hure sein möchte. Ups!? *Natürlich nicht!*

„Aber warum denn nicht?"

„Ganz einfach, Roman. Weil Huren ihrem Gewerbe ohne persönliche Emotionen, ohne Exklusivität und gegen Bezahlung nachgehen. Deshalb. Und: Weil es den meisten nicht mal Spaß macht."

Er reagiert verwundert und erläutert sogleich, etymologisch profund wie prägnant, den Wortursprung des Begriffes Hure, welcher zunächst einer indogermanischen Wurzel *qor* für „begehrlich, lieb" entstamme, aus der sich auch das lateinische *carus,* „lieb, teuer" entwickelt habe, und im Althochdeutschen *huor* nicht nur die Prostitution, sondern den außerehelichen Beischlaf im allgemeinen bezeichnete … und so weiter und so fort.

Als er seinen Vortrag beendet hat, entgegne ich etwas konsterniert, dass ich in diesem Zusammenhang nicht den historischen Hurenbegriff samt seiner indogermanischen Wurzel, sondern eben den derzeitigen voraussetze. Das Gespräch endet mit einer winzigen Missstimmung. Aber ich hab wieder was dazu gelernt. Das ist ja auch was.

Tage später sagt er mitten im Gespräch:

„Merkst du was?"

Ich habe keinen blassen Schimmer, was er meint.

„Wir zwei, wir gehören zusammen, ja?"

Diese unbeschreibliche Wärme in Romans Stimme hüllt mich ein, rührt mich fast zu Tränen. *Diesen Mann …*

Fast täglich schreibt er ein Gedicht und stellt es ins Forum. Es sind recht nette Gedichte darunter, die sich durchaus an mich wenden könnten. Ich bin irgendwie angetan. In der Community scheint er einen richtigen Fanclub zu haben. Er hat eine morbid-poetische und auch seltsam romantisierend-geschwollene Art zu schreiben. Für meinen Geschmack ist es zwar oft ein bisschen zu viel tobendes Blutrot, zu neblige Schleier über nachtblauem Weiher, zu dunkel Gemunkel, grausam, gnadenlos, grimmiger Tod, zu viel *Suicide* und anderweitig pathetischer Schiet. Doch was für mich zählt, ist in diesem Falle ja die Intention.

Eines Morgens finde ich in der Liste der neuesten Beiträge einen Eintrag von Roman, den er in die eher untergeordnete Forumsrubrik *Kontaktanzeigen – Er sucht* gepostet hat und bin zunächst erstaunt. Was sucht er da? Doch was ich dann vorfinde, schmeichelt mir schon sehr. Da steht:

„Danke, aber danke nein.
Ich suche nicht.
Ich will nicht gefunden werden.
Ich habe gefunden.
Sie ist klug, wach, verletzlich, weiblich, außergewöhnlich – schön.
Das genügt, denn besser geht es nicht.
Haltet mich gern für ein arrogantes Arschloch.
Es soll mir ein Kompliment sein.
Danke.
Danke, nein."

Du liebe Güte, was für ein Mann. Irgendwann reden wir über Leipzig, die Stadt in der ich seit nunmehr fast drei Jahren wohne. Diese Zeit war lediglich durch ein halbes Jahr Arbeit in Frankfurt unterbrochen. Inzwischen hab ich mich einigermaßen eingelebt. Roman ist in München aufgewachsen. Aber er kann sich vorstellen, die nächsten Jahre in den neuen Bundesländern, vielleicht in Leipzig, zu verbringen. Er war einmal vor zwölf Jahren hier und von dem riesigen Kopfbahnhof, dem größten Europas, sehr beeindruckt. Verständlich. Der Bahnhof ist inzwischen sehr gelungen saniert und umgebaut worden. Als ich davon erzähle, ist Roman skeptisch, beinahe ungehalten. Sie hätten den Bahnhof sicher verschandelt. Er muss es ja wissen. Ob Leipzig eine Oper hat, will er wissen. Ja, und auch das Gewandhaus, weltbekannt, Kurt Masur, du weißt ja. Nein. Und die Thomaskirche, den Thomanerchor, Bach? Auch nicht so recht. Aber Bach ist gut. Sehr gut. Leipzig ist gut.

Wir plaudern über unsere Arbeit, genauer gesagt rede ich über meine. Darüber, wie ich kurz nach der Wende in einer kleinen Firma am Ku'damm angefangen hab, die Computerwelt zu erobern und mich wie Columbus fühlte. Es war eine enorme Herausforderung, auf die ich mich gierig stürzte. Denn ich wollte schon immer bei den kleinen Jungs mitspielen. Irgendwie hatten die immer die spannenderen Spielsachen. Von der finanziellen Lukrativität ganz abgesehen. Technik? Die begeisterte mich. Und so begann ich enthusiastisch, diese Materie zu erkunden. Hab schon todesmutig Systemressourcen editiert, als den meisten PC-Usern der Unterschied zwischen RAM und ROM noch ein Rätsel war. Und bei vielen hat sich daran nichts geändert.

Es wurden Visitenkarten und kleinere Drucksachen produziert. Nach zwei Jahren schließlich konnte ich dort nichts mehr lernen und habe mir einen neuen Job gesucht. Vierfarbretuschen, Bücher, Zeitschriften, Layouts, Filmbelichtungen und jede Menge neuer Technik warteten auf mich. Nach wiederum zwei Jahren war auch das nicht mehr so richtig spannend. Und wie der Zufall es wollte, bekam ich das Angebot, für einen Fernsehsender zu arbeiten. Animationen, 2D, 3D, Audio, Schnitt, wieder neue Technik, neue Programme. Das hab ich natürlich angenommen, obwohl es schwer fiel, für diesen Job Berlin zu verlassen. Aber man war ja Single und flexibel. Was soll's.

Leider erzählt Roman nicht viel von seiner Arbeit. Er war halt ziemlich erfolgreich, hatte eine Menge Geld, einen Chauffeur, eine Hausangestellte. Nun ist alles futsch. Aber es wird wieder. Sicher.

Komisch. Ich lerne Männer immer nur genau in dieser Phase kennen: Wenn alles den Bach hinunter ist. Einer, der sich gerade auf dem Wege zum Zenit befindet, hat bei mir noch nicht vorgesprochen. Ich mache wohl irgendwas falsch. Und es drängt sich die Frage auf, ob ich jetzt schon wieder einen Loser an der

Backe habe? Kann jemand wie Roman überhaupt ein Loser sein?

Nach etwas mehr als vier Wochen wollen wir uns endlich treffen. Roman bittet mich, zu ihm zu kommen. Es würde gut passen. Richie ist im Urlaub, und ich habe einige Tage frei. Allerdings ist es mir fast zu früh, ihn jetzt bereits zu treffen. Denn immerhin, wenn er mir nicht sympathisch sein würde, wäre der rosarote Traum vorbei. Mein Mantra *„Diesen Mann will ich"* könnte ich in den Wind schreiben.

Natürlich führe ich andere Argumente ins Feld. Doch Roman lässt meine Einwände nicht gelten, meint, es gäbe immer einen und zwar *den, unseren,* richtigen Zeitpunkt, welchen man nicht verstreichen lassen dürfe. Es könne eine Tür ins Schloss fallen, eine Chance ungenutzt verstreichen. Ein ganz klein wenig fühle ich mich unter Druck gesetzt, aber auch geschmeichelt und gewollt.

Schlussendlich siegt meine Neugier über die Angst vor Enttäuschung. Ich will ihn sehen, wissen, wie er aussieht. Ist das eigentlich wichtig? Ganz unerheblich ist es zumindest nicht. Ich kenne ein Kinderbild von ihm. Als Kind war er sehr süß. Roman erzählt, dass er mit zwanzig gemodelt hat. Also wird er passabel aussehen, wenn er nicht gerade Fußmodel war. Auch hat er gelegentlich lobend über sein Äußeres gesprochen. Frauen würden so manches an ihm besonders schätzen. Seine Bescheidenheit wohl nicht, denke ich amüsiert. Er hebt besonders seine Ausstrahlung hervor, meint, glasklar im Kopf, profund und aus „tiefer, breiter Stärke dominant" zu sein. Davon wären nicht nur die Frauen, sondern auch Geschäftspartner äußerst beeindruckt. Einige hätte er in Verhandlungen regelrecht „zerfetzt". Einer gegen alle. Ganze Weltkonzerne seien vor ihm in die Knie gegangen. Aber hallo! Am Ende ist vielleicht er verantwortlich, dass aus dem einstigen Stahl-Riesen Mannesmann eine von den Briten geschluckte Handy-Klitsche wurde??

„Man bewundert meinen Geist und fürchtet meine Stärke", meint er, und ich stelle mir einen Kerl vor wie Einstein und Schwarzenegger in Personalunion: Vom Einstein die Muskeln, vom Schwarzenegger das Hirn.

Ich werde seine Selbsteinschätzung bald verifizieren können. Dann wird sich zeigen, wie es um die Ausstrahlung, sein beeindruckendes Erscheinungsbild und diese profunde, tiefe Dominanz bestellt ist.

Dominanz reizt mich. Das muss ich zugeben. Vor allem die gefakte, vorgetäuschte und nur proklamierte Dominanz reizt mich, ihr die Hosen herunterzuziehen, „Der hat ja gar nichts an!" zu rufen. Es wird sich zeigen, ob hier am Ende jemandem der Hosenbund auf die Knöchel rutscht.

Mit fällt ein kürzlich gelesenes Geschichtchen aus dem Web ein:
Was ist eigentlich naturdevot?
Neulich in der Seltsamstraße:
Kleiner Rainer,
nannte ihn Mutti und erzog ihn zu einem kleinen Mann mit großem Respekt vor ihresgleichen. Und das machte sie so gut, dass Kleiner Rainer sich später nie an so tolle Frauen wie Mutti rantraute. Das betrübte Kleiner Rainer sehr.
Bis er, ja bis er eines Tages ganz zufällig von BDSM hörte. Da gibt es also Frauen, die sind, wie heißt das gleich, naturdevot? Machen alles, was Kleiner Rainer will? Konnte das wahr sein?
So suchte Kleiner Rainer sich ein naturdevotes Frauchen und erzählte ihr mit seinem fiesesten Gesichtsausdruck, er sei dominant, gab ihr das literarische Szene-Standardwerk, die „Geschichte der O." zu lesen, damit sie weiß, wo's längs geht.
Prima. Jetzt bekommt Kleiner Rainer auch endlich mal Respekt, sein Zimmer aufgeräumt und immer einen geblasen, wenn er Bock drauf hat.
Toll, was?

Zum Thema Ausstrahlung hatte ich kürzlich erst ein unschönes Erlebnis gehabt. Vor mehreren Wochen, vor Roman und ganz neu in der Com, hatte ich in meinem ersten Chat einen begeisterten Bowlingspieler kennen gelernt. Wir chatteten zunächst, und kurz darauf rief er mich an. Er war ein angenehmer, aufmerksamer und eloquenter Gesprächspartner. Ich mochte ihn oder das, was ich von ihm kannte. So telefonierten und chatteten wir zwei oder drei Wochen. Ich bat ihn, mir ein Foto zu mailen. Doch das ließ auf sich warten. Irgendwann hatte er mir von seinem Sport erzählt, Bowling. Und dass vor drei oder vier Jahren sogar das Fernsehen ein Portrait über seine Mannschaft gebracht hatte. Nun gut, wozu arbeite ich genau für den Sender, der damals über diesen Wettkampf berichtete? Ich besorgte mir das Band aus dem Archiv. Der erste Spieler jungenhaft, hübsch, sympathisch, dunkler Typ. Das konnte er nicht sein, denn er hatte hellblonde Haare erwähnt. Endlich der zweite Spieler. Das musste er sein. Mein Gott. Mir entgleisten förmlich die Gesichtszüge. Da war ein dicklicher, grobschlächtiger und keineswegs attraktiver Kerl zu sehen. Peng! In diesem Moment zerplatzte wieder ein rosa Herzchenluftballon. Mit sofortiger Wirkung stellte sich die Frage, wie komm ich aus der Nummer raus? Ich wollte ihn nicht verletzen, doch die Sache schlief binnen Kurzem ein. Ein schales Gefühl blieb zurück. Ich hatte diesen netten Kerl verletzt und war nicht die erste gewesen. Was war ich für eine oberflächliche Kuh.

Freitagmittag. Wieder mach ich mich auf den Weg nach Hessen, diesmal um Roman zu besuchen. Unterwegs gibt es Staus, stockenden Verkehr, die Fahrt zieht sich hin.

Ist das vielleicht der totale Blödsinn oder gar Leichtsinn, über 600 km zu jemandem zu fahren, den man nur vom Telefonieren kennt? Was, wenn er unsympathisch ist? Oder Schlimmeres? Da ich bereits drei Stunden unterwegs bin, sind diese Fragen rein theoretischer Natur. Jedenfalls hab ich nichts zu verlieren. Wenn alles gut ist, prima. Wenn nicht, fahre ich eben wieder nach Hause.

Endlich Frankfurt, noch eine halbe Stunde. Wird mir mulmig? Nein, gar nicht. Ich freue mich. Denn: *Diesen Mann will ich!*

Wir sind in einem Eiscafé verabredet. Es ist schwer zu finden, abends in einem kleinen, schlecht ausgeschilderten, dunklen Provinznest, mit Romans mündlicher Wegbeschreibung, also der eines relativ Ortsunkundigen, der obendrein nicht im Besitz eines Führerscheins ist und den Weg eben aus der Sicht eines Fußgängers beschreibt. Ich folge zunächst seiner Anweisung entsprechend der Hauptstraße und suche links eine Sparkasse gegenüber einem Baumarkt. Nach einigen Kilometern auf der nassen Straße ist der Ort fast durchquert. Ich halte an einer Softwarefirma und rufe mit dem Handy an. Er meint, ich müsse die Sparkasse übersehen haben, solle umdrehen und einfach gründlich gucken. Da war aber keine Sparkasse. Das glaube er nicht, meint er bereits etwas unwillig. Also zurück. Immer noch keine Sparkasse. So halte ich an einer Tankstelle, um nach dieser Sparkasse zu fragen. Roman konnte mir keinen Straßennamen nennen, er kennt sich selbst nicht gut aus. Also mache ich mich aufs Beste lächerlich, als ich ohne Straßenangabe nach irgendeiner Sparkasse frage. Zu meiner Überraschung gibt die Kassiererin sich große Mühe und schickt mich nach Konsultation mit einem Ortkundigen in die Parallelstraße. Und richtig, da ist die Sparkasse und einige Ecken weiter das Eiscafé.

Ich parke etwas abseits und warte. Für ein erstes Treffen ist dieses schäbige Eiscafé denkbar ungeeignet. Sehr klein, die Beleuchtung irgendwie grünlich, Neon. Man wird in jedem Falle unvorteilhaft aussehen. Die Bedienung langweilt sich hinterm Tresen, wird jedes Wort mitbekommen, ein besonders hoher Beobachtungskoeffizient. Nein, da kriegen mich keine zehn Pferde rein. Wie kann man so eine Kaschemme für ein Date aussuchen.

Ein Mann kommt um die Ecke. Das muss er sein. Brille, sehr kurze Haare, untersetzt, beinahe dick. Langer Mantel, große Schritte. Er geht hinein. Ich zücke das Handy und rufe ihn an. Sage, dass ich draußen warte, dort nicht hinein gehe, zu hässliches Ambiente. Okay. Er zahlt rasch seinen Kaffee und kommt heraus. Ich gehe auf ihn zu. Das ist er also. Er ist kaum größer als ich. Hätte ich doch flache Schuhe angezogen statt der hochhackigen Stiefel. Aber die sehen mit der 7/8 Hose einfach zu gut aus. Was soll's, denk ich mir, ein Knirps ist ja auch praktischer als ein Stockschirm, wenngleich letzterer eleganter aussieht. Er umarmt mich stürmisch und etwas zu heftig wie ein kleiner Junge, irgendwie rührend. Wir gehen ein Stück die dunklen Straßen entlang, um die anfängliche Unsicherheit zu überwinden und reden etwas bemüht Belangloses. Da ist eine neue Distanz zwischen uns, die der Realität. Die normalerweise sekundären Eigenschaften, Stimme, Tonfall und Wortwahl treten nun hinter den primären, sichtbaren zurück.

Ich hab ihn mir sehr anders vorgestellt. Aber er ist mir sympathisch, hat ein einnehmendes Wesen. Und er freut sich so, dass ich da bin. Nein, ich bereue es nicht, hergekommen zu sein, keinesfalls. Dass allerdings die besagten Weltkonzerne vor diesem Kerlchen gezittert haben sollen, vermag ich im Moment nicht so recht zu glauben.

Vielleicht ist das der Vorteil von Internet-Bekanntschaften. Man sortiert nicht gleich nach Äußerlichkeiten, sondern begegnet zuerst dem Charakter. Jedenfalls dem, was davon online sichtbar wird.

Bei Richie zu Hause herrscht Chaos. Eine Junggesellenbude, wie sie im Buche steht. Unaufgeräumt, verqualmt, unschön, liederlich und schmutzig. Teure Boxen, aber keine Stühle. Im Kühlschrank fünf greise Müsliriegel, ansonsten Kaffee, Wasser, Tee, sonst nix. Igitt, die neue Armut, denk ich zunächst etwas angewidert. Manchmal erwischt man sich bei einer gewissen Häme, wenn wieder einmal ein tumber Lotto-Lothar seine Millionen auf den Kopf gehauen hat und im Elend haust. Aber das hier? Wünsche ich niemandem. Hier muss Roman, dieser stilvolle und bescheidene Mensch, nun also hausen, bei diesem Messi. Wie hält er das nur aus? Wahrscheinlich ist er als Gast sogar zu anständig, mit Richie mal ein ernstes Wort in Sachen Wohnung zu reden.

Es erstaunt mich, dass Roman diese Bude mir, einem Gast, einer Frau, zumutet. Ich hätte wesentlich mehr Stil bei ihm vermutet, würde selbst nie und nimmer, wen auch immer, in so eine Bruchbude einladen. Er gibt an, den ganzen Tag aufgeräumt zu haben. Das stelle man sich bitte vor: Da muss Roman bei Richie aufräumen! Doch der Erfolg hält sich sichtbar in Grenzen. Die spärliche Beleuchtung verbirgt nur leidlich das volle Ausmaß dieses Tohuwabohus. Die Schuhe ziehe ich jedenfalls nicht aus. Ich würde mir die Füße schmutzig machen. Ein Satz von Roman kommt mir in den Sinn: „Jemand, der sich nicht an Schmutz und Hässlichkeit stört", würde sich in seiner Umgebung nicht finden. So so. Eine nicht ganz unerhebliche Wort-Bild-Schere, wie der Fernsehmacher sagt und damit meint, hier stimmt das Gesehene mit dem Gesagten nicht überein.

Trotz des Chaos bin ich froh, hier zu sein. Roman sagt mir immer wieder, wie schön ich bin, so viel schöner als auf den Bildern. Er ist total aus dem Häuschen.

„Jetzt bist du nicht mehr unerwünscht, nie mehr, du schöne Frau."

Meine Geschichte ist ihm nahe gegangen.

Ich mag ihn sehr.

Dass ich nicht in dieses scheußliche Eiscafé wollte, findet er äußerst extravagant, es beschäftigt ihn den ganzen Abend.

Er ist wirklich ein so warmherziger Mensch. In seiner Nähe fühle ich mich sofort geborgen. Er macht Tee, wir reden die halbe Nacht, hören Musik. Und sehr bald schon ist mir Richies Saustall völlig egal.

Roman erzählt, wie er sich „seine" Frau vorstellt, was er erwartet. Nicht ohne Grund sei er als äußerst wählerisch bekannt. Er könne gut damit leben, mitunter nicht gemocht zu werden. Das kann ich gut verstehen, bin ich doch selbst längst nicht *everybody's darling* und in gewissen Dingen sehr anspruchsvoll. Stillosigkeit mag er nicht, Hässlichkeit, Kleinheit. Wert lege er auf Stil, Größe, Freude am Wachstum. Seine Partnerin würde bei ihm wachsen und aufblühen. Zuneigung, Achtung und Geborgenheit würde er ihr geben und dafür Schönheit, Loyalität und Treue erwarten. Eine Frau, die gezähmt und unterworfen werden will, Spielchen spielt, die mit ihm konkurriert, nicht fähig ist, zu unterscheiden und zur Gleichmacherei neigt, die unflexibel und unreflektiert ist, sich selbst belügt, ihn langweilt oder zu Billigkeit neigt, würde für ihn nicht in Frage kommen. Seine Frau muss die Größe besitzen, das anzunehmen, was er zu geben hat.

Dass seine Wahl auf mich gefallen ist, schmeichelt mir erheblich. Was muss ich toll sein! Schließlich schlafen wir nebeneinander ein. Er hält mich sehr fest im Arm. Vielleicht hält er sich auch an mir fest.

„Du brauchst Wärme, meine schöne Katze“, flüstert er und streichelt mir übers Haar. In diesem Moment bin ich glücklich, und er ist es wohl auch.

Am nächsten Tag schlafen wir lange, reden, trinken Kaffee. Später fahren wir mit meinem Auto einkaufen. Er mag das Auto. Meint aber, es wäre etwas unvernünftig. Außerdem hätte ich besser einen Renault statt des Peugeots kaufen sollen, denn der hätte in Frankreich kein so gutes Image, wäre eher eine Proll-Marke, vergleichbar mit Opel. Wer auf sich hält, fährt Renault. Meine Entscheidung für eben dieses, mein Auto, war allerdings von völlig anderen als französischen (also bitte!) Markenimage-Kriterien bestimmt. Ich wollte einen kleinen Zweisitzer, ein Cabriolet und unbedingt mit Stahldach. Das gab es in erschwinglicher Preislage ausschließlich von Peugeot. Ich fahre es mit einem Verbrauch von sieben Litern in der Stadt. Ganz nebenbei sieht es klasse aus. Also was, bitte schön, ist daran unvernünftig? Roman meint, es würde Frauen eben mehr um die Optik als um die Technik gehen. Genau vom Gegenteil, dem Verbrauch und der Funktionalität des Daches nämlich, hatte ich eben gesprochen. Die Optik war das letzte Kriterium. Wie schön, für jede Situation ein Vorurteil in petto zu haben. Mein Herr, wo lassen Sie denken?

Unter uns: Würden Männer Porsche fahren, wenn der aussähe wie ‘ne Ente? In Sachen Frauen – genau dasselbe. Da ist für Männer auch die Optik entscheidender als die Technik? (Beachte: Frauen sind in Sachen männlicher Optik eher nachsichtig, dafür umso mehr an der Technik interessiert!)

Der Tag vergeht schnell. Roman wuselt in Richies Chaos herum, kocht Kaffee und Tee. Ich würde ihm wenigstens der Höflichkeit halber zur Hand gehen, wenn die Unordnung das halbwegs erlauben würde. Er hat interessante Geschichten zu erzählen. Dabei schaut er mich so begeistert an, unglaublich. So etwas ist mir in den nunmehr vierzig Jahren noch nicht passiert. Ja, der *will mich* auch, ganz sicher!

Abends gehen wir in einem Brauhaus essen. Beim Schlendern

durch die abendlichen Straßen denk ich mir, wie gut, trotz der Stiefel bin ich nicht wesentlich größer als er.

Als könne er Gedanken lesen, meint er, am liebsten sei ihm eine deutlich größere oder kleinere Frau. Ich schaue fragend. Ja, eine größere sei schon extravagant, eine kleinere auch schick. Ich sei ja deutlich kleiner als er. So, so. Die Worte hör ich wohl. Aber auch barfuß bin ich nicht deutlich kleiner als er. Ja gut, ich bin immerhin wesentlich schlanker und quasi im Ganzen kleiner.

Das gemütliche Brauhaus ist nicht voll, das Essen gutbürgerlich und sehr lecker. Und Roman isst völlig ungeniert mit Stäbchen.

Leberknödel mit Stäbchen!

Ein Witzbold ist er also auch noch. Oder vielleicht ein Snob? Jedenfalls scheint er sich in der erzeugten Aufmerksamkeit zu sonnen. „Schauen Sie, wie ich esse und sprechen Sie mich darauf an!“ wäre die adäquate Hinweistafel.

Mir ist es ehrlich gesagt etwas peinlich. Ein Kerl, der Leberknödel mit Stäbchen isst. Messer und Gabel wären ihm zu martialisch, würden an Waffen erinnern und mit Waffen wolle er nicht speisen.

Mit derlei Schrullen auf sich aufmerksam zu machen und geradezu um Nachfrage zu betteln, halte ich für infantil. Aber immerhin ist Toleranz für mich ein unverzichtbarer Wert im zwischenmenschlichen Umgang, und so halte ich es mit dem Alten Fritz. Soll doch jeder nach seiner Façon selig werden, wenn es denn sein muss, mit Stäbchen. Ich werde diese Marotte in Zukunft ignorieren. Derartige Absonderlichkeiten verschwinden dann von ganz allein.

Während des Essens sitze ich ihm gegenüber und beobachte seine außergewöhnlich schönen Hände. Diese Hände kennen keine körperliche Arbeit. Es sind Intellektuellenhände, etwas zu fleischig, vielleicht, beinahe teigig und etwas zu haarlos, doch mit sehr ebenmäßigen Proportionen, weicher Haut und äußerst wohlgeformten Nägeln. Nicht dass diese besonders säuberlich manikürt wären, nein. Aber sie sind länglich, rechteckig und gleichförmig wie fünf Geschwister. Wirklich vorzeigbare Hände, nicht groß zwar, eher breit, aber auch in ihrer Motorik sehr ansehnlich, elegant. Womöglich isst er nur deshalb mit Stäbchen, grinse ich im Stillen. Übrigens redet er selbst gern über seine Hände. Will wissen, was an den Nägeln so schön sei. Ein kleiner Narziss, wie's scheint. Auch über sein Gesicht redet er gern, über die Wimpern, die laut Aussagen diverser Damen besonders lang und mit Schwung ausgestattet sein sollen. Und über seine Augen redet er gern. Was für einen Blick sie hätten? Magisch? Mystisch?

Als Junge hatte er sich einer schwierigen Augenoperation unterziehen müssen. Daher weiß ich nicht so recht, was für eine Antwort Roman erwartet. Magisch ist der Blick jedenfalls nicht, eher unsicher, beinahe verletzlich. Ursache dafür ist möglicherweise die immer noch starke Fehlsichtigkeit, aber keineswegs die doch ziemlich gewöhnlichen Wimpern. Ungeachtet dessen höre ich die Worte „Ja, schon irgendwie, doch, doch" meinem Munde entweichen.

Sein überdurchschnittlich volles Haar, auch häufiges Thema, ist an den Schläfen leicht ergraut und raspelkurz geschoren. Es fühlt sich fabelhaft an. Ich bin stolz auf das Privileg, als einzige über dieses Haar streichen zu dürfen, denn er ist seiner Haare wegen schon viel zu oft angefasst worden und dementsprechend empfindlich. Früher waren seine Haare blond und lockig. Seine Oma pflegte zu sagen, diese Haare hätte ein Mädchen haben sollen. An ihm seien sie die reinste Verschwendung. Wie recht die Oma hatte. Wenn ich an meine dünnen Fransen denke.

„Fishing for compliments" mit Schleppnetz. So viel zum Thema Bescheidenheit. Dennoch behauptet er von sich, kein schöner Mann zu sein. Und ich muss ihm unausgesprochen Recht geben, auch wenn er jetzt sicher auf Widerspruch gehofft hat. Schön im eigentlichen Sinne ist er nicht. Aber interessant, ein Typ. Wenn auch nicht unbedingt „mein Typ". Roman ist eher untersetzt, hat einen ausgeprägten Bauchansatz, hält sich nicht sehr aufrecht und lässt die Schultern nach vorn fallen.

Dass er sein Aussehen so oft zum Thema macht, seltsam. Er verlangt geradezu nach Bewunderung. Koketterie? Eitelkeit oder KMS? Kleiner-Mann-Syndrom, auch Napoleon-Komplex genannt. Hat er das nötig? Ungefragt stellt Roman klar, dass er mit seiner Größe mittlerweile kein Problem mehr hat. Tatsächlich? Irgendwie berührt es mich peinlich, wenn jemand Komplimente geradezu einfordert, keinerlei selbstkritische Distanz und Bescheidenheit zu haben scheint. Aber was tun? Sollte ich sagen: Du, wann immer mir an dir etwas gefällt, lasse ich es dich wissen? Schwierig. Also reagiere ich freundlich verhalten, hoffend, dass er von selbst damit aufhört. Menschen, vornehmlich Männer, zu bewundern, liegt mir grundsätzlich fern. Wahrscheinlich fehlt mir da ein Gen, das Fan-Gen. Oder es liegt daran, dass mir nur ganz wenige, nicht oder nur mit außergewöhnlichem Fleiß erlernbare,

Fähigkeiten bewundernswert erscheinen.

Nach dem Essen bestellen wir Kaffee und das Y-Chromosom fährt fort im Programm Ich-bin-toll. Schmunzelnd lehne ich mich zurück, lausche und beobachte ihn beim Plustern. Dieses Balzverhalten finde ich zwar etwas lächerlich, doch darf frau es nicht fehl bewerten. Es ist ein biologischer Automatismus, dem ein Mann hilflos ausgeliefert ist. Er will sich ja *für mich* interessant machen, *mich* gewinnen, indem er Qualitäten demonstriert, die sich im Laufe der Evolution als Erfolg versprechend heraus gemendelt haben, den heutigen Gegebenheiten allerdings etwas hinterherhinken. Je mehr er aufschneidet, umso interessierter ist er. Glaub ich. Mit etwas Geduld werde ich den Mann hinter dem Gegockel kennen lernen.

Er erzählt von seiner Schulzeit, Abitur, Studium. Aus seinen Storys geht hervor, dass er ein hochbegabtes Kind war. Er behauptet, sein IQ betrüge etwas um 160. Aber hallo! Meiner liegt gerade so zwischen ca. 75 und 145, grob geschätzt. Die Kopfrechenaufgaben reißen mich jedes Mal rein. Ich merke das verschämt an und er meint, das wäre kein Problem. Wir müssten ja nicht über Quantenphysik reden. Nun ja. Wenn er wüsste, dass ich Schrödingers Katze nicht für eine Figur aus den Peanuts halte und mir sehr wohl bekannt ist, dass Photonen auch Bosonen sind, wer weiß, vielleicht würde er sich doch mit mir darüber unterhalten. Aber das weiß er nicht und es scheint auch nicht von Interesse. Vermutlich hält er mich mit meinem mickrigen IQ für intellektuell minderprivilegiert.

Auf Grund seiner Kurzsichtigkeit, und vermutlich aus Unachtsamkeit und Ignoranz im Elternhaus, wurde seine Begabung erst spät entdeckt. Es gab die üblichen Schwierigkeiten hochbegabter Kinder. Inzwischen ist er laut eigener Angabe (Angabe?) einer der besten IT-Spezialisten und Programmierer. Der größte eben in seiner ganzen Großartigkeit.

Der Kaffee war leider grauenhaft. Ich zahle. Er hat ja nur sein mickriges Taschengeld.

Später wird's dann intimer. Er ist zärtlich, aber irgendwie unbeholfen, tapsig. Es wird sich einspielen müssen. Gut, das kann vorkommen. Kein Problem. Zudem ist diese Bude wirklich kein Ort für Erotik, wenn auch zugegebenermaßen ein außergewöhnlicher Ort, geradezu *außer-ordentlich*.

Meine hohen Erwartungen sind allerdings enttäuscht worden. Oder lag es vielleicht an mir? Ich schlafe in seinen Armen ein.

Manchmal beschleicht mich der Verdacht, ich könnte diesem Mann nicht gut genug, nicht klug genug sein. Sein häufiges Insistieren bezüglich seiner Qualitäten und Fähigkeiten verunsichert mich. Doch mag es an meinen Komplexen liegen, denn trotz Sprach-Spezialschule habe ich nicht studiert und was ich kann, größtenteils autodidaktisch erworben. Aber eigentlich bin ich mittlerweile stolz darauf, es ohne Studium so weit gebracht zu haben. Viele Anwenderprogramme kenne ich wie meine Westentasche und habe die entsprechenden Systeme auch administriert, Mac, Unix, Netzwerke, Peripherie. Von den entscheidenden kreativen Aspekten des Jobs ganz zu schweigen.

Trotzdem will dieses Gefühl, ungenügend zu sein, nicht so recht vergehen. Auch weil Roman (unbewusst?) darauf herumreitet. Er zieht mich mit meinem Alter auf, lästert an mir herum, weil ich ein „Ossi" bin. Dass mich diese Art Humor nicht sonderlich erheitert, lasse ich dezent, aber deutlich wissen.

Bisweilen stellt er Fragen zum Leben in der früheren DDR, obwohl er diesbezüglich längst ein beachtliches Unwissen angehäuft hat, an dem er mich auch freigiebig teilhaben lässt. Ganz im Gegensatz zu ihm wusste ich, wie übrigens die meisten Ostdeutschen, bereits vor 1989 jede Menge über den anderen Teil Deutschlands und bin unangenehm berührt von seinen Vorstellungen über das Land und die Menschen diesseits der Mauer. Ich war nicht Insasse eines Zoos oder Panoptikums. Was muss der Mann von mir denken, wenn er so hanebüchene Vorstellungen über das Land hat, in dem ich bis vor fünfzehn Jahren lebte?

Und wie mir dieses ganze Thema mittlerweile zum Halse heraus hängt. Ich sehe mich schon im Jahre 2055 als kopfwackelnde Greisin am Kaffeetisch hocken und, wie einst mein Opa väterlicherseits, bei jeder Familienfeier dieselben Dönekes zum Besten geben. Wenn Opa über Unteroffiziere und Feldwebel schwadronierte, wusste leider niemand, vermutlich nicht mal mehr der Opa selbst, um welchen Krieg es sich eigentlich handelte. Genauso sehe ich mich dereinst Generationen von semi-interessierten „Wessis" darüber Auskunft erteilen, dass ich bereits vor 1989 mehrere Bananen mit eigenen Augen *gesehen*, ja sogar höchst selbst *verspeist* und *verstoffwechselt* hatte, es mögen gar etliche hundert gewesen sein. Dass mich das Vorhandensein von dreiundfünfzig Sorten teils bunt gestreifter Zahncreme beim *Rossmann* in der Weddinger Müllerstraße damals im November anno '89 nicht in einen Kulturschock stürzte. Und zwar, weil vierzig Jahre geteiltes

Land keine Jahrhunderte alte Kultur teilen können – ganz zum Leidwesen der Genossen war dieses Projekt und das des „sozialistischen Menschen" gescheitert, kein Wunder. Und obschon die Zahnpflege ein unumstritten hohes Kulturgut ist, gab es auch in der DDR bereits Zahncreme nebst -bürsten, und im Übrigen erschöpft Kultur sich – für mich – nicht im Konsum. Wenn also ein „Ossi" behauptet, sich sogar Mitleid heischend damit brüstet, '89 einen Kulturschock erlitten zu haben, bedeutet das nur, dass sich seine schlichte Kultur im Konsum erschöpft. Folglich ist derjenige im Grunde ein kulturloses Würstchen und täte besser dran, diesen jämmerlichen Umstand zu verschweigen, sofern er zu dieser Reflektion überhaupt fähig ist.

Trotz Romans Vorstellungen, wir hätten nichts zu beißen und bis auf eine Blechtasse keine Kultur gehabt, was auch einiges über seinen Kulturbegriff offenbart, vertritt er die seltsam romantisierende Ansicht, das Leben sei in der ehemaligen DDR grundsätzlich besser gewesen als im Westen. Die edlen Wilden, arm, aber glücklich – beides falsch. Im Stillen frage ich mich, wie er wohl zu dieser These gelangen konnte, bei seinem mangelhaften Informationsstand den Osten, auch den heutigen, betreffend.

Die Vorstellung vom bescheidenen und ach so kuscheligen Nudisten-Camp zwischen Kombinat und Schrebergarten ist doch kollektive Folklore, verklärtes Wunschdenken. So viele vermeintliche Freundschaften waren rein zweckgebunden. Da so gut wie alles knapp war, musste man sich Leute mit Vitamin B, Beziehungen, eben warm halten. Diese Freundschaft erstreckte sich doch meist nur vom Biertisch zum Tapeziertisch.

Nahezu jede Besorgung konnte sich früher in der starr organisierten Mangelwirtschaft zum Problem auswachsen, diplomatisches Geschick, Beziehungen und ein gerüttelt Maß an Instinkt erfordern. Da gab es Versorgungslücken zu überbrücken, hartleibige Beamte vom Wohnungsamt, den heutigen beim Arbeitsamt auf fatale Weise ähnlich übrigens, zu überzeugen, Kommunikations- oder Transportprobleme zu lösen. Und all das ganz selbstständig, meist ohne Telefon und Auto. Dabei half kein Staat, im Gegenteil. Auch den Wunschberuf oder Studienplatz galt es mitunter zu erstreiten. Wie es heute einen zweiten Arbeitsmarkt und die Schattenwirtschaft gibt, hatte die DDR einen zweiten und dritten Warenmarkt. Dort wurde entweder Ware gegen Ware oder Ware gegen Westgeld getauscht. Heute hört man hier und da, die Ossis wären nicht flexibel. Weil sie früher nicht zwischen Hunderten von Krankenkassen wählen konnten? Weil es Wohnungen vom Amt gab? Ich selbst wohnte einige Jahre in einem besetzten Haus im Prenzlauer Berg. Die nächste Wohnung bekam ich durch ein zweifelhaftes Wohnungstauschgeschäft. Dann kam die Wende und jeder, der Geld genug hatte, konnte plötzlich wohnen wie und wo es ihm beliebte. Auch die so genannte samstägliche Nahrungssuche wurde abgelöst von planbaren Einkäufen im örtlichen neuen Supermarkt, im Asia-Laden, beim Italiener, Türken ...

Grotesk übrigens, in Richies Bude *meine* Kultur verteidigen zu müssen. Zumindest hat Roman nun aus erster Hand erfahren, was er wahrscheinlich nicht unbedingt wissen wollte. Etwas skeptisch, scheint's, verdaut er das Gehörte.

Später beim Kaffee erzählt Roman von seinen Kindern, die er seit etwas mehr als zwei Jahren nicht gesehen hat. Es sei ein großer Verlust für Roman. Er vermisse sie schrecklich. An den Wochenenden hätte er immer mit ihnen herumgetobt, Geschichten für sie erfunden. Schöne Kindergeschichten und Märchen. Er sei stolz auf die beiden. Sie hätten seine Intelligenz geerbt, meint er. Einmal sagte der Sohn bei Tisch:

„Der Papa ist viel, viel schlauer als die Mama, stimmt's?"

„Ja, aber wir haben die Mama trotzdem lieb, auch wenn sie nicht schlau ist", antwortete er dem Kind.

Eine kleine Beklemmung stellt sich ein. Wieso nur? Es ist doch wirklich ehrenhaft, die Mama trotzdem lieb zu haben? Was schwingt da mit? Schönen Dank auch, wie gnädig von Ihnen, mein Herr? Die Katze haben wir ja auch lieb, nicht wahr?

Die kleine Anekdote macht mich traurig. Mein Minderwertigkeitskomplex meldet sich. Aber Roman tröstet mich, ich bin gut genug für ihn, sehr gut sogar, soll mir keine Sorgen machen, mich nicht für ungenügend halten. Er nimmt mich in den Arm, küsst mich:

„Ich weiß, was du brauchst, ich kenne deine Ängste, deine Wünsche und Träume. Und weißt du warum? Weil es auch die meinen sind. Wir sind zwei Hälften eines Ganzen. Niemand darf über meine Frau schlecht reden, auch du nicht, meine Schöne. Du bist meine. Meine Katze." ... ja, die Katze hat er auch lieb.

Auch Merkwürdigkeiten weiß er zu berichten. Viele Frauen will er gekannt haben, was an sich noch nichts Besonderes wäre. Und sie alle hätten mit ihm kämpfen wollen, sagt er. Und zwar nur um des Kämpfens willen oder um sich – was auch immer – zu beweisen. Ihn würde das langweilen, denn er besiege sie. Je mehr sie kämpften, umso schneller hätte er sie „zerbrochen". Ausnahmslos. Er sei allein an Schönheit interessiert.

„Schweig und sei schön für mich, ja?"

Hä? Da komm ich nicht ganz mit. „Zerbrochen"? Hatte man ihm als Kind eine Barbie von minderer Qualität geschenkt und er gab den Ken, ein frühkindlicher Identitätskonflikt? Oder hat er das aus einem Groschenheftchen? Dr. Frank macht krank? Hält er sich für den stattlichen Kardiologen Prof. Dr. Graf Henning von Herzbluth und mich für die schüchterne Lernschwester Carmen mit der dicken Brille? Wird es ein Happyend geben?

Doch endlich, piep, piep, piep, schlug das EKG wieder aus. Prof. Dr. von Herzbluth hatte seinem Namen wieder mal alle Ehre gemacht und das Leben des vierfachen Familienvaters gerettet.

„Sie ... ich ...", stammelte Carmen voller Bewunderung und strich sich die blonde Locke aus der hohen Stirn mit den sanft geschwungenen Brauen.

„Schweig ... schweig", sprach der charismatische Doktor, der sich seiner Wirkung auf Frauen durchaus bewusst war, und wandte sich ihr zu. Er hielt ihr schmales Gesichtchen in seinen starken und doch so sensiblen Chirurgenhänden, nahm ihr zum ersten Mal die Brille ab und sah ihr lange und fest in diese tiefen meeresblauen Augen, aus denen plötzlich eine glitzernde Silberträne über ihre Pfirsichwange rollte. Und nun war es Carmens Herz, das beinahe stehen blieb, als er mit rauer, kehliger Stimme flüsterte: „Carmen, du", plötzlich erkannte er ihre wahre Schönheit. Carmen, die ihn ohne Brille nur verschwommen sehen konnte, bekam ganz weiche Knie, „Aber Herr Professor ...", hauchte sie und ihre vollen Lippen bebten. „Schweig, schweig ... und sei schön – für mich ..."

Und kauf dir gefälligst Kontaktlinsen, du dämliches Trampel! Diese Brille ist ja scheußlich.

Männer können so kindisch sein, schmunzle ich. Und setze ihn mit wissendem Lächeln davon in Kenntnis, dass ich unzerbrechlich bin.

Roman erwidert:

„Sei verletzlich. Was dich schützt, ist nur deine Verletzlichkeit, deine Weiblichkeit. Wenn du kämpfst, bist du nicht Meine. Dann zerbrech ich dich."

Ich glaube, jetzt will er mich veräppeln! Ich lächle etwas zu süßlich. Mich hat noch niemand „zerbrochen". Das wäre ja noch schöner! Und Schweigen? Ich? Das glaubt er doch selbst nicht. Oder doch?

Ich verbuche das unter „I“ wie Imponiergehabe. Es wird sich bald legen, ganz sicher, wenn die Balzphase vorüber ist. Er hat eben diesen Hang zum Pathos und zu viele drittklassige Fernsehserien gesehen, vermutlich. Wo das Herz den Garten der Gefühle mit Liebe düngt, erblüht der Kitsch. Vielleicht bin ich auch nur zu nüchtern, zu unromantisch oder zu rational.

Später redet er über seine Pläne, verrückte Kunstprojekte, Fotos, einen Kurzfilm. Er freut sich, all das mit mir gemeinsam umsetzen zu können. Geschmeichelt gehe ich auf das Kurzfilmprojekt ein, wie so etwas anzugehen wäre. Doch an diesen Details ist Roman nicht sehr interessiert. Stattdessen meint er:

„Jetzt hast du einen Kerl mit Ideen. Das ist doch gut für dich.“

Nun, bis jetzt hab ich meine Ideen noch selbst gehabt, und es waren nicht die schlechtesten. Gut, es kann nicht schaden, einen kreativen Kopf in Reichweite zu haben. Roman meint es wirklich gut mit mir.

Er fragt nach meiner Familie. Selbst hat er fast keinen Kontakt zur Mutter, höchstens ein Telefonat pro Jahr. Die Ex-Frau, sie waren nicht verheiratet, ist mit den Kindern über alle Berge, vermutlich in Frankreich. Andere Kontakte gibt es nicht. Er muss ziemlich einsam sein. Mir geht es nicht viel anders. Meine Mutter ist eine engherzige, im menschlichen Sinne kleine Person, die von morgens bis abends abfällig und lästerlich über den Rest der Welt herzieht, sich selbst für einzig perfekt hält. Seit ich denken kann, war ich ihr auf die eine oder andere Art im Wege. Zwangsläufig hat sich der Kontakt sozusagen ausgeschlichen. Mit achtzehn zog ich aus, besuchte sie selten, manchmal ein oder zwei Jahre nicht, schlussendlich überhaupt nicht mehr. Diese Familie war kaputt, zerrüttet. Ich habe sie abgelegt und lebe gut damit.

Wieder nimmt Roman mich in den Arm. Er versteht mich gut.

„Wir zwei waren lange Zeit ganz allein auf der Welt, ohne Liebe und ohne Familie. Jetzt haben wir uns gefunden. Du bist Meine.“

Diese Zwangsgemeinschaft der Familie war mir schon sehr früh suspekt. Spätestens als ich andere Eltern im Umgang mit ihren Kindern erlebte, begann ich mich zu fragen, warum ich eigentlich mit „diesen Leuten“, wie ich sie im Stillen nannte, zusammen wohnen musste. Ich stellte mir vor, wie schön das Leben wäre, könnte sich jeder die Menschen in seiner Umgebung selbst aussuchen. Wenn ich einmal groß bin, dachte ich, würde ich „diese Leute“ in meiner Wohnung nicht haben. Das würde prima sein. Klar nahm ich auch die Probleme meiner Schul- und Spielkameradinnen mit ihren Eltern oder Geschwistern wahr. Zum Beispiel war die Mutter von Christiane aus dem Nebenhaus eine sehr nette Frau, hatte aber einen waschechten Putzfimmel. Peinlichst wurde im Hause Frisch, sie hießen Frisch und dufteten entsprechend, auf den kleinsten Fussel, jeden potenziell einen Kalkrand hinterlassenden Wassertropfen im Edelstahlspülbecken geachtet und jedes Zuwiderhandeln gegen die häuslichen Reinlichkeitsregeln geahndet. Frischs hatten bereits eigens importierte antibakterielle Müllbeutel im Einsatz, als Otto Normal-Müller von derart exklusiven Hygieneartikeln nur vage delirierte. Vor Frischs Wohnungstüre mussten wir zu jeder Jahreszeit die Schuhe ausziehen. Das Wohnzimmer der Eltern durften wir nicht betreten. Nicht mal wenn dort der märchenhaft mit echten Kerzen und Unmengen an glitzerndem Edel-Lametta geschmückte, zimmerhohe, perfekte Weihnachtsbaum aufgestellt war. Dann standen Christiane Frisch und ich mit offenen Mündern auf der Schwelle und machten große Augen. Mehr war nicht drin. Wegen der Sauberkeit.

Unser Weihnachtsbaum hingegen war jedes Mal eine zersauste, schiefe Kiefer, halbherzig und lieblos behängt mit einigem Standardzubehör und einer mickrigen Lichterkette, deren Lämpchen linkisch in jede erdenkliche Richtung wiesen. Kein Vergleich zum nachbarlichen Traum-Baum, unter dem sich am heiligen Abend folgerichtig die erträumten, gewünschten und wunderschön verpackten Geschenke einfanden. In der ersten Schulwoche des neuen Jahres wurden diese ausgiebig verglichen und damit herumgeprahlt. Ich hatte da jedes Mal das Nachsehen. Denn mit der obligatorischen geblümten Unterwäschegarnitur meiner Eltern und so seltsamen Accessoires wie Kulturbeuteln von meiner schrulligen Tante konnte man keinen Blumentopf gewinnen. Bei uns hieß es immer zu Beginn eines Schuljahres: „Was braucht das Kind? Unterwäsche? Schuhe? Eine neue Hose? Gut. Die Schuhe gibt’s zum Geburtstag und die Unterwäsche zu Weihnachten. Mit der Hose kann sie noch den Winter über rumlaufen.“ Wenn es dann doch noch etwas außer den notwendigen Kleidungsstücken gab, ging es garantiert haarscharf an meinen Wünschen vorbei. Da bekam ich meist Puppen, obwohl ich nie mit Puppen spielte, oder anderes, in den Augen meiner Tante für ein Mädchen erforderliches Rollen-Spielzeug. Töpfe für die Puppenküche, igitt.

Meiner Mutter erzählte ich schon lange nichts mehr von meinen Weihnachtswünschen. Wusste ich doch, seitdem ich vielleicht drei war, dass der Weihnachtsmann von der schrulligen Tante im roten Bademantel gespielt wurde und es keinen Zweck hatte, Dinge zu wünschen, wie andere Kinder sie bekamen. Schon eine große Packung Filzstifte wäre zu viel gewesen. Seither hab ich ein sehr ambivalentes Verhältnis zu Geschenken. Je näher mir eine Person steht, umso weniger möchte ich sie annehmen. Irgendwie haftet ihnen etwas von Almosen an. Geschenke, die allein mir zur Freude und zur Freude des Schenkenden gemacht wurden, kannte ich als Kind nicht. Es gab immer nur Dinge, die ein Kind ohnehin benötigt und an denen es mir immer irgendwo mangelte. Mit der einzigen Hose, die ich nun auch diesen Winter noch tragen musste, war ich im letzten schon herumgelaufen. Und dementsprechend war sie mittlerweile zehn Zentimeter zu kurz. „Hach, was ist das Kind schon wieder gewachsen." Hochwasser nannte man das damals. Es galt als modisches Offizialdelikt. Meine Mutter riet, das Corpus Delicti einfach etwas herunter zu lassen, dann ginge das schon noch. Schade nur, dass vom „Auf-Hüfte-tragen" der sich nun auf Kniehöhe befindliche Schritt fast wöchentlich ausriss, was sie nicht bemerkte. Ich hingegen schon. Und so musste ich diese Schande von Hose im Abstand von wenigen Tagen reparieren. Wenn meine Mutter mich mit Nadel und Faden hantieren sah, kam sie nicht etwa darauf, diese „Hose" auf ihren Allgemeinzustand zu überprüfen, sondern meinte mit bräsigem Stolz, der mir wie Hohn erschien, wie selbständig ich doch schon sei. Mit der gleichen Selbstständigkeit musste ich mich in der Schule täglich für meine zerschlissene Kleidung hänseln lassen. Seltsam, wie meine Mutter als Lehrerin das ignorieren konnte.

Ja, ich war wohl ein armes Kind. An meine Kindheit erinnere mich als eine Zeit des Mangels, des stillen Neides und der Ungerechtigkeit, die ich als Kind weder einzuordnen noch zu relativieren vermochte. Der Mangel allerdings begründete sich nicht etwa auf der staatlichen Mangelwirtschaft, sondern auf dem nahezu zwanghaften Sparwahn meiner Eltern, die zwar beide nicht schlecht verdienten, aber auf Betreiben meines Vaters hin jeden Pfennig für die Beschaffung eines Kraftfahrzeugs der Marke Trabant auf die hohe Kante legten und nebenbei noch diverse überteuerte Möbel speziell bei einem Tischler anfertigen ließen, welche dann allerdings von genauso nichts sagendem Design waren wie der *stuff* aus dem VEB. Nichts gekonnt. Aber als nach Berlin eingewanderte Kleinstädter und -bürger musste man damals dringend mit den Nachbarn mitziehen, die sich bereits seit längerem im Besitz eines Pkw Wartburg Kombi und eines Segelbootes befanden, sich diese und andere Besitztümer laut Aussage meine Mutter aber nur hatten leisten können, weil sie keine Kinder hatten.

Heute wird häufig geklagt, Kinder würden mit Dingen, statt mit Liebe und Zuwendung überhäuft. Das kann gut möglich sein. Ich wäre mit Dingen allerdings schon zufrieden gewesen, denn „arm, aber glücklich“ ging es bei uns nicht zu. Die mangelnden materiellen Ressourcen wurden nicht etwa durch besondere Zuwendung kompensiert. Sicher, Unmengen an Spielzeug und Kleidung können mangelnde Zuwendung nicht ersetzen. Sie bewahren einen aber vor einem hinteren Platz in der Rangordnung der Schulklasse und ersparen eine Menge Unannehmlichkeiten.

So entwickelte ich neben meiner Familien-Phobie noch einen ausgemachten Kleidungsfimmel. Ich trennte mich also nicht nur von der gesamten buckligen Verwandtschaft, sondern legte nunmehr auch peinlichst auf ausgesuchte Kleidung Wert. Das ging zeitweise so weit, dass ich den gesamten Schrankinhalt von Kolleginnen kannte und quasi automatisch registrierte, wann was und in welcher Kombination getragen wurde. Inzwischen hat sich das gelegt. Was meine Kleidung angeht, bin ich nach wie vor sehr wählerisch, aber was andere tragen, ist mir mittlerweile relativ egal. Meistens.

Sonntag - wir sitzen in der Küche auf den einzigen zwei Stühlen von Richie und trinken Kaffee. In dieser Küche gibt es keine Spüle, nur einen verwaisten Wasseranschluss. Das Geschirr wird im Bad gespült. Der Küchentisch ist zu groß für den Raum, und die Tischplatte steckt noch im Verpackungskarton, so wie sie angeliefert wurde, aber er steht. Darüber hängt die Trostlosigkeit einer nackten Glühbirne. Überall liegt Zeug herum, leere Flaschen, Tüten, Zeitungen, schmutziges Geschirr, Besteck, Zigarettenkippen. Kalter Rauch steht in der Luft. Durch das kleine, stark verdreckte Fenster dringt wie von Nebel gefiltertes Licht und ich kann, dank der trüben Lichtverhältnisse, die Frage verdrängen, ob nicht der eine oder andere schwarze Krümel Beine hat. Diese Küche ist eine der schlimmsten, die ich je gesehen habe. Eine Zumutung. Ein weiteres Mal frage ich mich, wie dieser Richie so hausen kann. Und hier sitzt Roman nun jeden Tag und jeden

Abend am Computer und arbeitet, chattet, sieht mein Bild an. Wie schrecklich muss er sich fühlen, in diesem ganzen Dreck und Durcheinander. Hier saß er auch bei unserem ersten Telefonat, als sich vor meinem inneren Auge das zugegeben klischeehafte Bild vom Dachgeschoß eines kleinen Hauses in der Vorstadt auftat, mit einem kleinen Büro, Pflanzen, einem Hund, es wäre ein Irish Setter gewesen, und einem erfolgreichen Architekten, Anwalt oder was auch immer, der am Schreibtisch sitzend den Blick in den Garten schweifen ließ, während wir plauderten.

Diese Küche – kein schöner Ort für den Menschen, den ich inzwischen so sehr mag und der mich liebt, wie er sagt, mich für eine der schönsten Frauen hält und mir die überraschendsten Komplimente macht. Für Körperteile, die normalerweise komplimentresistent zu sein scheinen. Aber für ihn ist alles an mir schön. Außer vielleicht die drei bis fünf Kilo, die mich auch selbst stören. Dass er allerdings bei meiner Kleidergröße 36/38, dem Traummaß der deutschen Hausfrau, von Übergewicht redet, halte ich für stark übertrieben und angesichts seines eigenen offensichtlichen Gewichtsproblems reichlich unangemessen. Dennoch wird er nicht müde, von meinem Gesicht, meinen Händen, Fingernägeln, meinem Busen, meiner Haut zu schwärmen. Mitunter denke ich, so muss es in der Damenabteilung des Schlaraffenlandes zugehen. *Ja, diesen Mann will ich!*

Heute Nachmittag muss ich nach Hause. Richie kommt aus dem Urlaub zurück. Roman sieht mir beim Schminken zu. Er findet es toll, die Veränderung zu beobachten.

„Like an american moviestar“, sagt er strahlend, als ich fertig bin.

Dann betrachtet er mich genau. Wohlwollend. Lächelnd. Er findet mich wirklich schön. Im Stillen frag ich mich, ob es vielleicht nur an seinem eingeschränkten Sehvermögen liegt. Denn ich selbst finde mich nur bedingt schön und unterstelle zuweilen Menschen, die selbiges von mir behaupten, Kriecherei oder zweckgebundenen Pragmatismus.

Seine Fehlsichtigkeit macht Roman unsicher. Mich auch. Er weiß nicht, wie und vor allem was andere Menschen sehen. Wie ihre Welt aussieht. Die seine jedenfalls sieht anders aus als meine. In seiner Welt scheint es Details nur auf kurze Distanz zu geben, in einem engen Radius.

Langsam such ich meine Siebensachen zusammen.

Als ich Roman zum Abschied umarme, heule ich Rotz und

Wasser. Es kann Wochen dauern, bis wir uns wieder sehen.

Er steht am Fenster. Ich winke und fahre los.

Es wird eine lange Fahrt werden, aber ich bin auf eine melancholische Art glücklich. Wir werden uns wieder sehen.

Ich bin „Seine“, sagte er.

Heute wechsle ich nicht den Sender, als kurz hinter Frankfurt auf Hessen 3 die Ikone des zartbitteren Edelschlagers mit ihrem dünnen Stimmchen trällert:

Lass es Liebe sein
Das ist alles was wir brauchen
Noch viel mehr als große Worte
Lass das alles hinter dir
Fang noch mal von vorne an
Denn Liebe ist alles
Liebe ist alles
Liebe ist alles …

Heute johle ich aus vollem Halse mit. Jawoll: Liebe ist alles, was wir brauchen! Lass es Liebe sein!!! Wohlig warmes goldenes Strahlen schickt die Abendsonne durch malerische Wolkenberge. Ich verdrücke ein Tränchen der Rührung und fühle mich gut.

Roman hat zurzeit einen seltsamen Tagesablauf. Er schläft bis in den späten Nachmittag und arbeitet die ganze Nacht.

Am Montag treffen wir uns online im Chat der Com.

Ich bin erst seit einigen Wochen registriertes Mitglied in der Community. Roman hingegen gehört zu den alten Hasen. Er hat eigenen Angaben nach Dutzende Verehrerinnen, mit denen er häufig und ausgiebig chattet. Ich habe damit kein Problem. Es ist virtuell, Spaß, Entertainment, mehr nicht. Natürlich lernt man Leute kennen, wir haben uns schließlich auch so kennen gelernt.

Die Com ist ein virtuelles Dorf mit netten Leuten, Tratschtanten, Deppen, Großkopferten, eben den üblichen Verdächtigen und gelegentlicher Zipfelmützenpflicht. Deshalb soll zunächst niemand von unserer Beziehung wissen. Ich will es nicht, weil ich nicht später im Falle der Trennung als seine Ex zur Zielscheibe des Community-Geredes werden will. Er will es auch nicht. Komisch, wieso werde ich den Verdacht nicht los, dass er nur seine virtuelle Entourage, seinen Hofstaat nicht verprellen will?

Roman hat eine Menge Freunde in der Com, über die er redet, wie über reale Freunde. Er kennt ihre Charaktere, das Who's-who, das Wer-mit-wem und andere verschlungene Beziehungsgeflechte.

Meine Zwischenfragen „Kennst du ihn/sie persönlich?“ beantwortet er ausschließlich mit nein.

Ob er überhaupt jemanden real kennt? Ja, seine beste Freundin *britta_blond*. Er hat sie einmal gesehen.

Mit kindlicher Begeisterung ist er in diese Online-Welt involviert. Mit einer besten Freundin, die er erst einmal gesehen hat. Was mag das für eine Freundschaft sein? Beinah scheint mir, die Com ist für ihn ein Lebensersatz. Ein Surrogat für reale Kontakte, Freunde und Kommunikation, mit dem er fast den ganzen Tag oder die Nacht verbringt.

Er bittet mich, in mein Userprofil zu schreiben, dass ich „vergeben“ bin. Für sich lehnt er einen solchen Eintrag ab. Angeblich, weil die Baggerei der Hühner dadurch nur forciert würde. Das kann man glauben, muss es aber nicht. „Vergeben“ mag ich allerdings nicht hineinschreiben. Es entspräche nicht dem momentanen Stand. Also schreibe ich „nicht suchend“. Er ist zwar etwas verstimmt, aber was soll‘s.

Später am Telefon sprechen wir über den Chat. Wen ich schon kenne, ob ich Freunde habe, will er wissen. Und mit welchen Männern ich gechattet habe. Es war nur eine Handvoll. Aber Roman möchte, dass ich ihm in Zukunft mitteile, wer mich im Chat anbaggert. Moment mal. Ein winzig kleines Alarmglöckchen in meinem Kopf schlägt zaghaft an. Besitzdenken? Wo bleibt das Vertrauen, welches er mir schuldet, nachdem ich ihn (unbekannterweise!) besucht habe? Wäre da nicht ein Vorschuss angebrachter als kleinliche Kontrollversuche? Ich hatte ihm längst erzählt, dass ich treu bin, und zwar nicht aus Mangel an Gelegenheit, sondern aus Mangel an Bedürfnis. Also versuche ich, ihm klar zu machen, dass es bedeutungslos ist, wer mich im Chat anspricht. Wir sind zusammen, da kann baggern, wer will. Außerdem bin ich eh ein „Newbie“ und werde im Chat kaum beachtet. Wer einmal neu in einen gut besuchten Chatroom gegangen ist, wird wissen, wovon ich rede. Roman dagegen kommt diese für mich ärgerliche Tatsache sehr gelegen. Ich bin wieder einmal unsichtbar und so soll es bleiben. Na prima. Zumindest bin ich im Bilde über seine „Großzügigkeit“.

Diese Diskussion erstreckt sich über einige Tage. Meistens erst online, denn wir kommunizieren inzwischen mit einem Messenger. So können wir außerhalb der Com und unabhängig davon, ob wir mit einem Browser online sind, ungestört chatten. Doch bevor er sich bei mir meldet, chattet er schon eifrig in der Com herum. Aber eben, aus Gründen der Diskretion, nicht mit mir. Darüber bin ich leicht verärgert, denn der Mann, der mich liebt, und das behauptet er schließlich, könnte ja auch zuerst mit mir chatten, oder? Er scheint das anders zu sehen. Und die leidige Chatdiskussion findet kein Ende. Es geht immer wieder darum, dass ich im Chat nicht „mit Kerlen rummachen" soll. Ich finde schon diese Formulierung anmaßend. Denn erstens: Was ist denn bitte schön rummachen? Online!? Lächerlich. Und zweitens will ich nur dasselbe wie er. Nämlich meinen Spaß in dieser Com. Mehr nicht. Mir würde es gar nicht in den Sinn kommen, ihn seiner Online-Flirts wegen anzuzicken.

Nach einigen Tagen Rumgemobbe reicht es mir. Ich bin diesen sinnlosen Diskurs leid und melde meinen Account *Mia* aus der Com ab. Mein Glaube, ich könne seine Eifersucht dadurch beschwichtigen, siegt. Er ist von Frauen immer wieder enttäuscht und verlassen worden. Als letztes von der Mutter seiner Kinder. Das hinterlässt Spuren, ich habe dafür Verständnis, will sein Vertrauen nicht auf die Probe stellen. Nicht jetzt und nicht auf diese Art. Denn: *Diesen Mann will ich!* Auch wenn er nicht perfekt ist.

Erwartungsgemäß nagt diese Niederlage an mir. Lasse ich mir vorschreiben, wo und mit wem ich chatte? Ja! Könnte man meinen, aber das werde ich so nicht auf mir sitzen lassen. Also lege ich mir sofort ein zweites, neues Login und einen neuen Nick zu. Er lautet *RemoteControl*, denn zufällig liegt eine Fernbedienung neben dem Rechner. Ich klimpere ein lustiges Userprofil zurecht und fühle mich einen Moment lang irrsinnig konspirativ. Natürlich soll er mir nicht auf die Schliche kommen, was mit Hilfe eines Com-Administrators kein Problem wäre, denn ich hab immer noch dieselbe IP-Adresse. Wie stünde ich da? Nach seiner Lesart hätte ich ihn dann bereits hintergangen, wenn auch nur virtuell. Und das ist nun wirklich nicht meine Absicht, denn ich will nur mit allen User-Rechten ausgestattet das Forum lesen und hin und wieder mit jemandem reden. Und so beginnt an diesem Tage mein zweites anonymes Leben in der Com. Nun bin ich quasi doppelt inkognito …

Sollte ich wegen des Zweitnicks ein schlechtes Gewissen haben? Oder bin ich nun vielleicht selbst ein Fake?

Eines Abends frage ich Roman, was er von einer guten Beziehung erwartet. Die Antwort kommt schnell und präzise: In einer guten Beziehung kann der Mann wieder Mann sein und die Frau wieder Frau, männlich und weiblich. Ich könne dann endlich mein „Frausein leben“.

Oha. Das wirft einige Fragen auf, zunächst ob man überhaupt „etwas“ leben kann. Oder ob das Verb *leben* einzig den Zustand lebendig zu sein beschreibt. Gegenfrage: Kann man etwas tun und es nicht „leben“? Wäre man zwischenzeitlich tot? Klinisch oder anderweitig? Hirntot vielleicht? Was könnte es geben, was man tut und dabei nicht lebt? Und wie, bitte schön, *lebt* frau explizit *ihr Frausein?* Hieße es doch, frau wäre entweder partiell nicht Frau, teilweise nicht am Leben oder lebte gar and’rer Leut’s Frausein. Wie das? Und *wieder* Frau sein? Ich bin von je her unausweichlich weiblich und kann mich keiner Zeit entsinnen, diesen Zustand verlassen zu haben und wüsste auch nicht wie. Meint er seine Aussage im historischen Sinn? Waren Frauen vor hundert Jahren mehr Frau? Geht das? Wohl kaum. Will man das? Oder will *Mann* es? Und wie schaut es aus mit dem Mannsein? Wann ist man ein Mann? Ist *„man“* überhaupt ein Mann und wenn ja, wieso eigentlich nur EIN Mann? Was wäre, wenn Frau *„man“* wäre? Am Beispiel des altbekannten Klassikers von Herbert Grönemeier ist festzustellen, dass *„man“* diese Frage nicht beantworten kann mit einer Anhäufung gängiger Abziehbilder und Klischees. Denn diese sind nichts anderes als Blindenstöckchen, mit denen die geläufige Meinung sich vorantastet, weil sie zu differenzierter Betrachtung nicht fähig ist. Es nützt nichts, „etwas leben“ ist und bleibt ein semantischer Nonsens, eine leere Worthülse. Immerhin hört es sich *chique* an.

Früher, ja, das waren noch bessere Zeiten. Früher, da wurde noch um eins gegessen und nicht geredet bei Tisch. Good old times. Der Mann herrschte, die Frau ordnete sich unter. Das war überschaubar, schlicht und einfach. Leider ist „früher“ auch nicht mehr das, was es einmal war.

Erwartet Roman in einer Beziehung eine Hierarchie? Dazu bin ausgerechnet ich denkbar schlecht geeignet. Habe ich doch im Laufe der Jahre ein gesundes Misstrauen nach „oben“ entwickelt und mit Vorgesetzten, den strukturbedingten und erst recht den selbsternannten, immer schon latent, und bisweilen auch offen, Schwierigkeiten gehabt und gepflegt. Einige nötigten mir zwar Respekt im Sinne der Anerkennung ihrer Position, die wenigsten aber Achtung im fachlichen oder menschlichen Sinne ab. Bin ich selbst in einer leitenden, anweisenden Position, versuche ich mit meinen Kollegen auf Augenhöhe zu kommunizieren. Und genauso halte ich es in Beziehungen.

Er macht Pläne für die Zukunft, unsere gemeinsame Zukunft. Wenn sein Job in ein paar Monaten erledigt ist, könnte er bei Richie ausziehen und zu mir nach Leipzig kommen. Das wäre schön. Ja, das wäre es. Eine eigene Wohnung hier in Leipzig? Klar. Aber viel schöner wär's, wir würden zusammen wohnen. Das ist sein Traum. Er könnte bei mir in der Küche sitzen und arbeiten. Wir würden gemeinsam durch die Stadt schlendern, über den Markt bummeln. Und er könnte so stolz auf mich sein, auf seine schöne Katze, die schönste und klügste Frau, die er über alles liebt. Jaaa, das geht runter wie Öl. Und in ein paar Jahren würden wir vielleicht in die Schweiz gehen, nach Basel. Dort könnte er wieder französisch sprechen, und ich könnte in München arbeiten. Basel sei eine so kreative Stadt. Dort hätten wir viele Freunde, würden verrückte Projekte machen, Filme, Fotos. Es wäre einfach perfekt. Im Urlaub würden wir nach Frankreich fahren, Paris ... Andächtig und auch ein bisschen gerührt lausche ich seinen Worten. *Diesen Mann ... und Paris!*

Apropos Urlaub. Paris ist gut. Aber lange Urlaube mag er nicht. Höchstens eine Woche. Nun, nach Paris braucht man mit meinem Auto schon zwei Tage für die Hinfahrt. Und dann noch zwei zurück? Und ich müsste immer selbst fahren, denn er hat seiner Augen wegen keinen Führerschein. Ich bekomme erklärt, dass das überhaupt kein Problem sei, man könne diese Strecke locker an einem Tag fahren. Ok, wenn man in Saarbrücken losfährt, konstatiere ich, die Deutschlandkarte grob visualisierend, könnte das hinkommen, und werfe ein, dass mein Auto für lange Strecken etwas zu hart gefedert sei. Dann führe man eben Mercedes, kein Problem. Aber woher nehmen wir eigentlich den Mercedes? Egal. Seine Ex hatte auch einen Mercedes, und ihr war keine Strecke zu lang. Aber zum Einen: Ich bin nicht die Ex. Und zum Anderen geht es ja nicht nur um die Art des Autos, sondern um die Tatsache, dass man sich die ganze Fahrt über voll konzentrieren muss. Und über Stunden ist das nicht nur anstrengend, sondern zudem schrecklich fad. Aber zu zweit wäre es nicht langweilig. Eine Lektion in Autofahren von einem Fußgänger, nicht schlecht. Aber ich gebe Ruhe und ihm Recht.

Du lieber Gott! Was so ein Mann
nicht alles, alles denken kann!
Beschämt nur steh ich vor ihm da,
und sag zu allen Sachen ja.

Weiß ich doch seit den Diskussionen über den Chat um die Sinnlosigkeit, ihn von einer seiner selbstgeklöppelten Wahrheiten durch Argumente objektiver Natur abbringen zu wollen. Er extemporiert nur immer absonderlichere Thesen, die zu widerlegen müßig ist, denn er selbst widerspricht sich bereits in jedem zweiten Satz. Dieser Streit, telefonisch wohlgemerkt, geht in jeder Hinsicht auf meine Kosten. Darauf hab ich heute Abend keine Lust und denke an die Telefonrechnung.

Wieder online im Messenger
Alex: klopf, klopf
Roman: Guten Morgen
Roman: Komisch, immer wenn ich mich in die Com einlogge, meldest du dich.
Alex: ja wirklich komisch. rein zufällig mach ich in einer halben stunde feierabend und wollte sehen, ob du schon wach bist.
Roman: ach so
Alex: dein tagesablauf ist derzeit etwas reziprok
Roman: in der Tat, das liegt am Rum
Alex: was für rum?
Roman: den Richie mir in den Tee getan hat, gegen Erkältung
Alex: so so, rum vom Richie … ich hätte eher vermutet retsina > reziprok
Roman: *lach* freches Luder
Alex: langschäfer *ggg* selber frech
Roman: Alexandra
Alex: ja, was
Roman: schön, dass es dich gibt *Kuss*
Alex: schön dass es dich gibt *kuss*
Roman: Tel. nachher?
Alex: ok. um 9 bis dann

Manchmal ist er einfach entwaffnend. Trotzdem, ich hab es ja gesehen, dass er wieder einmal zuerst in der Com war, denn ob registriertes Mitglied oder nicht, kann man sich jederzeit als *Gast_NummerIrgendwas* einloggen.

Abends reden wir wieder übers Herkommen, hier wohnen. Ich merke an, dass ich einen gewissen Freiraum brauche. Roman meint, den hätte ich doch im Büro (das hat ca. acht Quadratmeter!). Da wären wir nicht zusammen, ich hätte Freiraum, ganz einfach. Dass ich natürlich im Büro keinen Freiraum im Sinne von zu Hause hab, übersieht er geflissentlich. Meine Wohnung ist schließlich Privatsphäre, um nicht zu sagen Intimsphäre. Kann man das mit der Arbeit im Büro vergleichen? Obschon diese Frage unbeantwortet bleibt, fühle ich mich sehr geschmeichelt und begehrt. Roman will bei mir sein und zwar ganz und gar und aufrichtig, habe ich den Eindruck. Keinesfalls soll er denken, ich wolle ihn zurückweisen. Damit können wir beide nicht besonders gut umgehen. Und er will auch erst länger herkommen, wenn er das Geld dafür hat. Ich finde das recht vernünftig und fair. Geht doch, denk ich zufrieden. Und schließlich: Wer zieht denn nach einem gemeinsamen Wochenende zusammen? Oder sucht er etwa nur eine neue Bleibe? Nein, das kann ich mir nicht vorstellen. So einer ist Roman nicht.

Später reden wir über das geliehene Laptop von Richie. Es ist eine alte Klapperkiste und Richie will es demnächst für ein paar hundert Mäuse abstoßen. Was dann? Keine Ahnung. Wenn er herkommt, und zwar zunächst auf Besuch, so haben wir uns geeinigt, hat er keinen Rechner zum Arbeiten.

„Also ..." Ich druckse herum.

„Eigentlich will ich demnächst ein Laptop kaufen."

„Oh, wie schön."

Das könne er doch mitbenutzen, oder? Prinzipiell schon, aber es wird ein Mac sein. Au Backe, denk ich mir. Er hasst Mac wie der Teufel das Weihwasser. Darüber hatten wir bereits den einen oder anderen freudlosen Disput. Erstaunlicherweise scheint er sich aber zu freuen:

„Es könnte ja sogar ein Titanium sein, das wäre toll."

„Ich hatte eher an ein i-Book gedacht."

„Oh nein, i-Book taugt nichts, zu klein, zu langsam."

„Ich weiß nicht ... ein Freund hat ein i-Book, das ist ganz prima."

„Nein, nein, nein. Wenn schon Mac, dann Titanium", wehrt er kategorisch ab.

„Aber ich hab möglicherweise nicht genügend Geld für ein Titanium. Die Auftragslage, du weißt."

„Dann kauf es doch bei eBay."

„Also eBay, na ja." Ich bin skeptisch.

„Dann fragst du halt mal in deiner Firma, ob die ein altes abgeben."

Wohl kaum.

„Bei uns gibt es keine Laptops und Mac-Tower auch nicht. Außerdem wäre mir ein Tower zu groß. Ich brauche ein Laptop, das ich überall hin mitnehmen kann."

„Frag doch erst mal in der Firma, du weißt doch gar nicht, ob sie Laptops haben!", nörgelt er.

„Ich weiß es. Da brauch ich auch nicht zu fragen, denn Laptops gibt es in der Firma nicht."

„Dann kaufst du eben eine alte Kiste secondhand für 300 Euro."

„Nein, diese 300 Euro wären zum Fenster rausgeschmissen, ich brauch ein gutes Laptop."

„Aber ich nicht, mir reicht eine alte Kiste ..."

Dann kauf sie dir doch selbst! Denk ich ziemlich sauer. Wenn ICH MIR ein Laptop kaufe, vom meinem Geld, dann entscheide ich auch, welches. Basta.

„Für mich gibt es immer nur zwei Möglichkeiten", doziert er nun, „entweder, ich kaufe das Beste, was es gibt, oder was ganz Billiges, was gerade so taugt."

„Und für mich gibt es immer nur eine Möglichkeit: nicht das Minimum, das Maximum auch nicht, sondern das Optimum. Ich kann mir das Beste jetzt nicht leisten. Und für billigen Schrott werfe ich kein Geld raus."

„Dann lass es!", tönt er nunmehr sehr energisch. Die schöne Samtstimme klingt plötzlich schneidend unangenehm.

Jetzt müsste mir eigentlich der Kragen platzen. Das wäre so etwas wie politisch korrekt. Stattdessen fange ich an zu heulen. Wieso nur?

Ich verstehe mich selbst nicht, aber ihn noch weniger. Ich will ja verdammt noch mal ein Laptop kaufen, auch für ihn. Hält er mich etwa für zu blöde, einen Computer zu kaufen?

Und soll ich mich etwa verschulden? Was denkt der sich?

Nun werde ich für meine Bereitschaft und dafür, dass ich mich bereits informiert hab, derart abgebürstet. Das gibt's nicht. Wahrscheinlich heule ich wegen der Zurückweisung. Und aus Trotz. Er hat mich gekränkt.

Mittlerweile tut es ihm leid. Er entschuldigt sich. Meint, wenn wir uns erst besser kennen, besser kommunizieren können, wird es solche Missverständnisse nicht mehr geben, versprochen. Ich soll mich doch nicht verschulden, das hat er nicht so gemeint. Er liebt mich doch.

Gut, ich will's mal glauben. Obschon ich zugeben muss, dieser Vorfall lässt mich leise zweifeln. Er läuft nach einem mir bestens bekannten Muster ab ...

Der zweite Mann meiner Mutter, mein Stiefvater, den sie ehelichte, als ich circa dreizehn war, ein einschlägiger Alkoholiker, der sich bereits an einer Stieftochter in seiner ersten Ehe vergriffen hatte, besaß die unangenehme Angewohnheit, allen über alle und alles unerbetene Vorträge zu halten. Er liebte es, Menschen über Alltäglichkeiten zu belehren und mit selbst gebastelten Weisheiten zu beglücken. Und natürlich hatte er immer Recht. Widerspruch war zwecklos, man wäre assimiliert worden. Dieser Mann hatte sowohl die Weisheit, als auch die Wahrheit auf Lebenszeit für sich gepachtet. Er genoss es geradezu andere, allen voran meine Mutter, nach Strich und Faden zu schulmeistern, ihr ausgiebigst Vorschriften zu machen, als wäre sie eben erst fünf Jahre alt geworden. Unübersehbar hatte er in Sachen Belehrung eine zweite schwere Suchtproblematik entwickelt und demonstrierte uns überdies mit seiner diarrhöischen Besserwisserei die Bedeutung des Begriffes *Familienvater.* Als „Vater der gesamten Familie“ war er von Mutter, die sich auf diese Weise selbst re-infantilisiert hatte, auserkoren worden zum Familienoberhaupt, Erziehungsberechtigten und somit -verpflichteten für sämtliche Familienmitglieder. Als Deutscher des Jahrgangs ‘27 hielt er dies für eine nahezu heilige Pflicht. Vom Lehrerberufe in einem Berliner Problembezirk möglicherweise bereits abgestumpft oder aber vor Eitelkeit etwas in der Selbstwahrnehmung beeinträchtigt, bemerkte er nicht mal wie wir, mein Bruder und ich, uns bald schwerst über ihn lustig machten, von „Lehrvorträgen“ sprachen und diese gackernd und kichernd zu den unsinnigsten Themen und Banalitäten einforderten. Sodass unsere Mutter sich dafür bereits heftig genierte und uns mit gekünstelt süß-säuerlicher Heiterkeit in die Schranken wies.

Ohne seine Weisheiten hätten wir die Suppe mit der Gabel essen müssen. Ich wette, wir wären den Kerl los gewesen, hätte es Speaker’s Corner im damaligen Berlin gegeben. Das wäre sein Platz gewesen. Er war ein Kotzbrocken allererster Güte …

Meine Mutter ließ dieses Verhalten widerspruchslos durchgehen und erntete von mir Unverständnis und Verachtung. Ich würde mich niemals, von wem auch immer, klein machen lassen.

Später gab ich diesem Phänomen den Namen Schwadronitis. Es ist ein unheilbares, aber nicht lebensbedrohliches Leiden, befällt vornehmlich Männer jenseits der zwanzig und verschlimmert sich mit den Jahren mitunter dramatisch. Die Betroffenen reden, faseln, schwafeln und dozieren völlig an ihrem meist weiblichen und/oder minderjährigen Publikum vorbei. Weder auf Antworten, noch auf andere Reaktionen wird sonderlich Wert gelegt. Dringend abgeraten werden muss von Zustimmung, Zwischenfragen oder gar Bewunderung, denn sie animieren den Logorrhoiker nur zu noch intensiverem Wortausstoß. Die Anfälle können schlimmstenfalls mehrere Stunden andauern und verschlimmern sich unter Einfluss von Alkohol und auch manchen illegalen Stimulanzien, wobei der tatsächliche Inhalt des Gesagten meist schlicht bleibt, aber ständig wiederholt und immer grandioser ausgeschmückt wird. Eine bekannte Erscheinungsform ist das Anglerlatein. Am Ende des Vortrages ist aus einem Stichling ein Walhai geworden. Und Fischers Fritzchen mutiert zum Käpt'n Ahab. Eine verbale Ganzkörper-Errektion.

An dieser Stelle sollte ich vielleicht erwähnen, dass ich nicht nur Toleranz von Knödel-Stäbchenessen und anderen Schrullen für ein sehr erstrebenswertes Attribut halte, sondern auch jegliche Diskriminierung, sei es der Hautfarbe, der Herkunft oder des Geschlechts wegen, verurteile. Gerade in einer (in meiner!) Partnerschaft erwarte ich Gerechtigkeit und Fairness. Roman wird sich daran gewöhnen müssen, wenn er mit mir zusammen sein will, dass ich nicht sein formbares Püppchen bin. Allerdings will ich ihn nicht vor den Kopf stoßen. Beziehung ohne Kompromisse gibt es nicht. Und diese Beziehung will ich, *diesen Mann will ich*. Also werde ich meiner Favoritenliste Kompromissbereitschaft hinzufügen.

Am Telefon redet er wieder über Pläne, die Zukunft. Eine Katze könnten wir haben oder einen Hund, wenn er hauptsächlich zu Hause arbeite. Im Ausland hatte er auch eine Katze. Die ist bei Freunden geblieben, leider. Er mochte sie sehr. Ob wir die Katze und die Freunde irgendwann besuchen, will ich wissen. Klar, und ich komme mit, selbstverständlich. Seine Freunde werden sich freuen.

Roman will mich auch in der Firma besuchen oder mich abends dort abholen, wenn er dann endlich hier ist. Meine Kollegen kennen lernen. Ob ich auf ihn stolz sei? Ja, irgendwie schon. Aber das ist nicht so recht meine Sache, auf etwas stolz zu sein, was ich nicht selbst gemacht habe. Auf mich sei er unheimlich stolz. Freue sich schon, mit mir in der Stadt, im Café anzugeben. Jeder soll sehen, dass wir zusammengehören. Ob ich mir das vorstellen könne? Klar, sehr gut sogar. Und dass ich mich so gut mit Rechnern auskenne, findet er auch klasse. Das könnten nicht viele, Frauen schon gar nicht. Dieser Schmeichler, auf diese Weise um gut Wetter zu bitten, ich grinse vor mich hin. Ich kenne viele Frauen, die sich mit Rechnern prima auskennen. Aber vielleicht ist das alles nur eine Frage der Wahrnehmung.

Das Thema Laptop war nicht zum letzten Mal auf dem Tisch. Nach wie vor hab ich die Absicht, demnächst ein solches für mich zu erwerben und es Roman, wenn nötig, zu leihen. Also mache ich einen Termin beim Händler, um mir verschiedene Modelle anzusehen. Außerdem überschlage ich meine finanzielle Situation. Unter günstigen Umständen wäre es noch in diesem Jahr möglich, das begehrte Laptop zu kaufen.

Beim Händler sehe ich mir i-Books, Titaniums und den neuen G5-Tower an. Toll, der ist nicht nur super schnell, sondern sieht – wie bei Mac zu erwarten – klasse aus. Für mich kommt ein Titanium fünfzehn Zoll in die engere Wahl.

Gut gelaunt fahre ich zurück ins Büro, warte, bis Roman online ist und rufe ihn an. Erzähle von meinem Besuch beim Händler, und dass ich den 15-Zoller ins Auge gefasst hab. Das hört sich zwar klein an, ist es aber nicht. Es ist zum Arbeiten groß, und zum Mitnehmen klein genug. Ideal also. Roman allerdings ist nicht begeistert. Er hätte Probleme mit der Ergonomie und würde siebzehn Zoll bevorzugen. Die zwei Zoll kosten über 500 Euro mehr. Um einer Diskussion wie neulich aus dem Wege zu gehen, lenke ich das Gespräch rasch in andere Bahnen und erzähle von dem neuen Mac G5. Dass er super aussieht, mit diesem abnehmbaren Seitenteil, das den Blick auf sein technisches Innenleben freigibt. Dass dieser Mac hardwareseitig die Nase vorn hat, steht für mich außer Frage, und so halte ich es für überflüssig Roman mit technischen Details wie Taktrate und Speicher zu langweilen.

Er hingegen meint, das sei jetzt typisch. So kauften eben Frauen Computer. Er müsse nur gut aussehen, die Technik sei ihnen schnurzpiepegal, davon hätten sie eben keine Ahnung. Ich protestiere. Stelle klar, dass Mac technisch doch wohl seit eh und je an der Spitze rangiere, dass zur Zeit in Amerika ein Super-Computer auf G5-Basis zusammengebaut werde, warum wohl? Dass ich ihm als IT-Spezialisten doch nichts über Gigabytes und Megahertz zu erzählen bräuchte. Schließlich arbeite ich seit über fünfzehn Jahren mit dieser Technik und weiß genau, wovon ich rede. Nichtsdesto rotz bemühe ich mich um einen ausgesucht freundlichen Ton. Provokation liegt mir fern. Dazu bin ich zu gut gelaunt, noch.

Doch er hört nicht auf, entschieden und zunehmend unsachlich zu kontern.

„Mac ist doch Mist, das Betriebssystem große Scheiße. Rückständig und schlecht programmiert."

„Moment mal, Mac OS 7 war das erste Betriebssystem auf 32-Bit-Basis!", halte ich dagegen.

Er fällt mir ins Wort und schimpft weiter auf die graphische Oberfläche, den ganzen „Schnickschnack", der nur Speicher frisst, blabla.

Das kann ich so nicht stehen lassen.

„Diese graphische Oberfläche war revolutionär und ist von der gesamten Computerindustrie kopiert worden. Eine schlechte Kopie findet sich auf jedem Windows Rechner!", lege ich mich ins Zeug. Wenn er wirklich Ahnung hätte, wüsste er, dass diese graphische Oberfläche ursprünglich von Xerox PARC stammte. Das wäre jetzt ein Argument gewesen.

„Windows ist genauso große Scheiße. Unix ist das einzig Wahre."

Jetzt geht's erst richtig los. Nun ist alles andere Scheiße, nur Unix die reine Lehre. Nebenbei gesagt, arbeite ich zum großen Teil mit einem Unix-Computer mit einer sündhaft teuren Spezialeffekte-Software sowie Irix als Betriebssystem. Das weiß Roman.

Ich lass mich nicht unterkriegen.

„Ohne Grund wird nicht die gesamte Graphikbranche mit Mac arbeiten. Wenn Unix so viel besser wäre, warum hat es sich nicht durchgesetzt?

Ich sag dir gern, was wirklich Scheiße ist: Irix ist es! Und das ist Unix!"

„Unix ist brillant! Erstklassig programmiert!", bellt er.

„Kann sein, aber es laufen kaum Programme drauf. Es ist eine Randerscheinung! Ok, die Netzwerkfunktionen, Multi-User, Multi-Tasking, die Architektur, schön und gut.

Aber für meinen Job ist es mir herzlich egal, wie brillant ein Betriebssystem programmiert ist. Wenn es nicht benutzerfreundlich ist, es kaum Applikationen gibt, kann man es vergessen. Im Übrigen ist Mac OS X ein Unix-Derivat ..."

„Ja, ja, Mac ist benutzerfreundlich. Aber das ist auch alles. Der Rest ist großer Mist. Diese ganzen überflüssigen Tools! Speicherfresser! Und diese ganzen Graphik-Programme. Schrott ist das. Buntkram. Miserable Programmierung. Alles Loser, die solches Zeugs zusammenschustern, zum Kotzen."

„Also mein Effects-Programm ist auch buggy wie aus 'ner Bananenrepublik. Reift beim User. Und läuft unter Unix! Sind das nun auch Loser, die das programmieren?“ Auf die folgende Argumentation bin ich gespannt. Obwohl ...

„Alle, die Graphik programmieren, sind Loser, Nichtskönner. Die ganze verfickte Buntbranche!“ Da hat der Schöngeist doch tatsächlich „verfickt“ gesagt. Vokabulärer Kontrollverlust. Erst Blähworte und nun Bähworte.

Mit Buntbranche bin ich wohl auch gemeint, Leute, die programmieren und die damit arbeiten.

Bis dahin konnte ich ihm noch folgen, aber jetzt beginnt ein unverständlicher Vortrag über Speicher, Unix, das Universum und den ganzen Rest, gespickt mit unverständlichem Fachkauderwelsch, halb englisch, halb deutsch, Tech-Sprech und überflüssigen Wortflatulenzen. Imponiergehabe. Entsetzlich. Wo ist denn seine erklärte Gelassenheit hin?

Nach einige Minuten und etwa hundert Schachtelsätzen im Vortragstempo eines Dieter-Thomas Heck interveniere ich: „Das ist mir sowas von piepenhagen. Heutzutage kann ich Speicher einbauen ohne Ende, *Gi-ga-byte!* Was kümmern ein paar mickrige MB für ein Tool, das ich zum Arbeiten brauche?“

Er holt aus zum Vernichtungsschlag: „Erzähl DU mir nichts über Computer, DU nicht. Hörst du? DU wirst nicht mit mir konkurrieren. Ich bin IT-ler. Ich muss es wissen. Und zwar besser als du. Ich bin Programmierer!“, schreit er seine ultimative Logik in den Hörer.

„Ja und? Du kannst kein Bild retuschieren, keinen Film schneiden, keine Partikel animieren. Und was gibt dir eigentlich das Recht, mit einem Satz eine ganze Industrie abzuqualifizieren?“, entgegne ich betont ruhig.

Augenfällig hat er noch kein einziges gescheites Argument gebracht, der Super-IT-ler, und jetzt brüllt er mich an. So geht es weiter, eine Hasstirade gegen Mac, das „verfickte Buntzeug“ und die ganze Welt. Diese rüde Sprache, ich bin ehrlich irritiert. Vom Tonfall ganz zu schweigen. Redet man so mit der Frau, die man liebt? Was, bitte schön, ist heute in *diesen Mann* gefahren?

Es ist also die Konkurrenz, die er fürchtet. In meinem bescheidenen Anwenderwissen über Computer sieht er eine ernsthafte Bedrohung für seinen Status als IT-Experte, eine die ihn schier austicken lässt. Im Prinzip liegt es mir fern, seine Kompetenz anzuzweifeln, dennoch frag ich mich, was das wohl für ein Spezialist sein mag, der im kleinsten Widerspruch eine Kriegserklärung zu erkennen vermeint. Oder aber, er sieht in meinem Widerspruch einen Angriff auf seine Männlichkeit? Meine Güte, was müssen das für Komplexe sein …

Ich lege den Hörer beiseite. Nein, auflegen will ich nicht. Noch siegt die Höflichkeit, und zwar *meine* Höflichkeit. Nach einiger Zeit wird Roman sich beruhigen.

Wiederum Minuten später: Als hätte er sonst keine Probleme, referiert Roman nunmehr ausgiebig über die „jämmerliche" Firmenstrategie von Apple, Microsoft und anderen bekannten Unternehmen. Er hätte die komplette Computerindustrie ganz anders aufgezogen als die hirnlosen Volldeppen in den Chefetagen, *teams made up of losers*. In seiner Rage hat er nicht mal bemerkt, dass er minutenlang keine Antwort mehr bekam, ins Leere faselte. Ein Perpetuum Mobile, ein Pöbel-Phrasomat. Man sollte ihn als Telefonwarteschleife in PC-Support-Hotlines einsetzen. Das würde zwar den Service nicht verbessern, die Beschwerden jedoch würden rapide zurückgehen.

Roman hält sich irrtümlich für ausschließlich verstandesgesteuert, glaubt an das alte Märchen vom rationalen Mann und der „nur" emotionalen Frau. Seltsamerweise fällt ihm nicht auf, dass seine Verbalausfälle alles andere als rational daherkommen.

Um dem Wortschwall ein Ende zu machen, unterbreche ich seinen Vortrag erneut. Mit demonstrativer Gelassenheit im Ausdruck bemerke ich lapidar:

„Entschuldigung. Das ist uninteressant. Ich hab es mir nicht ausgesucht, mit welcher Technik in meiner Branche gearbeitet wird. Deine Wut ist bei mir an der falschen Adresse. *Ich* lasse mich von niemandem für die Strategie im Hause Apple runterputzen und anbrüllen. Wenn du damit ein Problem hast, ruf einfach bei Steven Jobs in Cupertino an. Vielleicht interessiert der sich für deine Lektion in Sachen IT und Strategie. Ich lass mich im Übrigen auch nicht für mein Auto, mein Handy oder meine Jeansmarke beschimpfen. Wenn dir Peugeot, Siemens oder Lee nicht passen, ruf die Hotlines an und sprich dein Anliegen aufs Band."

Irgendwie beenden wir das Gespräch. Ich fahre nach Haus, wütend, empört. Das schlechte Wetter, der Nieselregen, das passt perfekt zu meiner Laune. Sollte ich mir jemals ein Laptop, welcher Art auch immer, kaufen, ich schwöre, Roman kann es sich von weitem ansehen. Anfassen oder gar damit arbeiten oder chatten wird er hingegen mit meinem Rechner nie. Das könnte ich ihm doch niemals zumuten, mit einem so verhassten Gerät arbeiten zu müssen.

Szenarien erscheinen vor meinem inneren Auge …

… ich hab meine Programme installiert, das System konfiguriert. Aber Roman findet das alles verkehrt. Ich soll es doch anders machen, damit er mit dem Gerät arbeiten kann. Irgendwann ändere ich alles nach seinen Wünschen und muss nun beim Arbeiten immer einen Kopfstand machen. Seine Konfiguration ist für mich gänzlich ungeeignet …

… eine wichtige Präsentation steht an. Morgen. Ich brauche das Laptop. Nein, das geht nicht. Womit soll Roman denn chatten, wenn ich das Laptop den ganzen Tag mit zur Arbeit nehme, hm? Ok. Dann sage ich die Präsentation ab. Der Intendant wird Verständnis haben …

… Roman programmiert etwas, aber es funktioniert nicht. Der Rechner stürzt immer wieder ab. Er flucht und schimpft. Ist schon ganz rot im Gesicht, die Augen stehen hervor. Da stürzt das verdammte Ding wieder ab. Er packt es und schleudert es an die Wand …

… ich komme herein, nehme ihm das Laptop weg und werfe es selbst an die Wand …

… *diesen Mann* … am besten werfe ich ihn an die Wand … Es wird ein fetter, glupschäugiger Frosch aus ihm, den ich in ein Gurkenglas ohne Leiter sperre. Bis an das Ende seiner Tage muss er Mehlwürmer fressen.

Jetzt geht es mir besser.

Seltsam, wie ich nach einigen Telefonaten, nach einem so schönen Besuch, von diesem Mann behandelt werde. Er behauptet nach wie vor, dass er mich liebt. Und das nächste Gespräch ist wieder völlig anderer Natur.

Er fragt leise, zaghaft, beinahe schüchtern:

„Liebst du mich?“

Ich hatte ihm wohl einmal was wie „ich mag dich sehr“ gemailt, aber von Liebe war meinerseits nicht die Rede. Und ich liebte ihn nicht. Vielleicht war ich *ver*liebt. Ich wollte es sein. Doch diese seltsamen Anwandlungen machten es mir nicht leicht. Aber der übergroße Wunsch nach einer Beziehung existierte nach wie vor, dominierte mein ganzes Denken und Handeln. Man kann doch wegen eines Streites nicht gleich alles hinwerfen, oder?

„So schnell geht das nicht mit der Liebe bei mir."

„Bei mir schon, ich weiß, dass du Meine bist. Ich liebe dich. Und du?"

Er setzt mich unter Druck. Die Wahrheit? Sie würde ihn verletzen.

„Ich bin verliebt, vielleicht ..."

„Mach keine Scherze, wenn es um so etwas Ernstes geht! Du liebst mich doch."

„Ich kann es vielleicht nicht so sagen, nicht hier und nicht jetzt."

„Also liebst du mich."

„Hm."

Ich frage mich, wenn man jemanden liebt, wie behandelt man ihn oder sie?

Diese Hass-Attacke von neulich, was war das? Diese besserwisserischen Vorträge? Muss ich mich darauf einstellen? Kommt so etwas öfter vor? Soll ich ihn einfach reden lassen und hinterher ist alles wieder in Ordnung? Bin da nicht auch ich gemeint, wenn er so vom Leder zieht? Oder ist es doch nur das Kommunikationsproblem, das wir werden lösen können, wenn wir uns besser kennen. Ich hoffe es. Ich glaube es. Ich denke an das schöne Wochenende bei ihm. *Diesen Mann will ich*. Nur die Liebe zählt! Dieser nette Kai Pflaume ist übrigens aus Leipzig ...

In der Com ist alles beim Alten. Nun, da *Mia* abgemeldet ist und *RemoteControl* ihn nicht weiter interessiert, können wir das Thema friedlich angehen. Ein kleiner Erfolg? Vielleicht.

Ob er wieder ein Gedicht gemacht hat? Klar. Er liest es vor. Wie schön, das Gedicht diesmal und auch das Vorlesen.

Er lästert recht gern über das Com-Volk. Eine Dame nennt sich *Lara_C*. Lara Croft. Lustig. Wie man munkelt, ist sie eine ältere Dame weit über fünfzig, heißt im realen Leben Clara. Mit der „echten" Lara Croft hat sie höchstens den Wohnort gemeinsam: Erde, dritter Planet im Sonnensystem. Sie schreibt unsagbar langweilige Hausfrauen-Beiträge. Soll sie doch. Mir ist das schnurz. Doch für Roman ist sie ein rotes Tuch. Er hasst ihre emotionalverschwurbelte Art zu schreiben. Vermutlich ist sie der Prototyp seiner Frauen-Klischees.

Im Internet kann man bekanntlich alles Mögliche sein. Ich überlege, ob ich *RemoteControl* als Mann hätte registrieren sollen. Das wäre völlig unverdächtig gewesen. Möglicherweise hätte mich *Lara_C* angebaggert. Komische Vorstellung.

Am nächsten Tag schau ich wie immer in der Com vorbei. Eine Freundin ist online. Sie weiß nichts von meinem Verschwinden und der neuen Existenz. Also gehe ich in den Chat und spreche sie an. Ich erzähle ihr, dass ich es bin und was passiert ist. Dasselbe Eifersuchtsproblem hatte sie auch, das alte Lied. Aber sie amüsiert sich, und ich finde es inzwischen auch lustig. Das Gespräch mit ihr erdet mich enorm.

Bald will Roman mich besuchen. In zwei oder drei Wochen. Er freut sich. Leider gibt es bei mir zu Hause noch kein Internet. Es gibt ja auch keinen Computer, denn alles, was ich online zu tun habe, erledige ich im Büro. Mir reicht das. Nach Feierabend gleich wieder an die Kiste, oder gar am Wochenende? Das kann ich mir nicht vorstellen. Aber Roman würde, wenn er hier ist, gern arbeiten. Dazu braucht er das Internet. Also mindestens einen Festnetz-Telefonanschluss. Den hab ich aber auch nicht, mir reicht das Handy mit der Homezone. Allerdings telefoniere ich oft lange mit Judith, da würde sich ein Festnetzanschluss vielleicht lohnen. Und ich müsste mir nicht stundenlang mit dem Handy das Hirn schmoren. Also bestelle ich den Anschluss. Roman freut sich und gibt mir seiner Meinung nach sachdienliche Tipps, wie ich dann auch einen Internetzugang bekomme. Er empfiehlt zwei Provider. Ich recherchiere dazu im Internet und telefoniere herum. Der eine Anbieter hat eine sehr niedrige Grundgebühr. Aber es muss ISDN gelegt werden, das kostet extra Grundgebühr und Anschlusskosten. Die für den eben bestellten Anschluss fällige Summe wäre futsch. Und ich brauch kein ISDN. Der andere Anbieter will mir einen Antrag schicken innerhalb von fünf bis sieben Tagen. Okay. Ansonsten gibt's ja noch *Internet by Call*. Kein Problem also.

Wir telefonieren wieder. Ich berichte von meinen Aktivitäten. Aber Roman ist nicht erfreut, sondern verwundert über die Tatsache, dass dieser Provider ein Formular per Post verschickt. Schließlich gäbe es doch PDFs. Das wären so Dateien. Die könne man herunterladen, also anklicken, dann öffnen, ausdrucken und dann ausfüllen und hinschicken. Warum haben die so etwas nicht? Dazu sage ich jetzt nichts.

Unausgesprochen allerdings bedanke ich mich artig für die kleine Lektion über PDFs. Denn damit arbeite ich täglich. Wie gut, dass Roman mich endlich darüber aufklärte, was das eigentlich ist. Er ist der IT-ler, er muss es ja wissen.

Ruhe. Deeskalation.

Es kommen noch weitere Tipps. Ich spüre, wie seine Anspannung steigt, der Tonfall scharf wird, weiß aber nicht recht, warum. Später werde ich vermuten, dass er genau weiß, worauf das Folgende hinauslaufen sollte ...

Er beauftragt mich, in dem Formular nicht USB sondern Ethernet als Anschlussart anzukreuzen. Keine Begründung, kein Kommentar.

Er repetiert sein Verslein eindringlich, als hätte er ein begriffsstutziges Kleinkind vor sich:

„Da nimmst du Ethernet! Ethernet nicht USB, auf keinen Fall USB."

In einem Gespräch mit mir ist die Gegenfrage zwangsläufig:

„Und warum kein USB?"

„USB ist Scheiße. Punkt. Deshalb." Au Backe, das riecht wieder nach Ärger. Macht nichts. Ich will eine Antwort:

„Und warum ist USB Scheiße?"

„Das ist doch egal, wenn ich sage, nimm es, dann tu es einfach!"

„Okay. Ich nehm es." Folgsam lege ich ein hörbares Lächeln auf und bin gespannt, wie es weitergeht. „Aber ich möchte trotzdem wissen, warum Ethernet nun besser ist als USB."

„Willst du mich etwa provozieren? Glaubst du mir nicht, wenn ich dir was sage?"

Obwohl die Provokation eindeutig an ihm ist, bemühe ich mich um einen ruhigen, freundlichen und sachlichen Tonfall.

„Ich frage dich, was der Vorteil von Ethernet gegenüber USB ist, weil ich weiß, dass du es erklären kannst."

„Weil USB eben Scheiße ist, deshalb", wütet er.

„Das ist doch keine Erklärung."

„USB taugt nichts, ist Mist das Zeug, und ich habe keinen Bock das zu erklären. Ich habe das nicht nötig! Wer bin ich denn! Ich bin hier der IT-ler. Wenn ich es sage, dann ist es so." Also sprach Zarathustra, oder was?

„Da müssen doch ganz andere kommen als du, um mich so was zu fragen.", keift er. „Du glaubst wohl, ich bin ein Loser? Willst du etwa behaupten, ich bin ein Loser?"

Ehrlich gesagt: Ja.

Er läuft zur Hochform auf. Diesmal lasse ich mich nicht involvieren. Und was sollte man auf solch eklatanten Schwachsinn antworten? Um sein derzeitiges Niveau zu erreichen, müsste ich mich zu weit hinab begeben. Unter Beweglichkeit im Geiste versteh ich etwas anderes.

Ich denke, so wie du da jetzt in der kalten, dreckigen Küche bei Richie hockst, ohne Job, ohne Geld, ohne Klamotten, siehst du nicht gerade wie ein Gewinner aus, und lege auf.

Ob er jetzt wutschnaubend zurückruft?

Oder sich beruhigt und entschuldigt?

Ich warte.

Nichts.

Eine Viertelstunde später rufe ich wieder an. Abermals siegt die Neugier. Er ist immer noch auf vollen Touren, ein Choleriker, wie er im Buche steht:

„Leg nie wieder auf! Hörst du? Nie wieder! Du hast eben einen ganz großen Fehler gemacht", kräht er hysterisch im Falsett.

Das ist doch die Höhe, wie der Kerl sich entblödet. Aber ich habe noch ein As im Ärmel: meinen eigenen Minderwertigkeitskomplex. Denn ich vermute, Roman will mich klein machen, um sich selbst groß zu fühlen. Wenn ich mich also in den Staub werfe, sollte er sich beruhigen. Mal sehen, was diese Strategie bewirkt.

„Okay. Ich verstehe", piepse ich tränenerstickt.

„Du glaubst nicht, dass ich begreife, was der Unterschied ist. Du hältst mich für zu blöd. Na gut. Dabei hab ich dich gefragt, weil du eben der Experte bist. Sonst könnte ich ja meinen Friseur fragen. Der hielte mich wenigstens nicht für zu blöd."

Jetzt lenkt er ein. Nein, er hielte mich nicht für zu blöd.

Warum er es denn nicht erkläre?

Er hätte eben gerade keine Lust gehabt, und außerdem hätte mein Tonfall ihn provoziert. Der war völlig normal, ruhig, sachlich. Die Provokation hat er hineininterpretiert. Es war ausschließlich seine subjektive Wahrnehmung.

Außerdem müsse ihm doch klar gewesen sein, dass die Frage kommt. *Er* hat die Frage nachgerade provoziert.

Ja, kann sein. Aber ich hätte schließlich diese Wahrnehmung ausgelöst.

Bevor er sich wieder im Kreise zu drehen beginnt, Ursache und Wirkung verdreht, frage ich, was denn nun der Unterschied sei? Ist doch kein Geheimnis, oder?

„Also Ethernet hat eben ein vollwertiges Netzwerkprotokoll und USB nicht", meint er lustlos und beinahe gelangweilt. Wahrscheinlich hätte er lieber noch eine Weile gezetert. Jetzt habe ich ihm den Spaß verdorben.

„Ach so. War doch gar nicht schwer."

„Und USB wird bald verschwunden sein, vor allem, weil es

keine Treiber gibt. Schon gar nicht für Mac."

Na klar. Mac hat als erster Hersteller USB serienmäßig in seine i-Macs eingebaut, und meine Geräte haben alle Treiber für Mac. Müssen wohl Ausnahmen sein, viele Ausnahmen. Und nebenbei: JEDER heutige Anschluss ist in einigen Jahren veraltet und verschwunden.

Ich vermute, er hat mich heute ganz gezielt provoziert, um seinen Frust abzulassen. Sein Vorgehen war einfach zu durchschaubar. Er wollte mich zum Zwecke der Selbst-Erhöhung erniedrigen. Ob meine Reaktion angemessen, taktisch geschickt war? Ob er irgendwie begriffen hat, dass er mit mir nicht so umspringen kann? Keine Ahnung. Jedenfalls wird er in Zukunft nicht häufiger mit einer Geste der Unterwerfung rechnen können. Diese Rolle liegt mir nicht. Im Gegenteil.

Am Abend rufe ich Judith an, erzähl ihr von dem Vorfall. Wie peinlich mir das ist. So etwas lass ich mir normalerweise nicht bieten. Von niemandem. Ich bringe nur deshalb Verständnis auf, weil ich glaube, dass Romans Minderwertigkeitskomplex um ein Vielfaches größer ist als mein eigener. Und der ist schon beachtlich. Und weil ich die Erfahrung gemacht habe, dass sich derartiges Verhalten, wenn auch nicht in dieser extremen Ausprägung, im Laufe der Zeit legen kann. Wenn Roman versteht, dass ich ihn nicht angreifen, nicht provozieren will, vielleicht beruhigt er sich, gewinnt Sicherheit. Andererseits bin ich nicht seine Therapeutin. Ich hab meine eigenen Probleme und kann mir nicht noch seine aufhalsen. Zumindest nicht, wenn keine Besserung in Sicht ist. Doch bis jetzt hat er jedes Mal eingelenkt und seine Fassung wieder gewonnen. Das kann auch nicht jeder.

Ich bin wieder mal im Forum der Com unterwegs. Es läuft gerade eine Diskussion zum Thema Eifersucht mit reichlich viel Beiträgen. Auch Roman hat sich letzte Nacht zu Wort gemeldet. Er vermisse den geschlechterspezifischen Aspekt und so weiter und so fort. So, so. Jetzt kommt diese Platte. Und wieder hat er seinen Beitrag mit polyglottem Zierrat dekoriert. Was er damit wohl zu bezwecken sucht? *Of cause it's a matter of fact*, dass es *very educated and trés chique* anmutet, sich *some different* Sprachen zu bedienen. Zudem lässt es einen Teil der geneigten Leserschaft *back in the dark* über den wahren Inhalt des Textes, und man umhüllt sich sowohl mit dem Nimbus der Gelehrsamkeit als auch mit einem *petit secret*. Das kann schon Mal schlüpfrig klingen, ist aber auch spannend, *ne c'est pas?* Es gibt auch Menschen, die als *spécialiste borné* ihre Multilingual-Promiskuität schlichtweg für die einzig mögliche, *the one and only art of communication* halten. Zu unterscheiden gilt in jedem Falle, ob jemand Französisch *kann* oder nur spricht. *For me as a common com-user* ist das *only c'est la Virus* oder *bakteRien ne vas plus* und *I read it over*, ganz *simply.*

Roman hingegen scheint es zu benötigen, mit seiner Lingual-Polygamie und seinen Out-of-Tellerrand-Experiences beliebig und an unpassender Stelle hausieren zu gehen und sie zum Postament der eigenen Großartigkeit aufzublähen. *Trés chique?* Oder nur trashig? Zumal seine kleinen polyglotten Verbrämungen oftmals nur ein schäbiges Mäntelchen *sans contenu* aufhübschen.

Der Lack der ersten Wochen ist bereits abgeblättert und meine Bewunderung hält sich in sehr überschaubaren Grenzen.

Brilliant schreibt er. *Brülljannt* antworte ich als *Remote-Control.* Es wäre kleinlich, ihm seine sprachlichen Interferenzen vorzuhalten, meint er. Und ich, es wäre unglaubwürdig, sich multilingual zu wähnen, wohl aber die nötige Trennschärfe nicht aufzubringen. Ein Treppenwitz obendrein, sich ausgerechnet bei der Brillanz zu verhauen. Er faselt weiter über *Intelegenz* und *Rethorik*. Oh je, *diesen Mann* ...???

Nicht zuletzt seines Schreibstils wegen traut sich in diesem Forum kaum jemand, ihm zu widersprechen. Er selbst behauptet, dumme und vor allem aufmüpfige Mitglieder, die ihm im Forum dämlich kommen, zu zerfetzen. Okay. Soll er's mit mir versuchen. Zum Thema Eifersucht lässt sich herrlich parlieren. Und hier im Forum kann ich ihm als *RemoteControl* mal frei von störenden Emotionen die Meinung geigen.

Er bestünde auf *Exclusivität*, schreibt er. So weit, so gut. Und diese wäre eine Bringschuld. Ha! Was, bitte, bringt er denn dafür? *Sie* solle ihr Verhalten doch entsprechend abstimmen. Er würde eine Beziehung mit Vorschussvertrauen beginnen. Dass ich nicht lache. Nicht zuletzt spiele die Wertbetrachtung eine Rolle. Statements wie dieses sind für fünf Cent an jedem Phrasomat erhältlich. Die kluge Frau müsse sich fragen, ob irgendein Vergnügen es ihr wert wäre, IHN zu verlieren. Und auf Klugheit lege er besonderen Wert. So, so. Wenn dem so ist, warum meint er dann, mir ein PDF erklären zu müssen? Wie kann solch ein Oberlehrer kluge Frauen ohne Belehrungsbedarf bevorzugen? Nein, was dumm oder klug ist, kann *dieser Mann* nicht Mal ansatzweise unterscheiden. Seine Grandiositätsvermutung verkleistert ihm jeden distanzierten Blick auf sich selbst und jeden objektiven auf seine Umwelt.

Und so antworte ich, seinen manieriert-blasierten Schreibstil aufnehmend:

so so, das spiel „was ER darf, darf SIE noch lange nicht".
hier wird die frage nach den wurzeln dieses spiels erlaubt sein.

(... und gehe kurz auf die biologischen Ursachen ein.)

wenn wir die eifersucht also entblößen, sie ihrer gesellschaftlichen, moralischen und persönlich-charakterlichen hülle berauben, steht nackt, ärmlich und bedauernswert – der krone der schöpfung nicht so recht würdiger – biologismus vor uns.
schauderhaft ...
legen wir der eifersucht rasch ihr dünnes mäntelchen wieder um.
nennen wir sie weiter exklusivität etc.
seien wir milde und verzeihen der gepeinigten, an sich selbst so sehr zweifelnden kreatur ihre destruktiven gedanken. wissen wir doch nicht, welche verletzungen die arme (sprich eifersüchtige) seele erfahren hat. großmut ist zwar nicht jedermann(!)s sache.
doch treten wir diesmal keine gleichheitsdebatte los.
nein. was ER darf, darf SIE noch lange nicht.
schweigen wir und hoffen (vermutlich umsonst) auf eine milde gabe in die chauvinisten-kasse.
mit einem „do swidanija, towarischij" eskamotiert sich ...

Seine Argumente sind in die steinzeitliche Höhle verfrachtet. Warten wir auf die Reaktion. Allerdings mit der leisen Befürchtung, er könne mich in meiner zweiten Identität ertappen.

Am Abend telefonieren wir. Ich frage wie immer ganz harmlos, was es so Neues gibt im Forum. Hat er wieder was geschrieben? Eine Story, ein Gedicht? Nö. Dass ihm ausnahmsweise jemand die Stirn geboten hat, verschweigt er geflissentlich. Roman hat keine Ahnung. Und ich lache mir ins Fäustchen.

Am nächsten Tag im Büro schau ich sofort ins Forum. Und tatsächlich. Ein Beitrag von ihm ist in der Nacht dazugekommen. Aber was für ein Beitrag. Schade. Und peinlich. Nur Gelaber, eloquentes zwar, hübsche Sätze, aber keine Substanz. Kein Argument, nichts Neues.

Er bemerkt treffend, dass es um Biologie geht, statt um soziale Modernismen. Nein, modern ist Roman nicht und sozial wohl auch nicht, in der Tat. Ohne Argumente bleibt ihm nur, Gemeinplätze zu repetieren und die Tatsache als solche madig zu machen, dass ihm überhaupt jemand widersprochen hat.

„selbstredend, unbedacht und scheingefällig zu krähen, bringt Beifall von einem gewissen Publikum"

Na gut, mein Freund. Der nächste Aufschlag ist meiner. Woll'n doch mal sehen, ob du doch noch argumentieren willst oder kannst. Mein nächster Beitrag folgt und ist diesmal mit einigen amüsanten und dennoch wissenschaftlichen Zitaten geschmückt.

Die Antwort:

nein, nicht zwischen den beinen oder in oder an sonst einem körperteil, in den genen liegt der unterschied zwischen den geschlechtern. dem aufmerksamen leser wird's nicht entgangen sein.

und das ist der casus knaxus, richtig. IHM geht's um quantität, IHR um qualität!

und zwar im wollen, im können und im denken

und im handeln auch.

ob und dass dieser unterschied eifersucht generiert, hängt von jedem selbst und vom kontext ab.

(…)

es sollte genügen, die zusammenhänge von eifersucht und besitzdenken zu erkennen, um handlungsalternativen zu entwickeln.

und jetzt sind sie dran.

in erwartung eines nicht nur eloquenten sondern diesmal argumentativen elaborates.

grüße …

Am nächsten Tag treffe ich meine Freundin im Chat. Sie hat die Diskussion verfolgt und sich köstlich amüsiert.

Roman allerdings beantwortet meinen Beitrag nicht. Er schreibt eine persönliche Nachricht, dass er sich bereits aus der Diskussion verabschiedet hatte, und überhaupt lägen wir gar nicht so weit auseinander. Ein Feigling ist er also auch noch.

Es scheint nicht besonders gut auszusehen für diese Beziehung. Aber ich will glauben, dass wir unsere Differenzen in den Griff bekommen. Wenn wir erst zusammen sind, wird es genauso schön werden, wie an diesem einen Wochenende. Roman steht einfach im Moment unter extremem Druck. Keine richtige Wohnung, kein Geld, und Richie ist seiner Beschreibung nach nicht besonders gastfreundlich, ein Kotzbrocken. Er kauft nichts zu Essen. Nörgelt ständig herum. Ist sauer, wenn Roman telefoniert. Und nicht zu vergessen, diese unerträgliche Bude. Roman macht das sehr zu schaffen. Ich verstehe das. Glaube ich. Man muss für eine Beziehung auch Opfer bringen, Kompromisse machen, für sie arbeiten. Ich bin selbst nicht gerade pflegeleicht, launisch, dickköpfig, na ja. Damit muss Roman auch klar kommen.

Bald wird er mich besuchen, wahrscheinlich Freitag. Dann wird alles gut. Ich freue mich – ein bisschen. Ob er sich freut? Na klar, riesig. Allerdings hat er kein Geld für das Ticket. Hm, das enttäuscht mich jetzt. Hatte ich doch erwartet, dass er die Summe inzwischen irgendwie zusammengekratzt hat. Also nicht. Na ja. Meine Begeisterung hält sich in Grenzen. Schließlich bezahle ich bereits die langen Telefonate. Jetzt soll ich auch noch das Ticket kaufen und für ihn am Bahnhof in seiner Stadt hinterlegen lassen. Okay. Ich will ihn ja auch sehen. Aber warum eigentlich? Muss ich mich meines Mantras *„Diesen Mann will ich"* auf diese Weise entledigen? Konfrontationstherapie? Oder glaube ich tatsächlich an ein Wunder? Vielleicht bin ich einfach stur. Man muss nur wollen! In diesem Sinne stimme ich zu. Wenn wir uns nicht bald sehen, wird die Situation eskalieren.

Die Tage vergehen, wir chatten ein wenig oder telefonieren. Am Donnerstag gibt er mir zu verstehen, dass es mit seinem Besuch Schwierigkeiten geben könnte, Richie. Es wäre möglich, dass er ihn am Wochenende mit Arbeit eindeckt. Ich bin am Boden zerstört. Wie gut, dass ich das Ticket noch nicht bestellt hatte.

Ich richte mich seelisch und moralisch darauf ein, dass Roman nicht kommt. Und richtig. Am Freitag stellt sich heraus, dass er in keinem Fall kommen wird. Zwar macht Richie keinen Ärger, doch hat Roman Zahnschmerzen und eine dicke Backe vom Feinsten. Keine Chance also, überhaupt irgendwohin zu fahren. Ob er bereits am Donnerstag Zahnschmerzen hatte und Richie nur ein Vorwand war?

Ich bitte Roman eindringlich, zum Arzt zu gehen, mache mir ernsthafte Sorgen. Mit einer Kieferentzündung ist nicht zu spaßen. Es kann leicht eine Sepsis daraus werden, zumal er in der Nacht hohes Fieber hatte. Aber zum Arzt? Nein, auf gar keinen Fall. Er hat sich aus der Apotheke irgendwas geholt gegen die Schmerzen, aber bei dieser Symptomatik hilft es nicht. Er muss so verknautscht aussehen wie Quasimodo. Ohne ärztliche Behandlung kann das gut eine Woche dauern oder länger. Ich bin stocksauer und besorgt. Trotzdem bedauere ich ihn ausgiebig und wünsche gute Besserung.

Am Wochenende können wir nur kurz telefonieren. Roman kann kaum sprechen, essen auch nicht. Er ist extrem mies gelaunt, kein Wunder. Ich will auch nicht großartig mit ihm plaudern, sondern nur wissen, ob es sich bessert, oder der Notarzt ihn bereits abgeholt hat. Es bessert sich, wenn auch langsam.

Die nächste Woche beginnt und ich hoffe, dass er nun diesen Freitag herkommt. Die Entzündung klingt langsam ab. Ich bin verhalten optimistisch. Mittwochabend fragt er mich am Telefon, ob ich mir den Zug, mit dem er zu fahren gedenkt, schon mal aufgeschrieben habe.

„Den brauch ich nicht aufschreiben. Das kann ich mir merken", sage ich freundlich. Diesen wichtigen Zug muss ich mir doch merken.

Was denn mit dem Ticket sei, will er wissen.

„Heute Abend war es zu voll, nur zwei Schalter offen. Wahrscheinlich hol ich es morgen." Es ist ja erst Mittwoch, denke ich.

„Dann hol es doch morgen in deiner Mittagspause."

„Ich weiß nicht, ob das geht, hab um elf Uhr eine Projektabnahme."

„Na, so lange wird die doch nicht dauern." Er kennt sich aus in meinem Job!

„Nein, aber wenn es Änderungen gibt, muss ich diese gleich ausführen."

„Dann holst du es eben früh."

„Früh muss ich zum Steuerbüro."

„Also ich bin morgen um sechzehn Uhr hier am Bahnhof, da will ich das Ticket abholen."

„Warum holst du es nicht direkt vor der Abfahrt am Freitag?"

„Das geht nicht."

„Wieso nicht?"

Da er keinen plausiblen Grund angeben kann, muss er improvisieren:

„Wenn es nun vielleicht, ähm, vierundzwanzig Stunden dauert, bis das Ticket hinterlegt ist? Was dann?"

„Wieso sollte es denn vierundzwanzig Stunden dauern? Es spielt keine Rolle, *woher* ich anrufe, sondern *wohin* ich das Ticket bestelle. Schließlich ist die Bahn vernetzt." Du super IT-ler, denk ich. „Ich bestelle das Ticket, dann bekomme ich eine Kundennummer und mit dieser Nummer kannst du das Ticket dann bei dir abholen. So ist das, ganz einfach. In Frankfurt hab ich das immer so gemacht."

„Ja? Und wenn die Bahn das jetzt geändert hat? Dann kann ich am Ende erst Samstag fahren!" Er nörgelt und mault bockig wie ein kleines Kind.

„Warum sollte die Bahn denn?"

„Woher willst du das denn wissen? Bist *du* vielleicht die Bahn?"

Bin ich die Bahn? Ich schaue an mir hinunter – nein.

„Ich glaube eher, du willst nicht, dass ich komme!"

Jetzt ist Schluss.

Diesmal platz er, der Kragen. Aufstehen, tief Luftholen und crescendo:

„Wenn ich das Ticket schon bezahle, dann kauf ich es auch, wann es MIR PASST. BASTA."

„Weißt du was, dann lass es sein …", höre ich den souveränen, in sich ruhenden Charismatiker noch gnatzen, bevor ich auflege.

Bis dato hielt ich Loriot für den genialsten Erfinder absurder Paar-Dialoge. Heut weiß ich, diese Art Dialoge entspringen der nackten Realität und bin erschüttert. Wie um alles in der Welt kommt *dieser Mann* auf derart abwegige Unterstellungen? Wo nimmt er die nachgerade waghalsige Kühnheit her, mir diese Story von den vierundzwanzig Stunden aufzutischen? Seit Wochen schon höre ich zwischen den Zeilen den Vorwurf, ich würde ihn nicht hier haben wollen. Will er mir ein schlechtes Gewissen unterjubeln? Oder hat er da etwas gespürt, was mir selbst nicht bewusst ist?

Dieser Mann ist Computerspezialist. Dass die Bahn computertechnisch vernetzt ist, MUSS er wissen. Und: Er war über zehn Jahre nicht in Deutschland. Wann hat er eigentlich das letzte Mal selbst eine Fahrkarte gekauft? Von seinem eigenen Geld?!

Allein das Ansinnen, mir den Kauf einer Fahrkarte erklären zu wollen, unglaublich.

Anmaßend.

Unverschämt.

Vielleicht könnte ich an dieser Stelle ganz rational und in dem von ihm so hoch geschätzten traditionellen Wertesystem die entscheidende Frage klären, was dieser Mann mir eigentlich zu bieten hat. Sicher, das klingt jetzt sehr berechnend, aber eine Beziehung ist schließlich immer auch ein Geben und Nehmen und sollte in dieser Balance ausgeglichen sein. Außerdem ist die Frage ausdrücklich rational und nicht vom moralischen oder altruistischen Standpunkt aus formuliert. Was ich von einem Mann

Lohnenswertes erhalten könnte wäre Geld, Prestige, emotionale Zuwendung, Sex, geistige Anregung und Inspiration, in zufälliger und wertungsfreier Reihenfolge, versteht sich. Was ich von Roman zu erwarten hätte, wäre – nach meinem heutigen Kenntnisstand – kein Geld, Prestige auch nicht, mangelhafte emotionale Zuwendung, schlechter Sex, geistige Anregung in Form von Kontroversen und Inspiration, wenn überhaupt, nur im Gegenentwurf. Keine gute Bilanz. Wenn hier meine Rationalität bereits in Führung gegangen wäre, müsste ich die Konsequenzen ziehen. Doch leider, leider ... Noch ist es wohl nicht so weit.

Wahrscheinlich bin ich nur extrem naiv. Oder vielleicht blöd. Oder bin ich so etwas wie Mutter Theresa in meiner ganzen stummen Anspruchslosigkeit? Sollte ich am Ende darauf stolz sein, so selbstlos nahezu gar nichts von Roman zu erwarten, außer dem Etikett „Beziehung"? Himmel Herrgott, hilf!

Später rufe ich Judith an. Die Frage steht im Raum: Soll ich ihn abschießen? Oder ihm noch eine Chance geben? Ja, Menschen streiten. Aber so was? Nein. Was zu viel ist, ist zu viel. Obwohl ...

Judith meint, wenn er sich eine richtig gute Entschuldigung und Wiedergutmachung ausdenkt, dann ja. Wenn nicht, soll ich es beenden.

Mal sehen, ob ich schon so weit bin.

Die Hoffnung stirbt zuletzt.

Mir ist das Vorgefallene so peinlich. Für *diesen Mann* schäme ich mich entsetzlich

Fremdschämen nennt man das. Darin hab ich langjährige Erfahrung. Peinliche Menschen im persönlichen Umfeld begleiten uns von frühester Jugend an, und oftmals sind es gerade die nächsten Angehörigen, für die man sich am meisten geniert. Ich schämte mich zum Beispiel des Öfteren für meine Mutter. Meine früheste und prägende Fremdschäm-Erfahrung hab ich ihr zu verdanken. Es trug sich zu, als ich vielleicht fünf Jahre alt war. Mein Bruder war also drei. Unserer Oma war aus Versehen der Emaille-Nachttopf beim Ausleeren ins Toilettenbecken gefallen und hatte dieses beschädigt. Für mich wäre das eigentlich kein Problem gewesen, hätte ich doch ausnahmsweise den Nachttopf mitbenutzen können. Meinen Eltern war von der Nachbarin, die das lokale Spektakel im Haus D. natürlich mitbekam, freundlicherweise die Mitbenutzung ihres stillen Örtchens angeboten worden. Trotz alledem eskalierte die Situation auf unvorhergesehene Weise, als der zuständige Klempnermeister erwartungsgemäß kein passendes Klosettbecken auf Lager hatte. Meine Mutter bekam also einen hysterischen Anfall, packte mich und meinen Bruder jeweils an einem Arm und zerrte uns, heulend und kreischend ob der rüden Behandlung, hinter sich her zum Klempnermeister um die Ecke, um dort das Stück „Bedauernswert hilflose Frau mit mindestens zwei Kleinkindern“ uraufzuführen. Sie flennte, jammerte und wackelte dazu mit ihrem beachtlichen Busen: „Sehen Sie hier!“ Der Klempner starrte offenen Mundes auf die schwingenden Massen. „Ich hab schließlich zwei ...“ Und was für welche! „ ... *kleine Kinder!*“ Heftiges Schluchzen antäuschend zerrte Mutter an uns herum, damit wir auch ordentlich brüllten. „Soll ich jetzt jedes Mal zu Ihnen kommen, wenn die aufs Klo müssen???“ Das Gebrüll, Gezeter und Gewackel war dem unschuldigen Klempnermeister zu dicke, so trieb er schleunigst das passende Klosett auf. Und ich schämte mich das erste Mal im Leben gründlichst.

Dann, knapp zehn Jahre später, erfolgte ein weiterer, heftiger Schlag in Sachen „Schämen-für-Eltern“. Damals war bereits der Stiefvater bei uns wohnhaft und meine Mutter hochschwanger mit meiner Schwester, dem designierten Wunderkind. Christiane Frisch aus dem Nebenhaus feierte ihren Abschied aus der Klasse, denn sie ging mit ihren Eltern wieder ins Ausland. So veranstaltete die Klassen-Elite eine Party bei ihr zu Hause. Die Eltern waren nicht anwesend. Nur weil ich nebenan wohnte und öfter mit Christiane gemeinsam im Bus zur Schule fuhr, war ich der Form halber auch eingeladen worden, denn viel lieber wäre die Elite unter sich geblieben. Nun war Christianes Mutter bekanntlich vom Putzwahn befallen, und folgerichtig mussten alle die Schuhe ausziehen und sich sehr vorsehen. Eine umgekippte Brause hätte das Aus bedeutet. Es war ein sonniger Juninachmittag. Wir hörten Abba und Rubettes brav in Zimmerlautstärke.

Mein Stiefvater hatte sich bereits im Vorfeld nach den näheren Umständen der Party erkundigt. Wer ist eingeladen? Jungs auch? Ach so? Und Christianes Eltern, würden sie anwesend sein? Nein?? Bedenklich, bedenklich. Vierzehnjährige Mädchen und Jungen nachmittags allein in einer Wohnung, das riecht nach Sodom und Gonorrhöe. So überzeugte er Mutter, nebenan nach dem Rechten zu sehen. Ihr muss das doch zu plump gewesen sein, und so suchte sie nach einem Vorwand, den Kontrollbesuch leidlich zu tarnen. Sie gab vor, Christianes Eltern noch ein paar Blumen zum Abschied rüber bringen zu wollen. Da sie aber keine geeigneten Blumen im

Hause hatte und es zum nächsten Blumenladen zu weit gewesen wäre, pflückte sie einfach gegenüber zwischen den Hundekötteln einige mickrige Studentenblumen von der Rabatte. So ausgerüstet, sie hochschwanger und sehr unvorteilhaft gekleidet, am Arm des dürren, pickligen Stiefvaters, klingelte dieses Duo infernale bei Christiane an der Tür, als die Party bereits in vollem Gange war. Steffanie von Monkwitz, die Klassenbeste und -schönste, öffnete. Und schreckte zurück.

„Christiane? … Da sind zwei … Leute draußen."

Christiane kam und guckte.

„Guten Tag, Frau D.", und zu Steffanie: „Das sind die Eltern von der Alexandra", und zu mir: „Alex, deine Eltern sind hier." Ich erschrak ebenfalls.

Dass dieser Typ da draußen nur mein Stiefvater war, diesen kleinen aber wesentlichen Unterschied, vergaß man geflissentlich zu erwähnen.

„Christiane, sind denn deine Mutti und dein Vati zu Hause?", fragte meine Mutter mit aufgesetzter Freundlichkeit, einem nach schräg-vorn-unten gereckten Kopf und in einem Tonfall, als spräche sie zu einer Fünfjährigen, obwohl Christiane sie schon um mindestens zehn Zentimeter überragte.

„Nein, die sind nicht da."

Ich eilte herbei, um Schlimmeres zu verhindern, drinnen tuschelte es bereits.

„Was??? DAS sind deren Eltern? Mich wundert gar nichts mehr", sagte ausgerechnet der Typ, in den ich heimlich verknallt war. So eine Scheiße, auch das noch. Aber bei dem hatte ich eh keine Chance.

Draußen vor der Tür standen die zwei wie Aushilfsgespenster einer abgewrackten Geisterbahn. Sie, klein, fett und auch noch schwanger, die strähnigen Haare auf dem höchsten Punkt des Kopfes zusammengepfriemelt zu einem altmodischen Dutt, den außer ihr *keine* damals 34-Jährige freiwillig getragen hätte, angetan mit einem viel zu kleinen BH, neben, über und unter dem alles Mögliche hervorquoll, und einer halbdurchsichtigen, prall-engen Nylon-Bluse, sah sie aus wie eine Brühwurst in oben zugeknoteter Pelle. Daneben er: dürr, zerknittert, zwei Köpfe größer und mit einer heftigen Erwachsenen-Akne gestraft – zu Recht, wenn man mich fragt – war er auch noch um einiges älter als sie, überdies älter aussehend, und wirkte wie die Figur einer Wilhelm-Busch-Klamotte, der Lehrer Lämpel. Jetzt würden bald alle Mitschüler darüber Bescheid wissen, mit was für einem ekelhaften Kerl meine schrullige Mutter ganz unübersehbar Sex gehabt haben musste. Das war so widerlich.

„Das sind deren Eltern da draußen, guck dir die an. Das gibt's doch nicht."

Im Wohnzimmer wurde gelacht und gegackert.

„Was wollt ihr denn?", fragte ich, Böses ahnend.

„Wir wollen uns bei Christianes Mutti bedanken, dass ihr hier feiern dürft und uns verabschieden", piepste Mutter mit Kinderstimmchen und süßlichem Grinsen.

Ich starrte auf diese peinlichen Blümchen. Christianes Eltern wollten garantiert keine Studentenblumen von der vollgeschissenen Rabatte gegenüber in ihrer Meißner-Designervase auf dem Wohnzimmertisch haben. Diese Blumen würden im hohen Bogen in den Müll fliegen. Das war einfach nur ärmlich und erbärmlich.

Nun meldete sich der Stiefvater mit einem Machtwort:

„Was geht denn hier eigentlich vor? Warum habt ihr alle keine Schuhe an? Soll das vielleicht eine Orgie werden?" Plautz! Da war es, das O-Wort.

Ich hatte nur vage Vorstellungen von einer Orgie und hielt die Vermutung für komplett abwegig, mit unseren Jungs aus der Klasse, die noch Sopran sangen und denen noch nicht mal der erste Flaum auf der Oberlippe spross, eine Orgie in Christianes aseptischer Wohnung abzufeiern. Wenn das keine perversen Phantasien dieses pickligen Spießers waren …

Vergeblich versuchte ich zu erklären, dass wir die Schuhe aus Gründen der Hygiene ausgezogen hatten und keineswegs berauscht von Bitter Lemon und zu den Klängen von Smokie und Baccara in einen kollektiven Koitus zu taumeln gedachten.

Es nützte nichts. Ich musste auf der Stelle meine Sandaletten anziehen und mit rüber nach Hause kommen. Die anschließende Szene war vom Feinsten. Der Begriff Orgie fiel noch mehrere Male, ohne dass ich erklärt bekommen hätte, worum es sich dabei nun genau handelte.

Gott sei Dank, brachen kurz darauf die Sommerferien an, und ich musste mir das Geläster über „diese Eltern" nicht allzu lange anhören. An einer echten Orgie war ich übrigens bis heute nicht beteiligt.

Inzwischen schleichen sich hin und wieder Gedanken über Roman ein, die wenig *political correct* sind. Gedanken wie: Du

Scheißkerl, kein Wunder, dass man dich so schlecht behandelt hat. Du hast es nicht besser verdient, du Giftzwerg, wenn du als Kind schon so ein Ekel warst. Rational ist mir klar, dass kein Kind an schlechter Behandlung durch die Eltern schuld ist. Aber emotional kann ich diese Gedanken nicht unterdrücken. *Dieser Mann* scheint immer noch stark traumatisiert zu sein. Offenbar projiziert er seine latente Misogynie auf mich.

Am nächsten Morgen, Donnerstag, im Büro, keine Mail, keine Nachricht, nichts.

Ich rufe die Service-Hotline der Bahn an, vergewissere mich bezüglich des Prozederes für Bestellungen. Es ist genauso, wie ich es Roman gestern erläuterte. Ich verfasse eine kurze diesbezügliche Nachricht. Wenigstens die Erkenntnis, im Unrecht gewesen zu sein, sollte ihm zu denken geben.

Freitagmorgen im Büro, eine Mail.

Roman schreibt, er sei kein Mann, der heute liebt und morgen vergisst. Aber er ließe sich nicht beliebig schlecht behandeln.

So. Ich hab ihn also schlecht behandelt? Wie das denn? Ich habe ihn eingeladen! Bin sogar bereit, ihm das Ticket zu spendieren und es selbst zu buchen.

Ist das schlechte Behandlung?

Was bitte ist dann gute Behandlung?

Wieder muss ich an Loriot denken. Solcher Art Verdrehung von Tatsachen begegnet man eigentlich nur in guter Comedy oder in schlechten Filmen. Und ich werde den Verdacht nicht los, dass es sich hier um Letzteres handelt.

Das Wochenende verbringe ich frustriert. Am Montag beschließe ich, ihn ein letztes Mal anzurufen. Ich erwarte zumindest eine Entschuldigung. Doch nach dieser uneinsichtigen Mail? Unwahrscheinlich. Und tatsächlich. Er ist zwar ruhig, es tut ihm leid, dass er im Unrecht war, aber entschuldigen will er sich nicht. Roman meint, er habe nicht an mir zweifeln wollen, sondern an der Zuverlässigkeit der Bahn. Kein Argument ist ihm zu billig, um im Recht zu bleiben.

Eine erneute Diskussion wäre vollkommen zwecklos. Bombe und Systemfehler wären die zwangsläufige Folge. Irgendwie scheint mir *dieser Mann* schlecht programmiert zu sein. Man sollte ihn updaten. Ein neues Betriebssystem, unixbasiert, das wär's doch. Dann könnte man gestörte Tasks einfach terminieren, *kill -9*, ohne das gesamte System in den Abgrund zu reißen.

Ich frage mich, warum redet er nicht einfach nur von Dingen, die er weiß. Das gäbe doch hinlänglich Stoff. Aber es wird noch besser, denn Roman behauptet, diese haarsträubende Schmonzette von den vierundzwanzig Stunden hätte ihm mal jemand von der Bahn erzählt. Das muss wohl im letzten Jahrtausend gewesen sein. Was sollte „jemanden von der Bahn" motivieren, solche Geschichten zu verbreiten? Nein, mein lieber Roman, diese jämmerliche Story geht allein auf dein überzogenes Konto. Schade, du hast schon Besseres verfasst. Komischerweise war in der Woche zuvor gar keine Rede vom Ticketkauf. Das stinkt doch gewaltig.

Trotz allem bin ich immer noch der Überzeugung, dass alles gut wird, wenn wir uns endlich sehen. Dann ist er wieder der Mann, den ich kennen gelernt habe. Der charmante, stilvolle und kluge Roman, der Dichter mit der feinen Sprache, der mich mit Komplimenten überhäuft, mich warmherzig anschaut und in den Arm nimmt. Er verspricht immerhin, sich nicht mehr so gehen zu lassen. Wenigstens etwas. Die paar Tage, bis er nun tatsächlich kommt, halten wir auch noch aus. Es liegen noch viele schöne Jahre vor uns, sagt er herzlich. Und ich werde wieder weich. Viele schöne Jahre, wie sehr ich mir das wünsche. Wir müssen nur wollen.

Ich wünsche mir ein Gedicht von Roman. Eines nur für mich. Er verspricht es, wird es mitbringen.

Währenddessen geht in der Com alles seinen Gang, wie immer. Roman hat eine ziemlich skurrile Story geschrieben. Wunschdenken? Aber auch ein romantisches Gedicht. Wunschdenken ...

Eines Morgens hab ich eine Nachricht im Com-Postfach von *RemoteControl*. Ah, von meiner Freundin, denke ich und klicke auf den kleinen Briefkasten.

VON ROMAN! Mir bleibt die Luft weg. Was will er? Ist er mir auf die Schliche gekommen? Die Eifersuchtsdiskussion ist doch längst beendet. Es scheint eine Ewigkeit zu vergehen, bis der betagte Com-Server den Text endlich ausspuckt.

Da steht: *Dein Profil gehört zum Schönsten und Klügsten, was ich hier sah, wenn auch noch antithetische Prägung durchscheint. Willst du lernen, das Paradoxon in Harmonie aufzulösen? Falls ja, darfst du dich ganz vorn anstellen ;)*
Vielleicht bis bald ...

Pah!

Das ist doch die Höhe, der Gipfel! Mich schüttelt's zwischen Lachen und Heulen. Jetzt, wo es im Gebälk knirscht, gräbt dieser Vollidiot seine eigene Freundin unter ihrem Zweitnick an, wohl um schon mal eine Alternative klar zu machen. Kann einer allein so dämlich sein? Man bedenke, dass dieser Kerl von sich behauptet, nie und nimmer welche Frau auch immer anzubaggern. *Diesen Kerl will ich?!?*

Und mein Profil?! Das hab ich in zwei Minuten hingerotzt, während ich mit ihm telefonierte. Wie kann es zum Schönsten und Klügsten gehören? Bin ich ein Genie? Ist er ein Cretin? Meine Bescheidenheit erlaubt nicht, Ersteres anzunehmen.

Erst mal einen Kaffee holen, mit jemanden telefonieren, Smalltalk, runterkommen.

Ich schwanke zwischen Empörung und Amüsement. Das Ganze ist doch eine Posse, eine Schmierenkomödie sondergleichen. Mein rationales Ich steht neben mir und fragt sich, fragt MICH, wie lange ich diese Farce noch mitspiele. Ja, das frag ich mich auch. Teilnehmendes Beobachten nennt man das.

Später überlege ich, was zu tun ist. Es ergeben sich mehrere Optionen:

1. Ich könnte mich zu erkennen geben und die Sache sofort beenden. Dann hätte ich allerdings seinen Verdacht bestätigt, in der Com „rumzumachen“, denn es war eine Lüge, dass ich dort nicht mehr verkehre. Moralisch hätte ich verloren.

2. Ich könnte eine heftigen Flirt mit ihm beginnen und ihn später mit allen Schikanen hochgehen lassen. Er wäre der betrogene Betrüger. Aber auch dabei stünde ich nicht wirklich gut da. Die Beziehung wäre in beiden Fällen beendet. Auf solch eine Beziehung allerdings kann ich dankend verzichten. Andererseits ist die Com für mich nur Geplänkel, Zeitvertreib. Wenn es für ihn ebenso wäre? Würde ich ihm Unrecht tun, wäre am Ende selbst die betrogene Betrügerin? Wohl kaum. Längst weiß ich, dass die Com sein Lebensinhalt ist.

3. Ich könnte die Sache einstweilen klein kochen, im Sande verlaufen lassen, zumindest vorläufig, um ihm die letzte Chance des Besuches zu lassen. Sollte er diese doch vergeigen, kann man immer noch zu Punkt 2 übergehen und eine dicke Bombe zünden. Was allerdings eher nicht mein Stil ist.

Also antworte ich zweideutig: *danke.*
wenn es hier eine klügste und schönste gibt, wird sie bereits die ihre sein.
ganz vorn einreihen?
womöglich stehe ich bereits dort. (kleiner scherz)
aber anstehen ist meine sache nicht.

ich wende mich wieder meiner gartenarbeit zu und warte ab, welche früchte reifen. grüße R.C.

Auf Abschicken klicken. Puh. Was wohl jetzt kommt? Verzwickter kann es kaum werden. Noch vor einigen Wochen wünschte ich mir nichts sehnlicher, als dass mein Leben sich ändern möge. Nun, das tat es, und zwar gründlich. Die ich rief, die Geister, wie werde ich sie wieder los? Ob es ein Happyend gibt? Die Hoffnung schwindet leise. Doch noch bin ich nicht bereit, aufzugeben.

Am Mittwoch wieder im Chat. Vormittags schläft Roman noch. Auf meine Nachricht hat er übrigens nicht geantwortet. Ich erzähle die Story meiner Freundin. Sie ist genauso fassungslos wie ich. Wir überlegen hin und her, was zu tun sei. Und landen wieder bei Punkt 3. Aber ich habe eine Bitte. Sie soll sich, wenn sie so nett sein will, am Wochenende, während ich mit Roman zusammen bin, als mein Zweitnick *RemoteControl* einloggen und einige öffentlich lesbare Nachrichten in ihr eigenes und dann mit ihrem eigenen Nick in mein Gästebuch schreiben. Für den Fall, dass ich später ein Alibi brauche, wäre eindeutig klar, dass ich nicht der Zweitnick sein kann. Denn ich selbst werde am Wochenende, wenn Roman hier ist, auf keinen Fall online sein. Natürlich, das macht sie gern. Wir Weiber halten zusammen. Morgen schicke ich ihr mein Passwort.

Donnerstag. Das Passwort ist gesendet. Nun bestelle ich das Ticket telefonisch. Die Hinfahrt kostet ca. 60 Euro, eine Platzreservierung kommt hinzu. Roman soll es bequem haben. Freitags sind viele Pendler unterwegs, und die Fahrt dauert ungefähr viereinhalb Stunden. Ich bekomme die Kundennummer und maile sie Roman. Anrufen werde ich heute Abend nicht mehr.

Freitag. Es gibt eine Menge vorzubereiten. Als erstes aufräumen und putzen. Nicht, dass es bei mir auch nur annähernd so chaotisch wie bei Richie wäre, im Gegenteil. Doch im Alltag kann ich das Ordnungsprinzip „Häufchen“ ungerührt durchgehen lassen.

Später fahre ich tanken, einkaufen. Da ich nicht sicher weiß, was Roman gern isst, besorge ich zunächst das Standardprogramm fürs Frühstück. Joghurt, Fertigback-Brötchen, Butter (selbst esse ich keine Butter, Diät!), Eier, Tomaten, Obst, Kefir. Den mag Roman besonders gern, das weiß ich. Den Rest können wir morgen gemeinsam besorgen.

Mittags bin ich mit den meisten Vorbereitungen fertig und will noch etwas entspannen. Da klingelt das Telefon. Roman!

„Du, ich hab den Zug verpennt“, meint er lapidar.

Ich glaube es nicht. Schweige.

„Ja, also. Vielleicht rufst du mal bei der Bahn an und buchst das Ticket um. Dann kannst du mich ja wieder anrufen. Ich fahre dann zwei Stunden später.“

Schweigen.

„Hallo?“

„Aber ich hatte dir doch extra einen Platz reserviert ...“ Ich ringe um Fassung.

„Das ist doch jetzt scheißegal. Ich brauche keinen Platz.“

„Wie, bitte schön, konntest du diesen Zug ver-*pennen*? Einen Zug um vierzehn Uhr?“

„Das erkläre ich dir später. Jetzt ruf bei der Bahn an, ja?“

Wir beenden das Gespräch. Ich sitze mit offenem Munde da. Mein Kopf schüttelt sich von ganz allein. Nein, das glaub ich nicht ...

Jetzt wäre der Moment noch einmal günstig. Die letzte Ausfahrt sozusagen. Ich könnte ihm mitteilen, dass es zu Ende ist. Oder ihm einfach gar nichts mehr mitteilen, das Handy ausschalten. Finito.

Warum schieß ich den Kerl nicht ab? Bin ich masochistisch veranlagt und habe es noch nicht bemerkt? Kann mein Wunsch nach einer Beziehung so groß sein, dass er derart mein Hirn blockiert? Wahrscheinlich muss er herkommen, um mir endgültig zu beweisen, dass er ein Arsch ist. Von den vorliegenden Indizien lasse ich mich nicht überzeugen.

Okay. Ich kenne die Ursachen seines Verhaltens. Dafür will ich Roman nicht bestrafen. Er hatte es schwer genug. Verständnis! Toleranz! Noch sind mir die Umstände seines „Verpennens“ nicht bekannt. In dubio pro reo.

Dennoch könnte er jetzt wenigstens die teure Servicenummer der Bahn selbst anrufen. Wenn er schon die Abfahrt versaubeutelt hat. Das Ticket ist bezahlt. Mal sehen, was die Umbuchung kostet. Ich erfahre, dass er ohne Mehrkosten mit seinem Ticket fahren kann. Einen Sitzplatz? Gibt es diesmal nicht. Soll er doch stehen, jetzt, wo er ausgeschlafen hat.

Also rufe ich ihn zurück, teile ihm knapp das Nötige mit. Er macht sich noch Sorgen, wie das denn mit dem Abholen wird. Ob ich am Bahnsteig warte? Ob es mehrere Ausgänge gibt? Keine Sorge, ich warte am Bahnsteig. Und zwar am einzigen Ausgang.

Mit etwas Hirnschmalz hätte ihm aufgehen können, dass ein Kopfbahnhof in aller Regel nur einen Ausgang hat, nämlich vorn, am Kopf eben.

Am Nachmittag schaue ich Talkshows. Ein Vergnügen, das einem quasi das Hirn formatiert, die betroffenen Bereiche werden buchstäblich mit Nullen überschrieben. Denn neben den Problemen eines Känguruhalterpärchens nehmen sich meine Kümmernisse eher mager aus. Die beiden Hobby-Zoologen nähern sich ihren Lieblingen nur in Hasenkostümen, welche aus Gründen der Authentizität eigens von der Mutti mit Bauchbeuteln aus braunem Plüsch versehen wurden, um ihnen – den Kängurus – die heimelige Illusion von Artgenossen zu vermitteln. Nun müssen sie sich – die Freizeit-Zoologen – vor der gestrengen TV-Psychologin, dem handverlesenen Publikum und diversen Verwandten rechtfertigen. Und tatsächlich kommt zwischen den mitunter amüsant-laienhaften Bemühungen der Protagonisten von Barbara Salesch und Angelika Kallwass so etwas wie Freude auf. Die schönen Momente, Sätze, Blicke ziehen vorbei. Wir werden noch viele schöne Jahre haben, ja. Die lächerlichen zwei Stunden Verspätung können uns nichts anhaben. Seien wir nicht kleinlich. Ich ziehe mich an, lege Make-up auf, föne die Haare. Es ist bereits dunkel und recht kalt. Der Zug hat fünfzehn Minuten Verspätung. Ob Roman sich freut? Ungeduldig ist?

Ob er das Gedicht dabei hat?

Bereits vor Wochen hatte ich für ihn eine schöne Kleinigkeit besorgt. Kurz nachdem er mir erzählte, dass Blau seine Lieblingsfarbe ist, hatte ich in einem Laden für esoterisches Zeug und Schmuck ein wunderschönes Lapislazuli-Ei entdeckt. Die Farbe war perfekt, das schönste Dunkelblau, was man sich vorstellen kann, durchzogen von goldenen Sprenkeln, die sich wie die Milchstraße über den Stein zogen. Eingepackt in ein edles Säckchen aus schwarzem Samt, würde es das perfekte Geschenk sein. Der materielle Wert würde ihn nicht beschämen, der symbolische Wert jedoch könnte mit unserer Beziehung wachsen.

Ich gehe vor dem Bahnsteig auf und ab und friere. Eine Frau trägt die gleiche Jacke wie ich. Sie steht ihr nicht. Ich gehe weiter. Dann rollt der ICE ein. Menschenmassen quellen heraus. Stürmische Begrüßungen folgen. Ich warte. Was, wenn er nicht dabei ist? Dann wäre das Problem erledigt. Es wäre das Ende. Kein gutes … oder doch?

Aber da hinten kommt er. Hat mich auch schon gesehen. Er

hat einen Trolly dabei und eine Plastiktüte. Trotz der Kälte trägt er nur den dünnen Mantel. Roman umarmt mich ungestüm. Aber ich will zunächst dem Getümmel entkommen. Einige Schritte weiter umarmen wir uns richtig. Roman muss unverzüglich Zigaretten kaufen. Sofort, auf der Stelle. Wo es hier welche gibt? Keine Ahnung. Ich rauche bekanntermaßen nicht. Da ist ein Zeitungsladen, gut.

Dann gehen wir zum Auto. Haben die hier keine Rolltreppe? Doch, aber weiter hinten. Hier, wo der Laden ist, gibt es nur die normale Treppe. Das ist nicht gut gemacht, nein wirklich. Bahnhof: verschandelt! Osten eben. Jetzt muss er sein üppiges Gepäck die Treppe hinunterschleppen. Am Auto angekommen, verstaue ich seine Sachen. Als er einsteigt, rückt der Beifahrersitz in seine Position. Ich hatte ihn letztens nach vorn geschoben und er war offensichtlich nicht ganz eingerastet. Roman meint bemüht scherzhaft, dies sei wohl ein Anschlag auf ihn gewesen. „Offensichtlich. Leider misslungen", entgegne ich, nicht wirklich erheitert. Wir fahren zu mir. Es sind nur wenige Kilometer. Roman kommentiert während der Fahrt, wie es hier aussieht, im Osten. Sieht aus wie eine richtige Stadt. So, so. Was denn diese Leuchtreklame zu bedeuten hätte (Deutsche Bank) und ob dort drüben das Gewandhaus wäre? „Es ist die Oper", sage ich. Nein, es muss das Gewandhaus sein. Neulich kannte er das Gewandhaus nicht mal, und heute weiß er bereits, wie es aussieht und wo es steht. Doll. Ein Genie, ein Hellseher. Das macht Eindruck, sogar auf mich. I'm deeply impressed, indeed.

Ganz im Ernst, ich bin immer noch ziemlich angefressen, dass er den Zug verpasst hat. Nun soll er erzählen, warum. Es wäre Richies Schuld gewesen, wieder einmal. Der hätte einfach so lange telefoniert, dass er Roman dann nicht mehr rechtzeitig zum Bahnhof hätte bringen können. Wahrscheinlich gibt es in dem Ort keine Taxis, Westen eben.

Zu Hause angekommen, fragt Roman nach dem Baustil der Gründerzeithäuser. Sie gefallen ihm. Das Haus, in dem ich wohne, ganz besonders. In der Wohnung legen wir ab, und er bringt sein Gepäck in den Flur. Öffnet den Trolly und fördert eine tropfende Tüte mit klitschnassen, kalten Hemden zu Tage. Die müsste ich bitte mal aufhängen. Wie romantisch, mein Besuch bringt seine nasse Wäsche mit. Wie zu Mutti.

Hat seinen Koffer mitgebracht,
voll mit nassen Hemden.
Hat er sich das ausgedacht,
um mich zu befremden? (frei nach Bernstein)

In der Küche stelle ich den Wäscheständer auf, und Roman macht sich nun selbst daran, das Zeug aufzuhängen. Es riecht seltsam, muffig, nicht wie frisch Gewaschenes. Mich schüttelt's. Wieso die Wäsche? Nun, ganz einfach, Richie, wieder einmal, sollte die Sachen mit zu seiner Mutter nehmen, die sie dann gewaschen hätte, hat es aber vergessen. So musste Roman es eben gestern selbst „waschen". Das Ergebnis hängt übel riechend und tropfend in meiner Küche. Igitt.

Er ist eben ein bisschen ungeschickt in den praktischen Dingen des Alltags. Da scheint ihm auch sein IQ von 160 nicht zu helfen. Oder aber es handelt sich um die beliebte Taktik, des sich demonstrativ dämlich Anstellens zum Zwecke des sofortigen Eingreifens weiblichen Servicepersonals. Was für ein Genitiv.

Ich biete ihm an, die Sachen morgen in den Trockner zu geben, mit einem Trocknertuch für frischen Duft, versteht sich. Ja, das wäre gut.

Ich bereite das Abendessen vor. Allein. Roman sitzt im Wohnzimmer und raucht. Er ist Kettenraucher. Ich hab mir das Rauchen schon vor Jahren abgewöhnt. Eines Tages war ich es einfach leid, von zwanzig auf null, eine Willensfrage. Nichts weiter. Vierzehn Tage Körperbeherrschung und dann ein wunderbares Gefühl der Leichtigkeit.

Nun wird das erste Mal in dieser Wohnung geraucht. Als kategorische Nichtraucherin bete ich, er möge das Schlafzimmer verschonen. Die Zigaretten dreht er selbst, aus Kostengründen, und verursacht eine ziemliche Schweinerei, denn er ist nicht der Geschickteste. Eine Krümelkorona aus Tabak und Asche markiert alsbald seinen neuen Sofa-Stammplatz. Männliches Territorialverhalten …

Dann essen wir, trinken Tee. Wein mag Roman nicht. Schade. Flüchtig schaut er sich in meiner Wohnung um. Ja, ganz nett, stilvoll. Die Möbel mag er. Es sei so unkonventionell. Zum Beispiel der Fernseher auf dem Schreibtisch. So, so, das ist also schon unkonventionell. Er hatte wohl etwas wie Eiche rustikal von Höffner erwartet. Die Bücher, Keramik und die Bilder interessieren ihn nicht mal der Höflichkeit halber. Frauenkram, meint er. Aha. Wie die Fahrt war, will ich wissen. Ganz okay. Offensichtlich besteht kein ausgeprägter Konversationsbedarf. Nach fast fünf Stunden im Zug verständlich. Außerdem hat er die ganze letzte Nacht nicht geschlafen, um in einen normalen Tagesrhythmus zu kommen. Da ist Roman natürlich müde. Wir schauen noch ein wenig fern. Raumschiff Enterprise. Ja, das sieht er auch gern. Aber diese Frau, Capt. Janeway, die findet er unmöglich, diese Emanze. Das wundert mich nicht. Ich mag sie.

Roman befleißigt sich ständig und ungefragt pseudokompetenter Werturteile über alles und jeden. Welch selbstgefällig eitle Attitüde.

Später gehe ich duschen. Mit einem großen Handtuch bekleidet, setze ich mich wieder neben ihn. Reaktionen der erotischen Art bleiben aus. Jegliche Reaktionen bleiben aus. Ob er auch duschen möchte?

„Ach nein." Abends dusche er nie.

„Wie bitte?"

„Obwohl heute, nach der Fahrt?" Leise Hoffnung meinerseits …

„Ach nein, lieber doch nicht."

Umsonst. Nicht duschen, denk ich säuerlich. Hätte ich deutlicher werden sollen? Dabei überlege ich schon den ganzen Abend, was diesen seltsamen Geruch verströmt, der sich unangenehm mit dem Rauch der nunmehr zahlreichen Zigaretten mischt. Schließlich komm ich drauf. Es sind seine Socken. Igitt. Und geduscht wird auch nicht. Na fein. Wird er sich wenigstens waschen? Jedenfalls verschwindet er kurzzeitig im Bad, trägt danach eine mitgebrachte Pyjamajacke und darunter? Ja, was? Die Unterhose vom Tage? Mit diesem Rätsel gehen wir ins Bett.

Es handelt sich dabei um ein historisches Modell, ein Messingbett, schön und ziemlich breit. Aber es knarrt gelegentlich und ist nicht wirklich stabil. Wie sich schnell herausstellt, ist das auch nicht vonnöten. Denn außer ein bisschen vorpubertärem Gefummel läuft nichts. Bekanntlich gibt es Männer, die sofort nach dem Sex einschlafen. Es gibt aber auch solche, die direkt *vor* dem Sex einschlafen. Frau lernt nie aus. Ich schlafe ein.

Nach gar nicht langer Zeit allerdings erwache ich wieder, denn Roman schnarcht. Auch das noch. Ich schubse ihn an, damit er sich umdreht. Und erspähe im Halbdunkel Grauenhaftes: Er hat diese grässlichen Socken noch an! Giftgasalarm direkt in meinem Bett. Bäh. Ich fass es nicht. Heftig rüttle ich ihn wach. Sofort soll er die Socken ausziehen. Unter Protest entblößt er Füße, die denen von Tut-Ench-Amuns Mumie ähneln. Äonen trennen sie von der letzten Pediküre. Ein schauderhafter Anblick, selbst im Dunkeln. Fußmodel war er also ganz sicher nicht. Hatte er an dem Wochenende bei Richie eigentlich auch immer Socken an? Ich hab nicht drauf geachtet. Wenn ja, werden sie nicht gerochen haben. Die nunmehr fehlende Körperwärme lässt wenigstens die Ausdünstungen der Socken auf ein erträgliches Maß schrumpfen. Er hat sie einfach neben dem Bett fallen lassen. Man müsste sie raus bringen. Ich? Nein. Werde ich diesen Geruch je wieder aus dem Federbett bekommen? Man mache sich das bitte deutlich: Geruch besteht aus Molekülen, die der Geruchsquelle entstammen. Ich hab folglich Moleküle, Bestandteile dieser Socken und dieser Mumienfüße in der Nase, im Mund, in der Lunge.

Später träume ich, George Dabbeljuh käme mit Gasmaske und Pumpgun einmarschiert und vaporisiere die Socken mit einer einzigen Salve. Der Nachbar von unten schaut verdattert hoch durch das staubende Loch in seiner Zimmerdecke.

Das Geschnarche wird nicht besser. Wahrscheinlich eine Erkältung. So liege ich die halbe Nacht wach und versuche in der anderen Hälfte, Roman in eine geräuscharme Position zu bringen. Vergebens. Endlich gegen Morgen döse ich etwas.

Plötzlich kurz vor acht Uhr springt sportlich-dynamisch Roman aus dem Bett und verschwindet im Bad. Er kommt sicher gleich wieder, denk ich verschlafen. Fehlanzeige. Er setzt sich rauchend nebenan ins Wohnzimmer und stellt den Fernseher an. Laut. Ich könnte jetzt schlafen ... wenn ich könnte.

Was mache ich hier? Und was macht DER hier? Ja, ich weiß. *Diesen Mann* habe ich selbst eingeladen. Nun muss ich da durch.

Die Ausfahrt, ich hätte sie nehmen sollen. Nun werde ich einen langen Umweg in Kauf nehmen müssen ...

So liege ich nun im Bett, allein. Mein ... ja, was ist *dieser Mann* eigentlich? Mein Liebster? Meine Beziehungskiste in spe? Wohl kaum. Jedenfalls sitzt er draußen vor der Glotze und raucht, anstatt mich dem Anlass und der Zeit entsprechend zu verwöhnen, was mir eher gelegen kommt, als dass ich es vermisse. Prima. Die Decke weit über den Kopf gezogen, träume ich vor mich hin, von streichelnden Händen, Lippen, die mich berühren. Ich schlafe ein mit den Gedanken an kuschelig verschlafenen morgens-um-neun-Sex. Aber nicht mit dem Stinker da draußen.

Warum braucht die moderne Frau einen Mann?

Ganz klar, weil ein Vibrator nicht den Rasen mäht.

Die Tür geht auf, Roman steckt den Kopf herein:
„Willst du nicht bald aufstehen? Ich habe Hunger."
„Guten Morgen!"
Besser kann ein Tag nicht beginnen.
Als Erstes duschen. Als ich richtig wach bin, ziehe ich meinen Bademantel über und bereite das Frühstück zu. Die Brötchen in den Herd, ein Flöckchen Butter in die Pfanne für das Rührei. Tomaten schneiden, Schnittlauch, Schalotten. Währenddessen diverse Lebensmittel aus dem Kühlschrank aufs Tablett und die Tassen mit dem Milchkaffee in die Mikrowelle. Ich bevorzuge Milchkaffee aus der Dose. Er kommt in einen Becher mit heißem Wasser und das ganze eine Minute in die Mikrowelle. Ist lecker, heiß, geht schnell, okay. Die Schalotten und Tomaten in die Pfanne, Eier drüber, die Brötchen aus dem Herd. So einen Aufwand betreibe ich sonst nie, ich schwör's. Alles ins Wohnzimmer, wo Roman im Schlafanzug sitzt – und? Raucht. Während ich den Tisch decke, grüble ich: Hat er eigentlich jetzt geduscht? Oh, die Messer fehlen.
„Kleines, so was passiert schon mal. Flitz rasch und brings in Ordnung.", meint er gönnerhaft überheblich und lächelt dabei süßlich von unten herauf und von oben herab.
Was für ein Faux Pas. *Bring es in Ordnung!* Also „flitze" ich in die Küche – beschämt! – schlage im Flur beinahe lang hin, hole die Messer und fühl mich ob seiner Formulierung wie mein eigenes Hauspersonal. Wie aufmerksam, liebster Roman.
Wir frühstücken. Rührei mag er, Joghurt auch. Aber diesen Milchkaffee nicht. Er probiert ihn gar nicht.
„Morgens brauche ich Kaffee!"
Das ist doch eine Ansage. Dankeschön. Er ist der Gast. Und ein so gelassener!
Am Wochenende liebe ich es, genüsslich zu trödeln. Lange schlafen, ausgiebig frühstücken und dann *Oliver's Twist* auf RTL2 schauen. Diese originelle Kochsendung mit Jamie Oliver, einem genial-verrückten britischen Jung-Koch. Das macht Appetit auf den folgenden Einkauf. Man soll ja bekanntlich nicht hungrig einkaufen gehen, aber bei mir ist das anders. Wenn ich uninspiriert den leeren Riesenwagen im Supermarkt vor mir herschiebe, hole ich nur Zeug wie Shampoo und Toilettenpapier und der Kühlschrank bleibt leer. Hunger oder wenigstens Appetit sind für mich unverzichtbar, um Essbares einzukaufen. Ich nippe an

meinem Milchkaffee herum und picke die letzten Sonnenblumenkerne vom Teller, als Roman bereits anfängt zu drängeln. Er will jetzt endlich in die Stadt, Kaffee trinken gehen.

„Ach bitte, jetzt mach doch keinen Stress. Wir haben den ganzen Tag Zeit. Ich möchte Jamie schauen und in Ruhe austrinken."

Keine Chance. Roman mosert, nörgelt und meckert, wenn er nicht auf der Stelle Kaffee bekommt, wäre der Tag gelaufen. Das glaube ich auch. Er ist ein Vorbild an Affektkontrolle. Richie beginnt mir leid zu tun. Wenigstens mein Zynismus gedeiht in seiner Anwesenheit prächtig. Ich schminke mich, ziehe mich an. Doch es kann immer noch nicht losgehen, denn seine Hemden trudeln noch im Trockner vor sich hin. Und dieser hat einen kleinen Defekt am Schalter, sodass ich, um ihn abschalten zu können, warten muss, bis das Programm durchgelaufen ist. Also noch weitere zehn Minuten Gemaule ... Eigentlich sollte er eines der im Trockner befindlichen Hemden anziehen, aber das will er nicht. Stattdessen gibt es denselben fusseligen und ausgeleierten Pullover, den er gestern schon den ganzen Tag am Leibe hatte. Das nennt er Understatement. Aha.

Endlich. Auf geht's in die Stadt.

Ob es nun am fehlenden Kaffee liegt, ich weiß es nicht. Aber die unerträgliche Ossi-Litanei vom Vorabend geht in die zweite Runde. Erstaunlich, was ihr hier im Osten alles habt. Wie eine richtige Stadt. Schnell jetzt ein Café suchen. Hurtig, hurtig. Ich stelle das Auto in der Tiefgarage ab. Zwischen Roman und mir ist dicke Luft. Patzig dackelt er schräg hinter mir her, ein kleiner, unkomischer Kauz. Wo ist denn nun das Café? Wir überqueren den Augustusplatz, ein mäßig scheußliches Relikt aus DDR-Tagen mit Oper, Gewandhaus und den teils heruntergekommen Universitätsgebäuden. Bereits am Anfang der Fußgängerzone Richtung Markt herrscht samstäglich emsiges Treiben, Buden und Stände, Lebensmittel, Kleinkram, Zuckerwatte und Luftballons. Dazwischen wimmeln Skater, Hunde, Tauben. Einige gammlige Punks bewerben sich bei den Passanten wenig erfolgreich um Vermögensbeteiligung.

Viele Menschen sind unterwegs, trotz des leichten Nieselregens.

Es gibt einen Tchibo gleich vorn in der Fußgängerzone. Aber das ist Roman nicht recht. Also weiter, hoffentlich finden wir bald ein Café, das genehm ist. Doch zunächst eine Thüringer Bratwurst am Stand. So dringend ist der Kaffee plötzlich nicht mehr. Ob das echte Thüringer Bratwürste sind? Was weiß ich? Er müsste den Verkäufer fragen. Also holt er die Wurst, zahlt selbst. Im Gehen die Wurst mampfend, stichelt er weiter:

„Warum weißt du als Ossi nicht über Thüringer Bratwürste Bescheid?"

Gelangweilt antworte ich, dass mir als eingefleischter Vegetarierin Wurst wurst ist.

„Ihr Ossis seit im Allgemeinen ziemlich schlecht gekleidet. Schau dir nur diese Leute an."

Ich gedenke nicht zu antworten, gähne leicht demonstrativ und werfe einen Blick auf seinen zerknitterten Mantel, der, angeblich von einem japanischen Edel-Designer, seine besten Tage lange hinter sich hat und dann auf meine 400 Euro Leder-Pilotenjacke im Retro-Look ...

Er stänkert weiter:

„Da, schau doch, die können alle kein Englisch."

„Ziemlich arm, nicht wahr, ..."

Einen kurzen Moment lang könnte er glauben, ich stimme ihm zu.

Doch weit gefehlt.

„ ... Menschen derart auf ihre immerhin nur vermutliche Herkunft zu reduzieren.

Du solltest die Individualität dieser Leute respektieren, so wie du selbst Individualität für dich reklamierst."

Da er nicht mitzubekommen scheint, dass mich seine Ossi-Sticheleinen nicht amüsieren, sage ich es ihm. Ist doch fair, oder?

Mit professoraler Gebärde und geschwellter Brust holt er nun aus für die gelehrte Tour. Ich würde wohl nicht bestreiten können oder wollen, dass man bestimmten Kohorten die Immanenz charakteristischer Eigenschaften und Verhaltensmuster zumindest empirisch, wohlgemerkt, oder auch, habituell, *n'est-ce pas* blabla, doch mithin unumgänglich usw. attestieren könne, *non*?

Hier um eine exorbitante – sagen wir mal – pseudowissenschaftlich-obsolete wie auch syntaktisch-semantische Komplexität bemüht, trachtet er nach maximalem intellektuellen Anschein, den entsprechend zu goutieren er mir nonverbal hinreichend nahe legt. Ich erweise ihm höflichst die Ehre, mich seinem erlesenen Stile bestmöglich anzupassen. Doch innerlich platze ich schon fast vor Wut und Lachen über diese kleine Vorführung verschlungener Schachtelsätze, deren einziger Zweck in der Vortäuschung von Gehalt zu liegen scheint.

„Wer könnte, ja wollte das abstreiten? Obschon allein die Empirie, gewiss ein weites Feld, allerlei Anlass zur Diskussion böte, am Rande, wohlgemerkt, und deine zum Erkenntnisgewinn herangezogene empirische Methodik der nächste beleuchtend zu hinterfragende Punkt wäre.

Schließlich bist du, Roman, Münchner. Solltest du nicht folgerichtig und nachgerade wünschenswert im Sinne deiner soeben postulierten Maxime der Bayrischen Mundart hin und wieder den Vorzug geben? Und der Konsequenz halber statt abgetragener Kleidung Lederhosen tragen?"

Touché. Keine Ossi-Witzchen mehr. Geht doch. Nun normalisieren sich auch seine eben noch zu langen Schritte, und der vorgereckte Kopf fährt auf Normalposition zurück. Wurst mit Senf und Brötchen verschwinden in seinem Munde als Alibi für eine nicht geführte Gegenrede. Man sollte ein Dutzend Bratwürste einkaufen und extrascharfen Senf ...

Ich frage mich, wann endlich DER Mann hier eintrifft, den ich sehnlichst erwartet hatte. Der, den ich vor vier Wochen traf. Dieser da, der jetzt schweigend und schmollend in seinem schäbigen und nicht sehr sauberen Mantel neben mir her trottet, sieht zwar fast so aus, aber er ist es nicht.

Ob er wohl das versprochene Gedicht dabei hat?

Ich fingere in der Tasche nach dem Lapis.

Endlich in einer der zahlreichen Passagen ein Café. Es ist voll und eng. Aber zwei Plätze sind frei. Er bestellt den lebenswichtigen Kaffee, um dann nur hin und wieder daran zu nippen. Aber seine Laune bessert sich. Prima. Wir plaudern über die Passage. Schön saniert, wirklich, doch, doch, Jugendstil. Keine Gründerzeit, denk ich, wie gut, da kann er ja mit Faktenwissen punkten. Doch dieses Schild von der Versicherung da im Fenster der ersten Etage. Unmöglich. Der ganze Innenhof – verschandelt! In Paris wäre eine solche Barbarei undenkbar. Es bringt ihn förmlich auf die Palme. Ein normales Gespräch droht wieder einmal zu scheitern und zwar ausgerechnet am grünen Band der Sympathie. Also zahle ich rasch. Nun will Roman Socken kaufen. *Socks in the city*. Na fein. An einem Wühltisch ersteht er ein graues, in bälde sicher dreckiges Dutzend und ist's zufrieden. Die Laune wechselt schlagartig. Artig.

Jetzt noch Lebensmittel. Es macht sogar etwas Spaß, gemeinsam einzukaufen, wie ein richtiges Paar. Ich kaufe Pizza, Salat, Obst und lauter Zeug, das normalerweise nicht auf meinem Zettel steht, weil zu süß oder zu fett. Aber Roman will Butter, Marmelade, außerdem löslichen Kaffee. Man darf gespannt sein, ob er ihn auch trinken wird. Und erstaunlicherweise kann er im Supermarkt alle Preisschilder lesen. Genau wie ich.

Zu Hause angekommen, bereite ich das Essen zu. Wir unterhalten uns etwas, während der Fernseher läuft. Ich gehöre leider zu den Menschen, bei denen quasi ständig der Fernseher dudelt. Meist als eine Art Hintergrundrauschen menschlicher Kommunikation. Später gibt es so etwas wie Sex. Doch lässt diese Aktivität wesentliche Aspekte befriedigenden Tuns zweier, sich wenn schon nicht innig liebender, so doch zumindest in Sympathie zugeneigter, Personen vermissen. Im Klartext: Es gibt nicht nur kein Vorspiel, nein. Auch jede andere Form von Zärtlichkeit bleibt auch heute abwesend. Und so ist es die reine Mechanik, welche für minimale Erheiterung meinerseits sorgt. Der Rest ist Schweigen.

Seine Real-Erotik – auch ein Placebo. Die Wirkung statistisch irrelevant und die erregenden Inhaltsstoffe allenfalls homöopathisch dosiert, noch unterhalb der Nachweisgrenze. Da hilft auch kein Potenzieren durch Verschütteln von Hand.

Irgendwie hab ich mir Romans Besuch anders vorgestellt.

Später geh ich duschen und wir ins Bett. Wie diese Formulierung unschwer erkennen lässt, ist seine Körperhygiene auch heute mangelhaft und ich grüble, warum ich in diesem Punkt nicht vehementer insistiere. Schließlich liegt der Kerl neben mir im Bett. Alsbald beginnt er zu schnarchen. Doch heut sind meine Versuche, ihn in eine geräuscharme Schlafposition zu bringen, zum Scheitern verurteilt. Unwilligen Protest brummend verweigert er jede Lageveränderung. Für einige Stunden Schlaf bleiben mir nur Kapitulation und Flucht. Und so hole ich leidlich leise die dünne Sommerdecke hervor, nehme mein Kopfkissen und begebe mich ins qualmgesättigte und mittlerweile kalte Wohnzimmer auf die Leder-Recamiére. Für einen Nichtraucher mit Tendenz zu chronischer Bronchitis keine leichte Sache, unter diesen Umständen eine erholsame Nacht zu verbringen. In meiner eigenen Wohnung schlaf ich auf dem Sofa, unglaublich ... denk ich noch.

Der nächste Morgen. Es ist Sonntag. Wieder gegen acht fliegt geräuschvoll die Tür auf. Roman eilt ins Bad. Das ist meine Chance. Ich lege mich ins Bett, mein Bett. Er macht unverzüglich Fernseher und Zigarette an, the same procedure. Und wie gestern stehe ich gegen zehn Uhr auf. Unausgeschlafen. Wie praktisch, dass auch am heutigen Morgen die Zeichen nicht auf Erotik stehen. Einen ungewaschenen Kerl, der schon seit zwei Stunden vor sich hin räuchert, nein danke. Mein Hals kratzt und der Schädel brummt. Ein Nikotin-Kater allererster Güte. Nichtraucher werden das kennen. Es ist im Prinzip egal, wie viel Alkohol man trinkt, der eigentlich ausschlaggebende Faktor für einen passablen Brummschädel ist das Nikotin. Das kann man einfach testen. Im sommerlichen Biergarten eine ordentliche Ziehung veranstalten: Der Kater wird minimal sein. Dasselbe Pensum in einem verqualmten Etablissement und der Schädel dröhnt. Außerdem hab ich die halbe Nacht gefroren. Keine Bronchitis, bitte nicht!

Nach dem Duschen bereite ich das Frühstück zu. Doch zunächst muss ich das vorabendliche Geschirr abräumen und spülen. Dem aufmerksamen Gast ist es in den letzten zwei Stunden entgangen, obwohl es direkt vor seiner Nase stand. Wahrscheinlich stimmt es, dass der Mann an sich für diese Art Tätigkeiten blind ist. Sieht nicht gut, aber hört dafür umso schlechter. Oder ist dieser hier einfach nur faul und meint, es sei ihm unangemessene Frauenarbeit? Mildernde Umstände? Keine, Euer Ehren.

Wir frühstücken und im Fernsehen läuft ein Kulturmagazin auf 3sat. Zur Debatte stehen die sich inflationär häufenden Promi-Bücher der letzen Monate. Von Becker bis Bohlen haben diverse richtig wichtige Personen Erbauliches über ihr Leben und Werk zu Papier bringen lassen. Und nun diskutieren Herr R., seines Zeichens ein bekannter und betagter Autor, die erfolgreiche, wenn auch mittlerweile ehemalige Chefredakteurin eines bunten Boulevard-Blattes, einige Jungtalente und zwei Moderatoren. Roman, der im Forum berühmte Verfasser zahlreicher Gedichte und Kurzgeschichten, hält sich für eine Koryphäe auf diesem Gebiet. Und tatsächlich hätte „eine Frau" ihm einmal bescheinigt, er sei der größte deutsche Lyriker seit Goethe. Na, herzlichen Glückwunsch. Wie schön. Ein Grund zum Stolzsein. Allerdings liest Roman keine Bücher. Er besitzt auch keine. Welches Buch er zuletzt gelesen hat? Weiß er nicht. Nun gut. Roman jedenfalls kennt keines der besprochenen Werke und auch die Autoren dürften ihm als solche unbekannt sein. Das hindert ihn jedoch in keiner Weise, zwischen Marmeladenbrötchen und Zigarette schnippische Bemerkungen über die Diskutanten von sich zu geben. Vor allem Frau W., die Boulevardjournalistin, hat es ihm angetan. Obschon sie offensichtlich die einzige in der Runde ist, die zum Thema Fundiertes beizutragen hat. Die Herren kennen die besprochenen Werke ebenfalls nur dem Titel nach. Roman läuft sich warm. Als wäre ich nicht anwesend, zeigt er sich von seiner besten Seite.

„Was hat denn diese hässliche Fotze da ihr Maul aufzureißen?

Soll gefälligst die Fresse halten wenn R. redet."

R. scheint für ihn eine Art Institution zu sein.

Ich schlucke und schaue ihn verstohlen von der Seite an. Ob's an dem Pulverkaffee liegt? Ich habe ihn gekostet, schmeckt widerlich. Ob er verdorben und nunmehr giftig ist? Vielleicht ein Nervengift?

...

Frau W. sagt zu Herrn R.: „Es ist nicht alles Literatur, was sich zwischen zwei Buchdeckeln befindet", und meint, dass auch sie die schriftlichen Ergüsse eines Herrn Becker oder Effenberg nicht auf die Liste der Weltliteratur setzen würde. Wie Recht sie hat. R. hat nichts Wesentliches zu entgegnen.

Aber Roman steuert seinen Teil zum Gespräch bei.

„Kann mal jemand diese Drecksfotze wegräumen?

Seit wann kann Biomüll sprechen?

Soll sich doch erschießen gehen, die Schlampe. Merkt doch eh keiner, wenn die fehlt."

Da sitzt der Mann, der mich zu lieben vorgibt und lässt derart geschmacklosen, unflätigen Schwachsinn hören. Kaum zu glauben, das. Er beleidigt diese ihm vollkommen unbekannte Frau nach Strich und Faden in einer Sprache, dass es einem selbige schlichtweg verschlägt. Und das, während ich direkt neben ihm sitze und esse. Ist das seine Art, einen guten Eindruck zu machen?

Einen guten kaum, einen bleibenden schon.

Dieser hochbegabte, größte Lyriker ...

Die Sendung nimmt ihren Lauf und auch Roman steigert sich noch beträchtlich. Dachte ich eben noch, schlimmer könne es kaum kommen, werde ich in den nächsten Minuten eines Besseren belehrt. Was nun folgt ist einfach der Gipfel an Impertinenz. Ich wähne mich in einem schlechten Film, als ich Folgendes zu hören bekomme:

„Dieses Stück Biomüll hat doch nur Dreck im Schädel.

Da hat die Mutter sich einen Schlauch, so einen Aquariumsschlauch, in die Gebärmutter gesteckt und das andere Ende in den Arsch. Und jetzt hat diese Fotze kein Hirn, sondern einen Haufen Scheiße im Kopf."

Ich glaube nicht, was ich da höre. Sitze bereits auf der Kante und überlege, ob ich mich übergeben muss. Mit beträchtlicher Abscheu starre ich ihn an. Roman fragt verwundert, ja harmlos, was denn wohl los sei.

Dass seine Äußerungen mehr als unangebracht waren, auch wenn sie mich nicht persönlich betrafen, kommt ihm nicht in den Sinn. So helfe ich ihm gern auf die Sprünge. Doch er reagiert verständnislos. Woher denn meine „seltsamen Solidarisierungen" kämen? Ich hätte doch damit nichts zu tun.

Und wendet sich wieder der Sendung zu, um seiner niederen Gesinnung durch das Kläffen von Gossenparolen Ausdruck zu verleihen.

„Kann mal jemand kommen und diesen sprechenden Abfall wegbringen?"

Ich muss raus und gehe ins Bad. Auszeit. Schminken. Ich rekapituliere diese unerhörten Worte. Sie sind ekelhaft, frauenverachtend, menschenfeindlich und faschistoid. Was muss das für einer sein, der den Begriff Biomüll im Zusammenhang mit anderen Menschen gebraucht? Was für ein Frauen-, was für ein Menschenbild hat *dieser Mann*? Er hat dieser sympathischen Frau das Lebensrecht abgesprochen, sie und ihre Mutter aufs Fieseste beleidigt. Ich bin Mensch und Frau und fühle mich von seinen Äußerungen verletzt und abgewertet. Biomüll? Abfall? Das ist zu viel. Nicht mehr tolerabel. Bilder von toten Menschen, die wie Müll zusammengeschoben werden, kommen mir in den Sinn.

Oder bin ich hysterisch? Intolerant? Ist das Gehörte irgendwie diskussionswürdig? Sollte ich diese faschistoiden Texte dulden, oder will ich diese Pöbeleien nicht in meinem Hause haben? Wo fängt Zivilcourage an? Nebenan im Wohnzimmer? Oder handelt es sich nur um schlechtes Benehmen? Einen Mangel an Anstand, Respekt und Empathie? Muss ich einen solchen Gast bei mir dulden? Wäre ich eine schlechte Gastgeberin, wenn ich jetzt hinausginge und ihn zur Rede stellte? Ihn hinauswürfe? Ich frage mich ja schon länger, warum ich mir das alles bieten lasse.

Gast und Gastgeber, geben, nehmen, *be*-nehmen nicht zu vergessen. Bis jetzt war allerdings das Geben an mir. Roman nahm und benahm sich daneben. Ohne ein Wort des Dankes hat er die Einladung, das Ticket, das Essen, dass er rauchen darf, im Bett schläft, während ich im Wohnzimmer friere, alles das für selbstverständlich genommen. Und gegeben hat er den Proll, den Fiesling, den Pöbel. Nein, er hat nicht angeboten, draußen zu nächtigen. Oh, ich vergaß: Er hat die Einkaufstüten zum Auto getragen. Das wollen wir ihm doch hoch anrechnen.

Nach langen dreißig Minuten bin ich mit meinem Make-up fertig. Ich hatte es nicht eilig. Roman fragt, was denn los sei, warum ich „abgehauen“ sei. Seine Naivität oder Blödheit ist beispiellos. Ich werde ihm die Meinung sagen. Jetzt. Es wird Streit geben. Egal. Es ist Zeit, Grenzen zu setzen.

„Roman, was du eben über Frau W. gesagt hast, war das Allerletzte.

Es war beleidigend, geschmacklos und FASCHISTOID!

Das dulde ich nicht.“

Nach der halben Stunde Bedenkzeit ist meine Stimme ruhig, sachlich und dezidiert. Beinahe unterkühlt. Emotionen wären jetzt fehl am Platze. Sie würden sofort gegen mich verwendet werden.

„Faschistoid, ja? Weißt du überhaupt, was das ist, faschistoid?“

Ah, diese Masche. Die Kompetenz in Frage stellen. Nur zu, ich hatte Zeit zum Nachdenken.

„Menschenverachtend. Du hast dieser Frau das Lebensrecht abgesprochen. Sie soll sich erschießen. Das ist ekelhaft, widerlich und faschistoid. Stell dir vor, jemand würde so über dich reden oder über mich.“

„Okay. Ich kann verstehen, dass du vielleicht Verwandte hattest, die im KZ umgekommen sind. Aber damit hat das nichts zu tun. Es war ganz allgemein. Es war nicht ernst gemeint.“

Sein Humor scheint mir schwer vermittelbar zu sein.

„Nein, Roman. Um deine Äußerungen für inakzeptabel und faschistoid zu halten, braucht ein normaler Mensch keine Verwandten im KZ verloren zu haben. Es ist NORMAL und menschlich, Derartiges extrem widerlich und unerhört zu finden.“

Meine Entschlossenheit scheint ihn zu überraschen. Mich auch, denn bisher hab ich bekanntlich selten oder halbherzig Kontra gegeben.

„Das war doch nur eine Frau im Fernsehen, hinter einer Glasscheibe. Gar keine Person“, versucht er vergebens, sich zu verteidigen.

„Doch. Das war sehr wohl eine Person. Frau W. nämlich, die zudem mit ihrer Meinung im Recht war. Und auch aus dir hat eine Person gesprochen. Eine ganz miese.“

Jetzt geht’s los, Halali.

„Das eigentlich Miese bist du! Du hast dich der Kommunikation entzogen, hast nicht geantwortet als ich fragte, was los sei!“ Er schreit schon wieder. Das war abzusehen.

„Ich habe dir gesagt, was los ist: Deine Kommentare passen mir nicht. Da hättest du übrigens leicht selbst drauf kommen können.

Ich frag mich langsam, wes Geistes Kind du bist."

„Aber das waren doch nur Leute im Fernsehen. Mit denen hast du nichts zu tun."

„Oh doch, das hab ich. Das war eine Frau und ich bin eine Frau. Es steht dir nicht zu, solche Beleidigungen auszusprechen und schon gar nicht hier. Du brüskierst mich als Mensch und als Gastgeberin durch dein unflätiges Benehmen."

„Gastgeberin? Ach so. Jetzt bin ich also Schuld." Oh ha, er wird eloquent.

„Ja, das bist du. Du hast dich hier im Ton vergriffen und dich als Gast unmöglich gemacht. Die Ursache für diese Auseinandersetzung liegt bei dir." Gut, dass ich ruhig bleiben kann.

„Das ist falsch! Du hast das Gespräch verweigert." Als ich ins Bad ging, meint er wohl.

„Ja, ich hab was Falsches gesagt. Aber DU bist raus gegangen. DU bist Schuld." gnatzt er.

„Ich glaube, dir entgeht gerade der Kausalzusammenhang von Ursache und Wirkung." Ein spontaner Satz, auf den man stolz sein kann. Wenn man den winzigkleinen Pleonasmus mal beiseite lässt.

Was tue ich eigentlich hier? Ich sollte den Kerl rauswerfen.

Im Fernsehen redet man inzwischen über Bleiberecht.

Jetzt kommt er mit Mutti. Ich hab's geahnt. Sie habe ihn auch immer stehen lassen. Immer wenn er was falsch gemacht hatte. Ihm nicht gesagt, was der Fehler gewesen sei. Dann habe sie ihn tagelang ignoriert, auch die Kommunikation verweigert.

Traurig, räume ich ein. Bedauernswert, in der Tat. Aber inzwischen fünfundvierzig Jahre alt, müsse er langsam selbst wissen, was sich gehört und was nicht. Mutti ist lang nicht mehr verantwortlich. Und: Ich bin nicht MUTTI, klar?!

Mutti und Ex: Zwei ihm unbekannte NO-GOs in jeder Diskussion zwischen Mann und Frau.

Ungeachtet dessen belästigt er mich nun mit dem unweigerlichen Vortrag aus der Reihe „Alle Frauen sind Mutti". Es langweilt, er langweilt. Den eigentlichen Gesprächsgegenstand längst verlassend, ergeht er sich in Beschimpfungen, Verleumdungen. In seinem gestreiften Pyjama, der wohl früher einmal teuer gewesen sein mochte, hockt er dort in der Sofaecke, den Hals vorgereckt, wie ein überdimensionaler Kartoffelkäfer. Mit hervorquellenden Augen hinter den dicken Brillengläsern und rudernden Extremitäten stößt er seltsame Geräusche, einer Sprache nicht unähnlich, aus. Und wie einen Gliederfüßer, der vergebens die Wand des Einweckglases zu erklimmen sucht, beobachte ich ihn mit neugierig distanziertem Ekel. Der gemeine Kartoffelkäfer, bekanntlich ein Fraßschädling.

Er echauffiert sich derart, dass ich um seine Gesundheit zu fürchten beginne. Was tun, wenn er kollabiert? Ich müsste bei einem riesenwüchsigen Kartoffelkäfer Mund-zu-Mund-Beatmung durchführen.

An einer verworren schlingernden Kausalkette schwingt er sich von Ast zu Ast im Dschungel abenteuerlicher Adverbialkonstruktionen und parenthetisiert sich beinahe um den qualmenden Kopf nebst speckigem Kragen. Gurgelnd rollen Worte aus seinem Munde hervor. Logorrhöe. Faselsucht. Die Silben überschlagen sich chaotisch. Sätze ohne Anfang und Ende. Alpha und Omega – zum Teufel. Sinnlosigkeiten von epischem Ausmaß. Lingual-Parkinson, denk ich angewidert. Latrinität versus Latinität. Hier hat sich offensichtlich das Broca-Zentrum selbstständig gemacht und läuft unter Umgehung der neokortikalen Plausibilitätsprüfung Amok. Das versteht er also unter „glasklarer, profunder Dominanz“? Ha!

Si tacuisses, philosophus mansisses!

Hättest du geschwiegen, wärst du Philosoph geblieben.

Dieser Mann scheint überzeugt zu sein, dass alles, was seinem Munde tönend entweicht, einer intellektuellen Offenbarung gleichkommt. Man hätte ihn niemals einem IQ-Test unterziehen dürfen. Vielleicht wäre er dann auf dem Teppich geblieben. Schade drum. Roman ist ein Eiferer, ein Fanatiker und ein Feigling. Ihm fehlt neben dem nötigen Anstand auch die Konsequenz, zu seinen kruden Ideen zu stehen. Stattdessen spielt er sie herunter, leugnet und schiebt mir die „Schuld“ für seine Ausfälle zu. Wie infantil und unreflektiert! Er ist ein Ich-war's-nicht-Sager. Wahrscheinlich war er als Kind eine Petze.

Der beträchtliche, wenn auch sinnfreie Wortumsatz versiegt. Buchstäblich ist er mit seinem Latein am Ende. Nicht zuletzt, weil ich seine Bälle ins Aus rollen lasse.

Was ist zu tun? *Will ich diesen Mann endlich rauswerfen?* (Frage, die 235.)

Was habe ich für eine Geduld!

Dieser Kerl da will zu meinen Freunden mitkommen. Um sie dann auch mit seinen Vorträgen zu beglücken? Vollkommen absurd. Ich wäre blamiert bis ans Ende aller Tage. Oder wir würden Kollegen, Geschäftspartner treffen, meine Existenz wäre dahin. Nur gut, dass es in meinem Fall keine (Schwieger-) Eltern gibt. Ich würde enterbt, ja, verstoßen werden.

Dieser Mann drängte mich vor kurzem noch eifrig, auf ihn stolz zu sein. Dringend wolle er meine Kollegen und Freunde kennen lernen, in genau dieser Reihenfolge. Mein Büro besuchen, mich in der Kantine treffen, mit mir gesehen werden, angeben. Was die Leute, meine Kunden denken würden, wenn sie uns zusammen sähen, fragte er häufig in Erwartung einer schmeichelhaften Antwort. Inzwischen würde ich mich längst für ihn in Grund und Boden schämen, allein durch das Wissen um das destruktive Potenzial dieses Mannes. Ob die Kollegen ihn wohl für einen verrückten Künstler halten würden? Das hätte er gern, ist aber unwahrscheinlich. Denn erstens ist er zwar offensichtlich verrückt, doch alles andere als ein Künstler und zweitens wird er meine Kollegen nicht kennen lernen. Job und Privatleben halte ich strikt getrennt. Und das ist gut so. Sehr gut.

Roman könnte aber auch gut zu der Sorte gehören, die sehr genau weiß, wann und vor wem man Dampf ablassen, sich gehen lassen kann. Berichtete er doch häufiger von seinen diplomatischen Heldentaten in geschäftlichen Verhandlungen und von Kollegen, die sich, sofern sie sich ihm offen unterwarfen, ein komfortables Auskommen als Adlatus inklusive Teilhabe an seinem angeblich schier unerschöpflichen Fachwissen genossen. Gutes Benehmen scheint er möglicherweise von Unterlegenheitsgesten abhängig zu machen. Für Menschen, die ihn und seine Äußerungen in Frage stellen, sich nicht bedingungslos vor ihm in den Staub werfen, ist dieser selbsternannt „dominante“ Mann wohl nicht souverän genug. Dann kommt er ins Schleudern, bis hin zum Systemabsturz.

Fatal error while running ‚brain‘, ‚brain‘ has gone offline; press any key to reboot.

Als er sich endgültig beruhigt hat, geistig entleert, am toten Punkt vollkommener Gedankenlosigkeit angelangt, steht er auf, geht sich waschen und zieht sich an. Als wäre nix gewesen. Ganz so wie Meg Ryan nach ihrem gefakten Orgasmus einfach weiter isst. Dann will er in die Stadt, Kaffee trinken. Entweder er hockt vor der Glotze oder im Café. Ich hab mir immer schon einen aktiven und kreativen Mann gewünscht. Einen mit Phantasie in jeder Beziehung.

Also gut. Gehen wir Kaffee trinken. Die spätherbstliche Innenstadt ist in melancholische Beschaulichkeit gehüllt. Einige Spaziergänger, wenige Autos. Wir fahren in die Nähe einer angesagten Kneipen- und Cafégegend. Seine Laune ist wieder bestens, ungetrübt. Wir spazieren auf der Suche nach einem netten Café durch die kleinen Straßen, bleiben gelegentlich vor Schaufenstern stehen und Roman monologisiert über „unsere" Pläne. Einen Drucker bräuchten wir, wenn wir später mehrere Computer haben. Am besten ein Kombi-Gerät, was alles kann: Drucken, Scannen, Faxen. Ich nicke nur. Denn nicht nur das überzeugt mich nicht. Solche Geräte sind meist wenig professionell und fällt eine Komponente aus, kann man die anderen auch nicht mehr nutzen. Ob Laser oder Tintenstrahl? Ich lasse sein Parlando unbeantwortet versickern.

Der ausschweifende Vortrag lässt vermuten, dass er in keinster Weise zu realisieren scheint, was längst feststeht. WIR werden keinen Drucker, Scanner oder sonst ein Gerät benötigen. WIR werden uns in Kürze auf nimmer Wiedersehen verabschieden. Mit aller mir möglichen höflichen Zurückhaltung werde ich versuchen, den Montag zu überstehen und ihn am Dienstag möglichst diplomatisch hinauskomplimentieren. Laut Abmachung soll ich ihm auch die Rückfahrt bezahlen. Sei's drum, wenn ich ihn dann los bin. *Diesen Mann will ich nicht.*

Roman riecht stark nach einem teuren und angeblich sehr exklusiven Parfum, welches sich, als typisches Beispiel dafür, dass man Stil nicht kaufen kann, unangenehm aufdringlich mit der kühlen Herbstluft und den urbanen Düften der Stadt mischt. Das viele Rauchen scheint seine olfaktorischen Fähigkeiten zu beeinträchtigen, denn diese Creation ist in ihrer schweren süß-orientalischen Basisnote nicht nur unpassend für einen kleinen dicklichen Mann, sondern auch viel zu großzügig aufgelegt. Wahrscheinlich grübelt man schon auf der anderen Straßenseite, um welche Marke es sich handelt. Roman meint, genau dieser Duft würde von „zahlreichen Damen" besonders geschätzt werden. Nun, das glaub ich gern. Denn er stinkt wie eine alte fette Operndiva in einem zu engen Fummel. Die Kopfnote aus Citrusaromen, Orange und Bergamotte ist längst einer dominant-holzigen Herznote und der unangenehm ledrigen Basis mit Ambra und Castoreum, auch Bibergeil genannt, gewichen. Das Bouquet imitiert perfekt den kratzig-säuerlichen Geruch abgestandenen Altweiberschweißes. Schrieb Roman nicht letztens noch im Forum etwas über die

Bedeutung des Geruchssinns? Wie sensibel er selbst auf Düfte reagiere? Nun denn, nach den Socken wundert mich eh nichts mehr zum Thema gescheiterte Geruchskommunikation und gestörte Selbstwahrnehmung.

Lieber Arald, kannst du mir nischt deine Emd schicken? Mit die Parfum von letzte Nacht?

Langsam beginnt mir zu dämmern, dass *dieser Mann* keinen Stil hat. Wie konnte mir das bisher verborgen bleiben? Wie kam es zu dieser grandiosen Ignoranzleistung? Lag es an der extrem räudigen Umgebung bei Richie? Bekanntlich ist ja vieles in der subjektiven Betrachtung eine Frage des Kontrastes. Wie schlank wirke ich neben einer dicken, wie fett neben einer mageren Frau? Der Unterschied kann immens sein. In Richies Gerümpelbude ist es ein Leichtes, Kontrast herzustellen, Stil vorzutäuschen.

Es ist ein bekanntes Phänomen, welches mir in Person von Roman erstmalig in dieser extremen Ausprägung begegnet. Ein Mann, der sich in jeder Hinsicht zu sicher ist, und aus dieser vermeintlichen Sicherheit heraus die Kontrolle, Beherrschung und den Respekt verliert, ungeniert sein wahres Gesicht zeigt. Er wähnt sich in der Position der Stärke, der „tiefen, breiten Dominanz", ist überzeugt, er allein sei alles, was ich will und brauche. Und ist nicht in der Lage, seinen fatalen Irrtum zu realisieren. Dieses Verhalten hat vermutlich schon zu oft funktioniert. Wie bei meinem Stiefvater, der fleischgewordenen Akne oder dem Akne gewordenen Fleisch. Der genau wie im Sprichwort meiner Oma:

Verliebt: Kleinchen, heb die Beinchen. Es kommen Steinchen.

Verlobt: Kleine, heb die Beine. Es kommen Steine.

Verheiratet: Olle! Heb die Botten. Es kommen Klamotten.

meine Mutter, in Abhängigkeit vom Beziehungsstadium, immer respektloser behandelte. Grauenhaft, so was. Grauenhaft, es sich bieten zu lassen. Meine Mutter war nicht in der Lage, diesen Kerl abzuschütteln. Abhängig von ihm, ko-abhängig von seinem Alkoholismus, unfähig, die Situation zu erfassen und zu ändern, schwach.

Und wie ist es mit mir?

Die Theorie klappt schon. Die Praxis lässt auf sich warten. Aber nicht mehr lange …

Auch außerhalb von Paarbeziehungen musste ich mehrmals beobachten, dass Respekt und Achtung mit wachsender Vertrautheit abnehmen. Ein früherer Kollege und Freund machte sich geradezu einen Sport daraus, mich zu versetzen und später mit

lausigen Ausreden abzuspeisen. Waren wir aber mit Fremden verabredet, mutierte er zur personifizierten Pünktlichkeit.
Oder mein Vater, der kurz nach der Wende vorzugsweise seiner Verwandtschaft zweifelhafte Versicherungen und Geldanlagen aufschwatzte. Mich kostete seine väterliche Finanzberatung einige Tausend Mark, viel Geld. Ihn kam sie teurer zu stehen, kostete den Kontakt zu seinen Geschwistern. Dennoch vermochte er daraus nichts zu lernen. Auch Jahre später, als ich ihm einige Monate meine Wohnung überließ, brachte er es nicht fertig, die Blumen zu gießen, Staub zu wischen und die Miete regelmäßig zu zahlen. Er dachte wohl, bei seiner Tochter kann er kostenfrei hausen, Putzservice inklusive. Bei einem Fremden hätte er sich das nie erlaubt. Was fremde Leute dachten, war schwerwiegender als die Meinung Nahestehender. Als ich dann nach Leipzig zog, konnte ich ihm wenigstens die Renovierung meiner Berliner Wohnung aufs Auge drücken. Ein kleiner Ausgleich, immerhin. Der Kontakt zwischen uns ist mittlerweile abgebrochen, denn er müsste ja seine Schulden weiter abzahlen, würde er sich bei mir melden. Er scheint das nicht zu bedauern.

Ein Café ist schließlich gefunden. Es ist fast leer, wir setzen uns an einen Zweiertisch und bestellen. Roman erzählt, besser gesagt doziert, inzwischen über die Demokratie und die Vorteile der Monarchie. Des Weiteren klärt er mich endlich auf, was man unter Elite zu verstehen hat. Er und seinesgleichen hätten bislang nur darunter gelitten, dass hier der Pöbel, der Abschaum, *demos kratein*, herrsche und Menschen wie er, die Elite eben, die intellektuelle Oberschicht, keineswegs gefördert und vor allem respektiert, sondern im Gegenteil unterdrückt werde. Wie schön, ja segensreich, wäre es doch, hätten wir eine Monarchie. Mit dir als König, kommentiere ich in Gedanken. Mit dem Duft der Aristokratie umhüllt er sich ja bereits. Den gibt's schon für fünfunddreißig neunzig bei Douglas. Den Blick ins Leere, referiert er sein intellektuell anmutendes Geschwurbel einem nicht anwesenden Publikum, fast wie das rosa Trommel-Häschen aus der Duracell-Werbung. Ist es eigentlich Zufall, dass Elite ein Anagram von eitel ist?

Wie es mir graust vor diesen selbsternannten Philosophen, die schiffbrüchig auf dem selbst gezimmerten Floß ihrer Erfolglosigkeit vor sich hin dümpeln, das zerfetzte Segelchen ihrer Bildung und Intelligenz vergeblich in die Flaute halten, abgerissen und vergammelt den am Horizont vorbeiziehenden weißblauen

Luxuslinern „Abschaum!“ hinterherkeifen. Und während er sich noch seiner Philosophie über die Unterdrückung durch geistig Normal- und Minderbegabte hingibt, überlege ich, wie er sich wohl vorstellen würde bei der Selbsthilfegruppe der *Anonymen Akademiker*:

„Liebe Gemeinde, bei mir fing es so an ...

Bereits bei meiner Geburt hab ich einen halben Ton höher gekräht als die anderen schrumpligen kleinen Kacker. Also für die Angestellten: nicht in A-Dur sondern in Ais. In frühester Jugend schuf ich die wesentlichen Dinge, sodass heute nur langweilige Kleinigkeiten übrig bleiben.

Zum Beispiel letzte Woche Donnerstag hab ich nach dem Abendessen den Großen Brockhaus überarbeitet und am Freitag ins Farsi übersetzt. Dem Herrn Stephen Hawking erklärte ich am Samstag, warum es kein Personaluniversum gibt (ich hab keins gemacht) und ihm seinen Vortrag für Dublin redigiert. Ich höre zum Leidwesen meiner Nachbarn am liebsten Walgesänge und Klospülung.

Hinzufügen muss ich dringend, dass ich auch überaus schön und begehrenswert bin, vor allem meine Zehen sind von überüberdurchschnittlicher Attraktivität.

Wegen alledem werde ich regelmäßig gemobbt, gedisst, gebasht. Aber das Hauptproblem ist meine schier unerschöpfliche Bescheidenheit.

Was soll ich also tun, liebe Gemeinde?

Könnt ihr mir helfen?

Beten wär prima. Aber ob das wirklich hilft, dass die Menschen sich nicht mehr von mir abwenden, mich beneiden und ignorieren, liebe Gemeinde?

Denn für alle, die es bis jetzt nicht bemerkt haben:

ICH BIN GOTT.“

Oh, Gott, er wird mir an diesem Nachmittag noch eine offene Wunde ans Bein faseln. Schwadronitis, klassischer Fall. Ob ich diese Kandidaten wohl anziehe? Strahle ich möglicherweise etwas aus, etwas Vorträge provozierendes? Liegt da etwas Naives, Unsicheres, gar Unwissendes in meinem Ausdruck? Gepaart mit einer schier unendlichen Duldsamkeit? Ich, die fleischgewordene Bildungslücke? Bin ich quasi ein Co-Schwandronist in Anlehnung an den Co-Alkoholiker?

Die Bedienung bringt eine neue Kerze. Sie stellt den Kerzenständer nicht exakt an derselben Stelle ab. Dieser kleine, aber für Roman zutiefst beklagenswerte, Lapsus ist Anlass für einen ausschweifenden Vortrag zu den verschiedenen Formen der Aufmerksamkeit.

Apropos Aufmerksamkeit. Die von der Serviererin erwartete und soeben als essentiell und bedeutsam beschriebene Aufmerksamkeit seinen Mitmenschen gegenüber hat Roman selbst nicht mitgebracht. Statt derer gab es nasse Klamotten und Stinksocken. Und wie viele Dinge hat er in der kurzen Zeit in meiner Wohnung umgestellt, mit Zigarettenasche eingesaut und in Unordnung gebracht, das Zimmer hemmungslos vollgequalmt, das Geschirr geflissentlich übersehen ... Selbst das Wort „Danke" ist ihm noch kein einziges Mal über die Lippen gekommen.

Er hat nicht mal eine kleine und eigentlich obligatorische Aufmerksamkeit mitgebracht, wie ich sogleich erfahren werde.

Was mit dem versprochenen Gedicht ist, will ich wissen. Hier wollte er es schreiben, in einem Café, meint er in der vollen Überzeugung, ich würde diese schmale Rechtfertigung kaufen. Dass er sein Versprechen nicht gehalten hat, scheint ihm nicht sonderlich peinlich zu sein. Apropos Schreiben. Er hatte noch keine Gelegenheit gehabt, mir seine grandiose und, wie so vieles an ihm, wieder mal von „vielen Frauen" gelobte Handschrift nebst dem über die Maßen stilvollen Füllfederhalter zu demonstrieren. So holt er einige Postkarten vom Tresen – versucht erst den Füller, schade, leer, also den 49-Cent-Filzstift – und schreibt sie nun Beifall heischend mit seltsamen, sinnfreien Urlaubsgrüßen voll. Die Anerkennung fällt mäßig aus.

Ich überlege, wie komisch es wäre, wenn ich ihm erzählte, er sei ein außergewöhnlicher Liebhaber. Amüsant die Vorstellung mit welchen Attributen ich ihn „spicken" könnte. Zu nennen wäre erotisch-männlicher Körpergeruch, stattliche Erscheinung, gepflegtes Understatement im Kleidungsstil, höchste argumentative Begabung, die bereits bekannte profunde Dominanz natürlich. Nicht zu vergessen sein Stil, Charme, Charisma oder vielleicht außergewöhnlich schöne Nasenlöcher?

Später, als das zweite Getränk kommt, erzählt er wieder von irgendeiner Ex, die im Café unaufgefordert und „strahlend" pflegte, ihm seinen Kaffee „zuzubereiten". Oha, wie das denn? Sie zog also, sofort nachdem die Bedienung die Tassen abgestellt hatte, seine zu sich herüber, goss exakt die gewünschte Menge

Kaffeesahne ein, gab gewissenhaft zwei Stückchen Zucker hinzu und rührte alles sehr sorgfältig und sehr (Achtung!) aufmerksam um. Dann wickelte sie den beiliegenden Keks aus und legte das brav gefaltete Papierchen NEBEN den Aschenbecher. Den Löffel artig auf dem Tellerchen platziert, schob sie ihm nun Tasse samt Keks wieder hinüber und wartete – lächelnd, bis er gekostet und zufrieden genickt hatte. Dann erst wandte sie sich ihrem eigenen Gedeck zu. Wie schön. Ein Muster an Servilität. Und alles „strahlend". Ich bin ebenso sorgfältig gerührt wie dereinst sein Kaffee, Gott hab ihn selig.

Was erwartet *dieser Mann* eigentlich? Betreutes Wohnen? Pflegestufe drei?

Und meine Oma fällt mir ein, wie sie meinem kleinen Bruder den Hintern abwischte. „Mach ein Häschen", sagte sie immer und er hockte sich vor sie hin, das Popöchen mit dem Käckchen in die Höhe gereckt. Oma verrichtete ihr Werk auch immer „strahlend", weil mein Bruder in dieser Pose einfach zu komisch aussah. Ob Romans Oma ihm einst auch den Hintern wischte? Hat es ihm womöglich so gut gefallen, dass ein kleines Arschloch aus ihm wurde? Eines das abgeputzt werden will? Wäscht er sich deshalb nicht?

Den Blick in die Ferne gerichtet, assoziiere ich über hochgereckte Hinterteilchen, Käckchen, Diminuitivchen.

Erst neulich ist mir wieder einmal bewusst geworden, wie sehr sich der Mensch auch an Verkleinerungsformen der realen Art erfreuen kann. Eine Kollegin brachte eine Miniatur-Streichholzschachtel aus einem Hotel mit. Kaum vorstellbar, dass ein an sich schon kleiner Gegenstand nochmals mitsamt Inhalt zu schrumpfen wäre. Doch tatsächlich befanden sich in diesem Schächtelchen klitzekleine Streichhölzchen und die Begeisterung war umso größer, als diese auch noch zündeten. Mit den meisten Dingen funktioniert das, mit Bäumen, Eisenbahnen, Rennautos. Sogar echte Autos en „Mini"-atur finden wir süß. Nur bei Männern versagt dieser Effekt kläglich. Ich sehe mir meinen Tischnachbarn an, lausche dem Geräusch des plappernd plaudernden Palavers. Groß ist er nicht gerade, dafür aber dick. Oder ist er am Ende nicht zu dick, sondern nur für sein Gewicht zu klein? Gibt es Hoffnung, dass er noch wächst?

Schließlich zahle ich, und wir fahren nach Hause.

Ich bereite das Abendessen zu. Salat muss gewaschen und geschnitten werden. Vor einiger Zeit hatte ich mir ein großes Profi-

Küchenmesser zugelegt. Und siehe da, mit diesem Messer konnte ich alsbald – zack-zack-zack – wie ein Profi schnippeln.

Roman steht linkisch mitten in der Küche herum. Die Frage, was er denn in der Küche sonst zu tun gedenke, beantwortet er verwundert.

„Was? Ich?“

„Wer sonst.“ Ist ja keiner weiter hier.

Und er kategorisch-bräsig:

„Ich mache GAR! NICHTS! in der Küche.“

„Und sonst im Haushalt?“

„Auch nichts.“

Ach so. Na, gut zu wissen.

Wie lautet dieser Werbeslogan „Gegen Parasiten haben wir was“?

Ich auch.

„Ist dir eigentlich aufgefallen, dass du, seit du hier bist, nicht einmal das Wort *danke* gebraucht hast? Und dabei meine ich nicht Dankbarkeit, sondern einfach die Höflichkeitsform des Dankesagens.“

„Das ist falsch. Ich bin dankbar, auch wenn ich es nicht gesagt habe. Du musst doch bemerkt haben, wie sehr mir dein Essen schmeckt. Und ich sehe doch, wie sehr es dir Freude macht, mich zu bewirten.“

Was er da wohl gesehen hat? Eine Fata Morgana? Eine Projektion? Und dass es ihm schmeckt? Nun, er hat das ihm Vorgesetzte reingemampft, dabei geraucht, gepöbelt, gelästert und gemeckert. Soll das Ausdruck von Dank sein? Und mal ganz nebenbei, hält sich meine reine Freude an der Bewirtung schlechthin in Grenzen. Ich bin kein besorgter Mutti-Typ und meine gastgeberischen Qualitäten und auch die Ambitionen halten sich in Grenzen.

Er trollt sich zum Fernsehen und, was sonst, zum Rauchen.

Ich schnipple hurtig die Gurke. Aber warum eigentlich die Eile? Wie schön, hier in der gelüfteten Küche zu sein, allein und ungestört.

Irgendwann vor einigen Wochen kam Roman darauf zu sprechen, dass wieder mal „einige Frauen“, die er immer zu bemühen scheint, um sich mit vermeintlichen Zitaten zu exponieren, ihn für einen Psychopathen hielten. Das schien ihn mit einigem Stolz zu erfüllen. Selbst jedoch behauptete er von sich, Borderliner zu sein. Also recherchierte ich ein wenig zum Thema.

Und tatsächlich fand ich einige Parallelen in seinem Verhalten zum Borderline-Syndrom, und verstehe auch, warum er sich damit zu schmücken trachtet. Borderliner, meist in der Kindheit missbraucht oder misshandelt, halten sich oft für sehr besonders, exotisch, andersartig und thematisieren dies auch. Diese Selbsteinschätzung korreliert auffallend mit seinem Drang, sich als besonders intelligent, schön und elitär darzustellen. Aus Gründen der Glaubwürdigkeit und um eine gewisse Bescheidenheit zu heucheln, führt er immer wieder die Aussagen Dritter an, um seine Großartigkeit zu belegen. Irgendwie passt alles zusammen. Aber es fügt sich nicht zum Bild eines Borderliners, sondern lässt mich als Hobby-Freudianerin eine ausgeprägt narzisstische Persönlichkeitsstruktur vermuten. Sein steter Drang nach Bewunderung und Neid, das überzogene Anspruchsdenken bei gleichzeitigem Mangel an Empathie, sein parasitäres Verhalten, das ständige Eifern nach Bevorzugung, auch der verächtliche Umgang mit anderen und ihren Problemen und das prahlerische Vorweisen von negativen Eigenschaften wie Arroganz, all das spricht für einen hart gesottenen Narzisst. Der anfänglich positive Eindruck, der sich später in rüpelhaftes, anmaßendes Verhalten wandelte, spräche ebenso dafür. Allerdings, so erfahre ich, legen narzisstische Menschen meist peinlichst Wert auf Kleidung und Hygiene. Was man in Romans Fall nun wirklich nicht behaupten kann. Obwohl … *peinlichst* kommt hin, nur quasi reziprok. Schade, ich liege mit meiner Küchentisch-Google-Diagnose wohl doch knapp daneben.

Schließlich essen wir. Das Salatdressing ist gelungen. Noch bevor ich fertig bin, steht er auf, geht hinaus und kommt nach einigen Minuten ohne Hose zurück. Ich stelle gerade die Teller zusammen, als ich direkt zwischen meiner Nase und dem Geschirr seinen nackten Penis erblicke, mit dem er vielsagend herumwinkt. So wie man einen Hund mit einem Leckerli lockt. Oder gibt es noch ein Tröpfchen abzuschütteln? Da werde ich doch gleich feucht im Schritt. Denn auf Grund einer plötzlichen Schräglage tropft der Rest aus der Salatschüssel auf meine Hose. Die Pupillen geweitet, betrachte ich erst die Konvulsion seines Gliedes, dann sein Gesicht und wieder sein Gemächt. Gesicht – Gemächt – Gesicht – Gemächt. Was soll das? Was, um alles in der Welt, will er? Soll ich ihm zum Nachtisch einen blasen? Jetzt hier auf der Stelle? Die tropfende Salatschüssel in der Hand und Schnittlauchreste zwischen den Zähnen? Sperma-Vinaigrette 1000 Islands? Ich versteh nicht recht … … ???

„Was soll denn das hier werden?"

„Na, ein bisschen Sex, oder?"

„Aber Roman, *so doch nicht!!!* Hast du mal was von Stimmung gehört? Ist das deine Art von Erotik? Meine nicht."

Seine groteske Aufführung amüsiert mich mäßig.

Jetzt ist er beleidigt.

„Na gut. Räum halt erst den Tisch ab und geh ins Bad. Dann gehen wir ins Bett."

Wohl kaum. Und ebenso kaum lasse ich mich von diesem Ferkel ins Bad schicken.

„Danke, aber ich hab keine Lust auf deine Art von Sex", sage ich und bringe das Geschirr hinaus.

Nun hockt Roman sauer und ohne Hose, aber mit Zigarette, in der Sofaecke. Sein verschmähter Penis schielt beleidigt unterm Hemd hervor.

Man möge mir verzeihen, aber ich kann mich der Vorstellung nicht erwehren, es würde ein Krümel Glut direkt auf sein bestes Stück fallen und er wie Rumpelstilzchen auf und nieder hüpfen. Unter Ausrufung des leicht abgewandelten Versleins: „Ach wie gut, dass niemand weiß, dass ich riech nach Fuß und Schweiß."

Wir reden eine Weile nichts. Was auch? Und gehen dann schlafen. Er ins Bett, ich aufs Sofa. *Dieser Mann* ist ein Alptraum. Ein Laster-Kasper ohne Zaster.

Doch das eigentliche Phänomen bin ich selbst. Keine Ahnung, warum ich mir das alles bieten lasse. Im Allgemeinen bin ich nicht über die Maßen harmoniesüchtig, lass mir die Butter nicht vom Brot nehmen. Im Gegenteil, im Job gehe ich meist freundlich, aber entschieden vor und hab auch sonst keine größeren Hemmungen, mich unliebsamer Zeitgenossen kurz, schmerzlos, aber nachhaltig zu entledigen. Aber diesen hier dulde ich sogar in meiner Wohnung. So viel Langmut hab ich mir nicht zugetraut. Was würde Schlimmes passieren, wenn ich ihn vor die Tür setzte? Nichts weiter. Ich wäre ihn los, sähe ihn nie wieder. Kein Drama. Trotzdem versuche ich irgendwie, über die Runden zu kommen. Seltsam. Am umwerfenden Charme, der charismatischen Persönlichkeit oder der vermeintlich „profunden Dominanz" dieses unmanierlichen Wichtes kann es wohl nicht liegen, dass er bei mir Narrenfreiheit zu haben scheint. Sein schlechtes Benehmen, seine Verbalattacken, die mangelhaft Hygiene – jedes Einzelne wäre ein Kündigungsgrund. Ich lasse ihm das durchgehen. Bis jetzt. Warum? Ich weiß spätestens seit dem Fahrkarten-Telefonat, dass es nach rationalen Kriterien keine Beziehung geben wird. Dennoch liegt dieser kleine Giftpilz jetzt nebenan im meinem Bett. Ich versteh mich selbst nicht. Immerhin hab ich ihm schon mehrmals Paroli geboten. Ein Anfang. Der Anfang vom Ende. Und das war einfacher als gedacht. Er scheint es so wenig gewöhnt zu sein, argumentativen Gegenwind zu bekommen, dass er in sinnloses Geschwafel verfällt und sich dadurch auf's Amüsanteste selbst decouvriert. Und wenn man nur entschieden genug dagegen hält, fällt er zusammen wie ein Soufflé am Fenster, dieser Windbeutel.

Montagmorgen. Man ist versucht „wie immer" zu sagen. Als ich später ins Bad gehe, herrschen dort 35° C, denn Roman hat vor zwei Stunden die Heizung voll aufgedreht. Das Bad hat circa acht Quadratmeter und ich schätze, die ersten Kosmetikartikel schmelzen bereits. Ich drehe die Heizung wieder zu. Später muss Roman ins Bad, denn er hatte sich ja noch nicht gewaschen, und beschwert sich, ich würde ihm wohl die Wärme nicht gönnen. Wie bitte? Im Bad hat's immer noch 30°. Aber ich ignoriere ihn einfach und seine Beschwerde verläuft im Sande.

Beim Frühstück klingelt mein Handy. Ich muss ins Büro, ein kurzfristiges Projekt benötigt meinen Einsatz. Wie schön. Ins Büro. In die gewohnten Routinen und ein paar Stunden allein sein in sauberer Luft. Aber was mach ich währenddessen mit Roman? Ich kann diesen Psychopathen doch nicht allein in der Wohnung lassen. Er schlägt vor, ich soll ihn in einem angesagten Szene-Café in der Stadt absetzen. Ich druckse herum. Ob ich denn kein Szene-Café kenne? Doch, selbstredend. Aber dort werde ich ihn auf keinen Fall hinbringen. Ich will nicht von Kollegen mit ihm gesehen werden. Also ein Internetcafé wäre auch gut. Später soll ich ihn einfach wieder dort abholen. Na gut. Auf dem Weg zur Arbeit befindet sich ein kleiner türkischer Dönerladen mit Internet. Dort bring ich ihn hin. Während der Fahrt fragt er immer wieder, wie lange ich denn brauchen werde. Es ist schwer zu vermitteln, dass ich weder die genaue Aufgabe noch die benötigte Zeit kenne. So schätze ich Pi mal Daumen sechzehn Uhr. Im Büro erfahre ich, dass Untertitel gemacht werden müssen. Eigentlich nicht meine Aufgabe, aber ich helfe meinen Kollegen gern. Während der Arbeit stellt sich heraus, dass es mindestens zwei Stunden länger dauern wird. Roman hat kein Handy dabei, er besitzt keins, und die Nummer von dem Laden kann ich ohne dessen Namen nicht bei der Auskunft erfragen. So fahre ich, während einer kurzen Pause, rasch in den Dönerladen, finde Roman in einer Ecke am einzigen Computer sitzend vor und informiere ihn über die Verzögerung. Er ist nicht begeistert. Und ich bin nicht begeistert. Er, weil es länger dauert. Ich, weil ich diesen Typen an der Backe habe, der nicht mal über ein Handy verfügt. Zivilversager.

„Na, was sein muss, muss sein“, mault er.

„Kannst du mir wenigstens Geld da lassen, damit ich mir was zum Essen kaufen kann?“

Wie bitte?

„Du hast doch noch Geld. Gestern hast du deine Zigaretten mit fünfzig Euro bezahlt.“

„Also komm, sei nicht so. Wenn mein Geld jetzt nicht reicht, was dann?“

Dann bin ich Schuld, dass der Ärmste Hunger leiden muss. Klar.

Dieser Kerl ist einfach anmaßend. Angriffslustig zücke ich meine Geldbörse.

„Hier hab ich hundert Euro. Soll ich dir die jetzt geben, ja? Dann hab ich selbst kein Bargeld mehr.“ Ich rede laut und wedele mit dem Schein vor seiner Nase herum. Der Typ hinterm Tresen schaut schon rüber. Es soll Roman peinlich sein, mich anzubetteln.

„Na dann lass ...“

Geht doch.

Als ich schon an der Tür bin, meint er noch, dass er den Messenger auf diesem Rechner installieren wird, damit ich ihm Bescheid sagen kann, wann ich fertig bin. Wie aufmerksam, danke schön.

Noch völlig entrüstet über seine Geldforderung, bringe ich meine Arbeit zu Ende. Es dauert noch länger als gedacht. Nach neunzehn Uhr schreibe ich ihm im Messenger, dass ich ihn jetzt gleich abhole.

Er zahlt sein Essen und wir fahren los. Ich muss dringend Lebensmittel einkaufen. Doch kurz vor zwanzig Uhr bleibt nur der Bahnhof. Günstig, dann kann ich ihn nebenbei nach seinen Abreiseplänen fragen. Während der kurzen Fahrt bemerkt er treffend, dass meine Laune nicht die beste ist. Seinetwegen, das ist ihm entgangen. Und so insistiert er mehrmals:

„Was ist denn los? Hast du schlechte Laune?“

„Nein.“

„Kann ich doch nichts dafür, dass dein Job dich so anpisst. Hast du nun schlechte Laune, oder nicht?"

„Mein Job nervt keineswegs. Ich liebe meine Arbeit." Sie war das Beste, was mir heute passieren konnte. Den Wink mit dem Zaunpfahl versteht er nicht.

Schließlich beglückt er mich noch mit der Information, wo sich hier ein angesagtes Szenecafé befände. Er hätte es bei dem Dönerbudenbesitzer erfragt. Gut, dass ich nunmehr auch darüber Bescheid weiß.

Wir schlendern durch den gut besuchten Bahnhof und kaufen Lebensmittel ein. Besser gesagt: Ich kaufe ein.

Auf dem Rückweg durch die Shoppingpassage frag ich ihn möglichst beiläufig, ob er denn schon nach einer Rückfahrt geschaut habe. Nein. Er will Dienstag, also morgen, aber eigentlich lieber Mittwoch fahren. Aber einen Zug hat er nicht rausgesucht. Jetzt mal auf den Fahrplan sehen? Auch nicht. Mittwoch, das halte ich nicht aus ...

Zu Hause, Abendessen. Wie immer – nur ohne Schwanzwedeln diesmal. Gut. Dann wie immer fernsehen. Er schaut James Bond. Ich geh ins Schlafzimmer und lese. Bin ich Gast oder er? Ich fühle mich in meiner eigenen Wohnung nicht zu Hause. Alles stinkt und dieser Kerl sabotiert meine Privatsphäre.

Später kommt er herein und fragt, ob wir ins Bett gehen sollen. Ja gut. Ich gehe duschen. Dann könnte er ins Bad. Die Hose hat er bereits ausgezogen. Oha! Und tatsächlich, statt waschend an sich selbst, beginnt er nun an *mir* herumzufingern. Ungeschickt wie ein pubertierender Junge grabbelt er an meinem Busen herum, grrr. Sein Hemd stinkt wie eine türkische Bahnhofskneipe, er auch. Mich dem Zugriff entziehend, fordere ich ihn höflich auf, doch ins Bad zu gehen. Nein, er will nicht. Er will Sex. Das Herumgegrapsche soll dann wohl das Vorspiel sein. So, so. Jetzt legt er sich aufs Bett, tatsächlich mit diesem Hemd, und fordert mich auf, zu ihm zu kommen.

„Das ist jetzt nicht dein Ernst, dass du dich mit dem stinkenden Hemd hier in *mein Bett* legst! Ungewaschen! Das ist ja die Höhe."

„Okay. Ich geh ja schon ins Bad."

Er steht auf und fummelt wieder an mir herum. Angewidert schüttle ich ihn ab.

„Finger weg. Vergiss es. Ist mir egal, ob du stinkst oder nicht. Ich gehe schlafen. Gute Nacht."

„Ich lass mich von dir nicht so behandeln. So nicht! Verstehst du, Madame?"

Oh je, jetzt verwechselt Monsieur mich schon wieder.

„Erstens: Brüllst du mich in meiner Wohnung nicht an. Und zweitens: Nennst du mich nicht Madame."

„In deiner Wohnung? Ja? In deiner Wohnung?"

„Ja, in meiner Wohnung. Oder glaubst du, das ist jetzt deine Wohnung, weil deine betagte Zahnbürste im Badezimmer steht? *Hier* wirst du dich benehmen."

Erbost und trotzig trampelt er ins Schlafzimmer.

„Mich kann man nicht beliebig schlecht behandeln. Du nicht!", kräht er noch.

Die Tür fliegt zu.

So, nun braucht er sich auch nicht mehr zu waschen. Wie praktisch.

Ja, so muss ein Cowboy sein. Dreckig, feige und gemein.

Wäre er zwölf, ich würde ihm gnadenlos und freudig erregt den Hintern versohlen.

Nun liegt dieser Skunk in MEINEM BETT, ungewaschen, mit stinkendem Hemd. Bäh. Und während er schläft, sondert er Speichel ab auf mein Kopfkissen, entleert Gase und wer weiß, was noch ... Wie kann ich in diesem Bett je wieder schlafen? Ich werde es desinfizieren, wenn nicht gar austauschen müssen.

Er scheint unruhig oder gar nicht zu schlafen, wälzt sich hin und her. Ich schlafe auch nicht, denn das Maß ist voll. Finito. Morgen ist D-Day. Ich schmeiße *diesen Mann* raus. Ist nur die Frage wie. Ich überlege, wie ich es anstelle, was ich sage. So argumentiere und formuliere ich vor mich hin. Erstelle einen Plot für den nächsten Morgen. Frühstück wird es nicht geben. Dafür einen Showdown der sich – im Gegensatz zu ihm – gewaschen hat. Alles was ich bisher eingesteckt hab, wird er mit Zins und Zinseszins zurückbekommen. Soll sich nicht über eine schlechte Vorstellung beklagen können. Zwischendurch lausche ich in Richtung Schlafzimmer. Könnte er mir gefährlich werden? Das Handy liegt griffbereit.

„Schlecht behandeln ..."

Es wird Zeit, *diesen Mann* seiner Fallhöhe zu versichern.

In der Morgendämmerung schlafe ich kurz ein. Dann fliegt wie immer die Tür auf und er poltert ins Bad.

Ich räume rasch mein Bettzeug weg und suche die Kleidung für den Tag heraus. Sofort nach ihm gehe ich ins Bad. Wortlos. Ich brauche lange heute. Der Auftritt will in jeder Form gut vorbereitet sein. Schließlich sitzt er wie immer vor der Glotze und raucht.

Zuerst schalte ich den Fernseher am Geräteschalter aus. Dann beginne ich Sachen, die er in Unordnung gebracht hat, aufzuräumen.

„Gibt's denn kein Frühstück?"

„Nein. Heute gibt es kein Frühstück. Wie du siehst."

„Täuscht mich mein Eindruck, oder willst du mich loswerden?"

„Dein Eindruck täuscht nicht."

„Und warum, wenn ich fragen darf?"

Klar doch, darfst du fragen. Auf dieses Stichwort hab ich gewartet.

„Weil ich dein Gemecker und Genöle satt habe. Und dein schlechtes Benehmen auch. Klartext: Weil ich DICH satt habe."

„Ach so? Gemecker? Genöle?"

„Sehr richtig. Seit du hier bist, nörgelst du an allem herum. An mir, der Stadt, dem Fernsehprogramm, dem Kaffee. Es reicht."

„Aber ich fühle mich sehr wohl hier."

Diesem Mann ist nichts zu billig.

„Du kommst hierher, eingeladen wohlgemerkt, und besitzt die Frechheit, nicht mal eine kleine Aufmerksamkeit mitzubringen. Sogar das versprochene Gedicht hast du vergessen. Es hätte dich keinen Pfennig gekostet. Stattdessen bringst du nasse Klamotten mit. Ekelhaft. Man bringt doch zum ersten Besuch bei einer Frau keine nasse Wäsche mit. Das ist doch widerlich. Und man erscheint auch nicht mit prähistorischen Socken, die man im Bett anbehält. Unmöglich. Gibt es bei euch in der Stadt keinen Waschsalon? Kein Kaufhaus, wo man Socken käuflich erwerben kann? Du wusstest lange im Voraus, dass du herkommen willst und hättest dich um saubere Sachen kümmern können. Nein MÜSSEN. Das ist eine Frage der Höflichkeit, des Respekts und des Stils, mein Lieber.

Dann hast du auch noch den Zug verpasst. Einen Zug um vierzehn Uhr. Und an allem ist Richie Schuld. Wahrscheinlich gibt es in deiner Stadt auch keine Taxis.

Ohne ein Wort des Dankes machst du dich hier breit. Das Ticket, das Essen, die Besuche im Café, die Telefonrechnungen nicht zu vergessen, alles zahle ich. Du bist ein Schmarotzer. Offensichtlich meinst du, ich sei eine Koch- und Blasmaschine. Aber das kannst du vergessen.

Was glaubst du, wo du hier bist?
Im neunzehnten Jahrhundert?
Im Peter-Pan-Gedächtnis-Schlaraffenland?
Du bist ein ungezogener kleiner Rotzbengel ohne Stil und Manieren.
Schämst dich nicht, mich um Geld anzubetteln. Peinlich ist das. Vor allem, weil du Geld hast!" Ich rede laut und deutlich, stehe gerade, aber ich schreie nicht.

„Ja, das Geld hat Richie mir für die Reise mitgegeben.", jammert er und sitzt zusammengesackt da. Ein Sitzsack.

„Ach so? Das wird ja immer schöner. Richie gibt dir extra Geld für die Reise – so ein Netter – damit du hier nicht mit leeren Händen herkommst, mal im Café zahlen kannst. Und du? Gibst hier den Mittellosen? Das ist ja eine Unverschämtheit sondergleichen.
Und jetzt avanti. Pack deine Siebensachen und dann raus hier."

„Du schmeißt mich raus?"

„EXAKT."

„Kann ich wenigstens zu Ende rauchen?" In einer Geste der Hilflosigkeit hält er seinen schrumpligen Zigarettenstummel hoch. Ach Gottchen, soll ich Mitleid bekommen?

„Nichts da. Du HAST aufgeraucht. In jeder Hinsicht."

Ich schicke mich an, seinen Krempel in den Flur zu bringen.

Er nuckelt bemüht an der Kippe herum, um zu beweisen, dass er eben noch nicht aufgeraucht hat.

„Los jetzt, hoch vom Sofa, bevor ich sauer werde!" Meine Stimme klingt tief heute.

Ich nehme ihm schon mal die Fernbedienung weg.

Er macht die Kippe aus und beginnt unwillig aufzuräumen. Will anscheinend auf Zeit spielen.

Jetzt holt er auch noch den Staubsauger aus der Küche – siehste, geht doch, möcht man meinen – und beginnt ostentativ die mit seinen Tabakkrümeln vollgesaute Ecke zu saugen.

„Lass das sein und pack deinen Kram zusammen!", herrsche ich ihn an.

„Ich werde meinen Dreck selbst wegputzen. Ich will hier nämlich keinem zur Last fallen", mault er weinerlich. Als ob das jetzt noch was ändert. Okay, dann soll er halt die Ecke putzen. Muss ich es nicht tun.

In der Tür stehend beobachte ich ihn so ungerührt wie ungeduldig.

Er verschwindet ins Bad, packt seinen Kram zusammen – viel ist es ja nicht, eine alte Zahnbürste und der Duft der Aristokratie – und zieht sich an.

Ich ziehe Mantel und sehr hohe Schuhe an.

Wir verlassen die Wohnung.

Schweigen im Fahrstuhl.

Er riecht schlecht.

Unten angekommen, treten wir vor die Tür. Ich bleibe wie unschlüssig stehen.

„Du stehst dort drüben." Eilfertig weist er schräg über die Straße Richtung Auto.

„Ich weiß."

Und ich weiß: Der wahre Showdown kommt noch. Und zwar genau jetzt. Ich lass mir Zeit, schaue ihn sehr direkt und leicht von oben an. Ganz ruhig ...

„ICH ... fahre jetzt zum Steuerberater."

Leicht süffisant:

„Und DU: Du hast heute noch eine Lektion zu lernen. Nämlich den Unterschied zwischen gut behandeln und schlecht behandeln.

Heute lernst du *schlecht behandeln.*

Also, pass gut auf.

Dort lang ...", deute ich mit dem Kopf Richtung Innenstadt, „geht's zum Bahnhof.

Du hast genug Geld dabei, um mit Richie zu telefonieren.

Und wie das mit der Ticket-Fernbestellung geht, hast du ja bereits letzte Woche gelernt.

Und jetzt troll dich."

Ich wende mich zum Gehen.

Er verdutzt, verdattert:

„Halt! Ich ... wir ... wir hatten eine Abmachung! Du zahlst das Ticket!"

„Ist gekündigt, die Abmachung."

Ich bin bereits am Auto.

„Du scheißt also drauf, ja? Scheißt du darauf?"

„Sieht ganz so aus", ruf ich lachend über die Schulter und steige ein.

Nein, ich führe jetzt keinen Kavalierstart vor. Denn ich *hab* Stil.

Da geht er hin ...

Dackelt vor seinem Trolly her, hungrig, ungewaschen, in einer fremden Stadt, ohne Handy, nur ein paar Kröten in der Tasche, der souveräne Mann, der angeblich nichts braucht, sondern schenkt und ermöglicht. Fast könnte man Mitleid bekommen. Ich hab ihm den Tag versaut und fühl mich gut dabei.

Am nächsten Morgen habe ich eine Email von ihm im Kasten: „Danke für die Einladung, das Ticket und den schönen Teil."

Welchen Teil er meint, keine Ahnung. Diese Mail ist zwar mehr, als ich erwartet hatte, doch seinen fehlenden Stil wird sie nicht rehabilitieren.

Am Nachmittag komme ich nach Hause und muss zunächst gründlich lüften, das Bett frisch beziehen, Bettwäsche und Handtücher bei 90 Grad waschen, staubsaugen ... Ich hasse Hausarbeit, aber nicht heute.

Dieses Intermezzo im Internetzoo ist so schräg, dass es beinahe schon wieder gut ist. Etwas für die Schublade „Was sollte man sonst seinen Enkeln erzählen?" oder auch „Da könnte man ein Buch drüber schreiben".

II.

Nach einigen Tagen ist die Luft rein, der Zigarettengeruch verschwunden. Ich hab auch noch die Vorhänge gewaschen. Alle Spuren sind beseitigt. Der Alptraum ist vorüber. Das schöne Steinei hab ich behalten. Wie gut, dass es keine Gelegenheit gab, es an *diesen Mann* zu bringen. Nun liegt es blau und schön auf dem Schreibtisch.

Eine mit Arbeit ausgefüllte und dennoch langweilige Weihnachtszeit zieht vorüber. Den Jahreswechsel verbringe ich unspektakulär.

Einige Wochen später kaufe ich mein Titanium. Dazu eine DSL-Kabel-Flatrate. Vor Begeisterung bin ich jeden Abend online, stromere im Web und in der Com herum. Zum Aufpolieren meines ramponierten Egos melde ich mich nun doch wieder bei einer Single-Seite an, kostenfrei aber nicht umsonst diesmal, und stelle das eine richtig gute Foto rein. Und zwar nur, um jeden Tag die eingegangenen Bagger-Mails genüsslich in den Orkus zu kicken. Hmm, wie gut das tut! Ich mach es jeden Morgen beim Frühstück, und der Tag kann kommen.

Ich bin eine Fetischistin, und zwar eine polygame. Meine Liebe gehört dem Vertiko, meinem Auto und nun auch dem Titanium. Wie elegant es anzuschauen ist. Diese matt silberne Oberfläche mit dem sanft leuchtenden Apfel auf der Oberseite fühlt sich angenehm samtig an. Das leise Klacken der Tasten und vor allem dieses futuristisch-technische Geräusch beim Einziehen einer CD – das ist Klangästhetik vom Feinsten. Abends beim Chatten liegt es warm und leise schnurrend auf meinen Knien, wie eine Katze. Ich liebe es!

Das Forum dümpelt vor sich hin. Die Userin *Mia* gibt es schon lange nicht mehr. Auch *RemoteControl* ist in der virtuellen Versenkung verschwunden. Ein paar Tage, nachdem ich Roman vor die Tür gesetzt hatte, erzählte ich meiner Freundin und einem Chat-Bekannten die Story in Stichpunkten. Sie waren amüsiert, aber nicht sonderlich verwundert. Roman hat entgegen seiner eigenen Einschätzung und Aussage keinen guten Ruf. Schade, dass ich davon nicht früher erfahren habe. Es ist nicht mehr zu ändern. Ich hoffe, dass die nächsten Kandidatinnen irgendwie gewarnt werden.

Nun denn, wie dem auch sei. Verzichten will ich auf meine Forumsmitgliedschaft keineswegs und lege daher nochmals einen neuen Nick an, *M_f_G*. Mit freundlichen Grüßen. Er wird sich unter Mails und Beiträgen gut machen. Kein Geschlecht diesmal, keine persönlichen Angaben und vor allem kein Bild, auch kein verfremdetes. Und erstaunlicherweise werde ich von vielen für einen Mann gehalten, da ich nunmehr schreibe, wie mir der Schnabel gewachsen ist - keine vornehme Zurückhaltung mehr, keine Scheu vor Kritik und keine Angst vor der eigenen Courage. Warum auch nicht. Zugegebenermaßen hab ich einen taktischen Vorteil, ich kenne einen der üblichen Verdächtigen nun persönlich. So habe ich die Möglichkeit, subtil entlarvend und ohne falschen Respekt auf das übliche Geschwalle zu antworten. Welches, sobald ich es lese, sofort den dazugehörigen Gesichtsausdruck vor meinem inneren Auge erscheinen lässt. Allerdings achte ich sehr darauf, fair und sachlich persönliche Animositäten außen vor zu lassen. Nur der ganz winzige Anflug von Ironie zwischen den Zeilen ist delikat und zuweilen toxisch.

Allmählich beginne ich zu begreifen, dass es ein virtuelles Abbild von mir ist, nur eine Facette, die online unterwegs ist. Es sind mehrere Identitäten, jede mit anderen Eigenschaften. Die erste, *Mia*, ein neugierig-schüchternes Mädchen. Und nun mein neuer Nick *M_f_G*, schwarzhumorig, respektlos, analytisch, kompromisslos und punktgenau. Vielleicht meine männliche Seite? Seltsam, dass die Annahme, *M_f_G* sei ein Mann, allein aus meinen Beiträgen geschlossen wird. Es scheint ein starker Teil meiner Persönlichkeit zu sein. Möglicherweise liegt es daran, dass ich real gern noch öfter wie *M_f_G* wäre. Die lässige Unverschämtheit, das Selbstbewusstsein, meine Interessen zu vertreten, zu sagen, was ich denke, das muss ich mir im realen Leben mühsam antrainieren. Es wurde mir lange genug systematisch abgewöhnt. Online kann ich es freilassen. Und real auch immer mehr. Wie gut das tut.

Wäre ich eindeutig eine Frau, sie würden mich vermutlich ganz anders behandeln. Männer wie Frauen. Es berührt mich seltsam, wie sehr die Interaktionen vom vermeintlichen Geschlecht des Gegenübers beeinflusst werden. Allein die Tatsache, dass ich ein Mann sein *könnte*, lässt einerseits mich selbst anders, unverblümter auftreten, andererseits tritt man mir respektvoller gegenüber. Und ich bekomme sehr positive Resonanzen, Mails und fundierte Antworten auf meine Beiträge. Und von dem einen oder anderen Gesprächsgegner böse Anmache im Chat. Vor allem einer tut sich da neulich mit folgenden Äußerungen hervor:

(M_f_G) klar, wilma, aprikosenkuchen. legga!
Chatbot: Listen2Me betritt den Raum Kaffeehaus
(Listen2Me) namd
(WilmaTell) hi Listen
(M_f_G) hi
(Listen2Me) wass willst du eignetlich von mir?
(WilmaTell) wer jetzt?
(Listen2Me) dieses Ding da, dieser Pisser soll sich vorsehen

Ich antworte nicht sofort, nehme mir einige Sekunden Zeit zum Nachdenken. Das kann einen Provokateur ziemlich nerven. Schließlich ist er aufgebracht und will sofort eine Reaktion sehen. Doch diese Freude mach ich ihm nicht. Ein Quäntchen Geduld wird ihm gut tun.

(M_f_G) wen meinst du, L2M, weder ding noch pisser sind anwesend. ich hab die 2 auch noch nie hier gesehen. kennst du die, wilma?
(Listen2Me) lass gefällligst das gepissse sein oder ich zieg dir mal wo es hier langgeht
*(WilmaTell) oha, durch diese kahle hose muss er kommen! *gröööhl**
*(M_f_G) *rofl* wilma.*
(M_f_G) falls du mich meinst, listen, und dir mein posting nicht genehm ist, schreib doch einfach 'ne antwort …
(M_f_G) … aber pöbel hier nicht rum, klar?
(Listen2Me) du hast anscheindne ein Hassproblewem, also geht zum Pyschater
*(M_f_G) thanks, but no thanks. aber du hast heute ein ganz anderes problem, wie's scheint -> orthogra-vieh *lol**
(Listen2Me) meine Probwelme gehen dich einen Dreck an
*(M_f_G) cool down, hömma. sie interessieren mich nicht im geringsten. *fg**
(WilmaTell) was ist denn hier eigentlich los?
(Listen2Me) das Ding da pisst mich im Forum an, das dumme kleine Vötzchen
(Listen2Me) und nenn michgelfälligst nicht „hömma", klar?

Und so weiter.

Roman belästigt mich im Chat, weil ich einen wenig schmeichelhaften Forumsbeitrag verfasst hatte. Seine mangelhafte Orthographie und die prollige Sprache passen nicht so recht in sein

Online-Image. Vielleicht hat er getrunken. Mich amüsiert's.

Ich frage mich, ob ich mir nicht besser eine andere Com hätte suchen sollen. Denn auf diese Weise werde ich den Kerl irgendwie nicht los.

Ein Hassproblem? Hab ich das? Nein. Roman ist nicht der, der zu sein er vorgibt. Aber sei's drum. Das ist allein seine Sache. Dafür kann und wird er sich selbst hassen. Ich hab ihn rausgeschmissen, meine Entscheidung, und damit war das Kapitel für mich emotional abgeschlossen. Es liegt meinerseits kein verletztes Gefühl vor, seinerseits hingegen schon. Er hat mich zwar enttäuscht, aber nur durch das, was er ist und was ich in ihm sehen wollte. Nicht er hat mich, sondern ich hab ihn zurückgewiesen – auf eine ziemlich drastische Art und nachdem er sich selbst bestens disqualifiziert hatte. Wenn einer von uns beiden Grund zum Hassen hätte, dann er. Gut, ich gebe ihm ab und zu im Forum Kontra, ausgesucht sachlich allerdings, was man subjektiv betrachtet für Hass halten könnte. Wüsste er um meine Identität, würde die nächste Kandidatin von „einer Frau" zu hören bekommen, die ihn „aus blankem Hass wegen enttäuschter Liebe" über Monate online verfolgt hat. Viel Feind viel Ehr. Ich hab Roman nicht geliebt. Aber auch er hat mich nicht geliebt. Nicht mal auf der Suche nach Liebe war er gewesen, sondern nach einer Bleibe, um komfortabler als bei Richie parasitieren zu können. Während seines Besuches deutete er sogar an, überlegt zu haben, gleich seinen gesamten Kram mitzubringen, was ja nicht wesentlich mehr gewesen sein kann, als das, was er dabei hatte.

Es scheint einfach, online eine Traum- oder Wunschfigur aufzubauen. Und zwar nicht mal vorsätzlich oder mit unlauteren Absichten.

Roman kann online der sein, der er gern wäre. Der allseits begehrte, bewunderte, beneidete, gut aussehende Charismatiker, der Dichter und Denker mit diversen exotischen Attributen, der spirituellen Ader, König der Community mit einem ehrfürchtig bewundernden Hofstaat aus kleinen bis mittelgroßen Claqueuren, Gläubigen und Gläubigern. Dessen Lieblingssatz der von Jürgen Prochnow aus „Das Boot" sein könnte: „Jetzt wird es psychologisch, meine Herren." Ja, so wäre er gern.

Online sieht ihn niemand, diesen Kaiser ohne Kleider. Da kann er seine Affekte leidlich kontrollieren. Die schriftlichen Verbal-Ausfälle, ebenso gequirlter Käse wie die mündlichen und ebenso mit ausreichend Latein und verworrener Syntax angereichert, wohlklingend, aber hohltönend, um die Verständlichkeit fürs Normalvolk auf ein Minimum zu reduzieren, interpretiert man hier als die hehren Ergüsse eines Intellektuellen, eines Philosophen, der in höheren Sphären schwebt. Ganz so wie er es sich erträumt. Und das Volk verharrt ehrfürchtig vorm Bullauge einer Waschmaschine mit Buntfüllung im Glauben, Kunst zu rezipieren.

So lange er sich rar macht, kaum reale Kontakte pflegt, wird er dieses Bild aufrechterhalten können. Je mehr Frauen er allerdings trifft, umso wahrscheinlicher ist es, dass sein Bild ins Wanken kommt. Und es wankt bereits.

Eines trüben Sonntags chatte ich wieder mit *WilmaTell*, meiner neuen Freundin. Sie ist eine schöne, kluge Schweizerin Mitte 40 mit einem herben Sinn für Humor. Vor einigen Wochen bereits floskelten wir ein wenig herum, bis sie mitbekam, dass ich eine Frau bin. Das öffnete die Türen und seither tratschen wir gelegentlich, was das Zeug hält.

Heute erzählt sie mir eine schier unglaubliche Story.

Listen2Me, der Wort-Virtuose, hat sie angesprochen und wollte sofort mit ihr telefonieren. Bekannt soweit.

Er las ihr seine Gedichte vor, atemlos und mit Fistelstimme. „Total irre!“, sagt sie. „Abgedreht.“

„Ja, der Wort-Virtuose“, entgegne ich, „liest sich hin und wieder wie geschriebener Schönberg.“

Er hat ihr im ersten Telefonat bereits versichert, dass sie die Einzige sei, von der er sich aushalten lassen würde! Mir fällt die Definition des Begriffs Sklave ein: Mensch in wirtschaftlicher Abhängigkeit. Später in diesem ersten Gespräch fragte er sie bereits, ob sie Kinder mit ihm möchte. *WilmaTell* ist amüsiert-schockiert ob seiner dreisten Art. Doch er faszinierte sie auch, hatte einen seltsam skurrilen Humor. Sie haben einige Male telefoniert. Zu Weihnachten sollte sie nach Deutschland fahren, um sich mit ihm im Hotel zu treffen. Es musste kurz nach seinem Leipziger Freiflug gewesen sein. Er wohnte damals noch bei Richie.

Jedenfalls hatte er keinen Job und keine eigene Wohnung. Sie fand es total irre, crazy. Er sei durchgeknallt gewesen. Amüsant zwar, mit ihm zu telefonieren, doch sei ihr das Ganze äußerst suspekt gewesen und sie hält schon aus Prinzip keinen Kerl finanziell aus. Ich mag sie.

Später erzählt sie, hinter den Kulissen würde gemunkelt, es hätte ihn eine Frau nach drei Tagen vor die Tür gesetzt, weil er so gar nicht das ist, was er zu sein vorgibt.

Wie gut, dass im Chat einige emotionale Reaktionen verborgen bleiben, denn ich implodiere fast vor Lachen und *WilmaTell* wüsste jetzt, wer diese Frau ist, deren Flaschenpost offensichtlich am schwarzen Brett der Com angekommen ist. Und die sich eben an fünf Fingern abzählen kann, dass *Listen2Me* immer noch auf Freiers- und nicht pedikürten Mumien-Füßen wandelt und seine Tour anscheinend sowohl regelmäßig, als auch mehrgleisig fährt. Dabei scheint er die Schlagzahl beträchtlich erhöht zu haben. Mittlerweile will er sich bereits beim ersten Telefonat fortpflanzen und nun auch definitiv aushalten lassen. Ob er wohl mittlerweile seine Schuhe eine Nummer größer benötigt? Zehnägel wachsen bekanntlich langsamer als Fingernägel.

Keine Haare im Schritt, aber im Puff drängeln. Das haben wir gern.

Ich hab mich auf's Beste amüsiert.

Einige Tage später gibt es eine Diskussion zum Dauerthema Partnerschaft und Beziehung.

Wenn ich mir ansehe, was ich so anrichte bei erwachsenen 30-Jährigen, die womöglich sogar Psychologinnen sind und bereits einige Beziehungen hatten mit Männern, die eher keine freundlichen Onkelz waren, dann …

Was er so ANRICHTET? Das schreibt Roman im Forum. Scheinbar nicht wissend, dass die Kick-Out-Story dort als Begrüßungscocktail auf einem Silbertablett gereicht wird. Lustig das.

Später schreibt er: *„Meine Geneigtheit gilt ausschließlich der wahren Macht …“*

Köstlich, einfach köstlich. Ich sehe ihn quasi vor mir, diesen König im Geiste und *armchair general*, wie er mit seinem Trolly in dem fusseligen alten Mantel Richtung Bahnhof zuckelt. Geneigt, ja geneigt vor der wahren Macht, der unbestechlichen Realität nämlich. Dieses Forum ist besser als die „Bunte“ und die „Lindenstraße“ zusammen.

Ein nennenswertes Ereignis der letzten Wochen ist ein neuer Kollege. Er stellte sich mit einem sportlich-dynamischen *„Hi possums!* Ihr hier und nicht in Hollywood?“ als Student vor, will seine Diplomarbeit schreiben in der Firma, für die ich meistens arbeite. Sein Arbeitsplatz wurde im Vorraum zu meinem Büro eingerichtet. Als er das erste Mal die Räumlichkeiten der Firma betrat und in die Runde grüßte, war er mir bereits zu hundert Prozent unsympathisch. Ein weiterer, ebenfalls sehr unsympathischer Kollege, der Gott sei Dank nur tageweise da ist, meinte frei nach dem Motto *gleich und gleich*: „Der macht aber einen Sympathischen." Richtig. Er *macht* einen Sympathischen. Dieser kleine, aber signifikante Unterschied zwischen machen und sein, zwischen Täuschung und Authentizität, fiel außer mir niemandem auf. Alsbald sollte sich das relativieren.

Inzwischen hat dieser neue Typ, der Sven-Olaf heißt und genauso aussieht, sich schon häuslich in seinem Zimmer eingerichtet und sogar eine Luftmatratze mitgebracht, damit er nach seinen exzessiven Nachtschichten gleich dort übernachten kann. Sven-Olaf ist nach wie vor ein äußerst unangenehmer Zeitgenosse, ein Instant-Comedian, „tschüssikowski"-Sprücheklopfer und „wie gesagt, sag ich mal"-Sager. Wir sind auf Grund beidseitiger Antipathie sofort Feinde geworden. Er ist ein Streber, schleimt sich an Vorgesetzte ran und schnappt etablierten Kollegen Arbeit weg, die er dann nicht mal gut erledigt. Daran sind immer andere schuld, logisch. Auch schiebt er reichlich Überstunden, weil diese gut bezahlt werden und benötigt deshalb wesentlich mehr Zeit als erforderlich. Das begründet er weit schweifend mit angeblichen, technischen Erfordernissen und bindet den ebenso wichtig wie ahnungslos nickenden Nadelstreifenmännchen der unteren Leitungsebene immer wieder einen gehörigen Bären auf. „Alle Klarheiten beseitigt? Haha." Außerdem tätigt er nach Feierabend, während an einem Computer seine Diplomarbeit rendert, am andern Firmencomputer Börsengeschäfte. Geld ist alles, worum seine Gedanken kreisen. Der Typ ist so raffgierig und geizig, dass er nicht mal eine Kaffeerunde als Einstand ausgegeben hat. Seine Asia-Rolex hat er für'n Zehner auf dem Flohmarkt ergattert und die drei Designershirts, allesamt aus Polen, tragen die Aufschrift *Lactose*. Darüber lach ich mich regelmäßig schlapp. „Das schlägt dem Fass den Boden ins Gesicht."

Aber das mit Abstand Schlimmste ist sein widerlicher Körpergeruch. Spacko Sven-Olaf riecht nicht einfach nach Schweiß. Nein, er stinkt wie ein Tier. Und wenn er vor meinem Büro genächtigt hat, müffelt auch dieses entsetzlich, denn er schläft in seinen Klamotten und kann ja hier nirgends duschen. So muss ich trotz der Kälte oft stundenlang lüften. „Erstunken ist noch keiner" als einzige Hoffnung. Ich bin seine erklärte Feindin, weil es ihm nicht gelang, mir ein dickes Projekt abzuluchsen, und ich ihn deshalb ins offene Messer laufen ließ. Das hat er mir nicht verziehen. Ich hab ihn bloßgestellt, in seiner Streberehre gekränkt.

Warum sagt keiner der Jungs im Büro dem Typen mal von Mann zu Mann, dass und wie Mann die üblichen Maßnahmen der Körperhygiene durchführt? Sind Männer olfaktorisch minderbegabt oder nur abgestumpft? Ich zumindest, werde ihn auf keinen Fall daraufhin ansprechen. Erstens ist das ohnehin ein mehr als heikles Terrain, zweitens, und in diesem Falle äußerst erschwerend, hassen wir uns und er würde es als persönlichen Affront auffassen, und drittens sind Männer in diesem Punkt hoffnungslos kritikresistent. Ihnen scheint der Sensor für abgrundtiefe Peinlichkeit zu fehlen.

Ein Schöpfer abstrakter Gemälde vor zwei Jahren im Atelier war das beste Beispiel dafür. Fast immer, wenn ich mich sonntags außerhalb der regulären Zeiten dort herumtrieb, um in Ruhe an meinen Bildern zu arbeiten, tauchte irgendwann dieser Pseudokünstler auf, ganz in Schwarz und mit einem riesigen Hut machte er von Weitem gehörig Eindruck. Allerdings dufte man ihm nicht näher kommen. Wenn er sich seiner Kluft entledigt hatte, in Unterhemd und Latzhose vor seiner Staffelei in der gegenüberliegenden Ecke des Raumes zu Gange war, trübten sich fast meine Kontaktlinsen, so stank der Kerl nach Schweiß. Üppigste Büschel quollen unter seinen Armen hervor, als schmuggelte er unter den Achseln Stinktiere. Nach spätestens fünfzehn Minuten musste ich mit Übelkeit den Raum verlassen. Irgendwann nahm ich dann all meinen Mut zusammen und sprach den Stinker an. Ganz neutral und sachlich.

„Ich möchte Sie heute auf etwas Unangenehmes aufmerksam machen. Und zwar auf Ihren Körpergeruch. Es wäre sehr schön, wenn Sie in Zukunft weniger oder am Besten gar nicht mehr riechen würden. Wäre das einzurichten?“

Mich selbst hatten diese wenigen Worte enorme Überwindung gekostet. Ich schämte mich noch mehr, als ich es täte, würde man mich selbst über schlechte Gerüche meinerseits informieren. Der Kerl aber tat nichts dergleichen. Es war ihm weder peinlich, noch zeigte er sich einsichtig. Im Gegenteil, er stritt es rundweg ab!

„Kann gar nicht sein, ich habe vorhin erst geduscht.“

So. Also ließ ich mein Schamgefühl sausen und debattierte die Angelegenheit mit ihm auf der Sachebene durch.

„Das glaub ich Ihnen gern. Trotzdem riechen Sie schlecht. Bei manchen Menschen ist das eben so. Veranlagung.“

„Also ich rieche nichts“, er schnüffelte ausgiebig in seinem Feuchtbiotopen herum. Bäh.

„Kein Wunder. Seinen eigenen Geruch nimmt man nicht wahr. Das ist eine Tatsache, die an Ihrem Odeur rein gar nichts ändert.“

„Ich habe sogar ein Deo benutzt.“

Na prima. Deo gratias!

„Das ist fein. Aber probieren Sie doch bitte ein anderes. Ich kann ihnen übrigens einen Deokristall empfehlen.“

„Also, tut mir leid. Ich kann mir das nicht vorstellen. Ich rieche nichts und habe mich gewaschen.“

„Schauen Sie mal, ein Blinder sieht zum Beispiel nichts. Das heißt aber nicht, dass deshalb alles unsichtbar ist. Können Sie mir soweit folgen?“

„Also, ich kann nichts riechen.“

„Das glaub ich auch ...“

Es hatte keinen Sinn. Ich ging sonntags nicht mehr ins Atelier.

Im Stillen nenne ich Sven-Olaf, dieses intrigante Stinktier, *Skunk* und versuche ihn, so gut es eben geht, zu ignorieren. Anfangs hoffte ich noch, die Tatsache *Student* hätte eine zeitliche Begrenzung seiner Anwesenheit zur Folge. Doch leider erklärte er mir neulich so triumphierend wie hämisch, er würde hier nach seinem Abschluss fest anfangen. Na „Glühstrumpf“, *Skunk*. Und dann würde er sicher bald mein Chef werden. Hochgemobbt und hochgemogelt. Impertinenz und Inkompetenz. Da wäre er in der mittleren Leitungsebene in bester Gesellschaft und hätte glänzende Aussichten auf eine beeindruckende Karriere. Allerdings muss er sich dann einen anderen Duft zulegen. *BOSS Bottled,* for bottles in *BOSS*. Flaschen im Anzug.

Okay, *Skunk*, ich lache dann später. Bevor *du* mein Chef wirst, sattle ich um auf Schädlingsbekämpfer. Ich mag diesen Sven-Olaf nicht, aber er hasst mich. Das kann ich in seinen kleinen heimtückischen Augen sehen.

Irgendwann, als es Geburtstagssekt gibt, lässt er sich im Rausche dazu hinreißen, über seine erste und einzige Freundin zu plaudern. Sie hätte ihn nach Strich und Faden ausgenutzt, dieses Miststück, ihn um sein Geld gebracht. „Tel Aviv, sag ich mal, oder wie die Franzosen sagen.“ Von „den Weibern“ sei er inzwischen geheilt. Wenn überhaupt, nähme er sich eine Prostituierte. So ist das also. Jetzt ist mir klar, warum der so stinkt – Testosteronüberschuß.

Der schwitzt da was aus, denn für den Puff ist Sven-Olaf doch zu geizig. Er ist nur widerlich.

Sven-Olafs Raffgier und Karrieregeilheit einerseits und seine ultimativ-unsympathische Erscheinung andererseits werfen die Frage auf:

Macht Geld sexy? Oder Erfolg?

Diesen Fragen konnte ich kürzlich nachgehen. Wieder einmal war ich im Chat auf einen Mann gestoßen, der mir sympathisch war. So chatteten wir, tauschten Mails und telefonierten schließlich fast jeden Abend mindestens zwei Stunden. Er sprach stilvoll und vernünftig, wenngleich dies auch noch gar nichts zu bedeuten hat, wie frau bitter erfahren musste. Außerdem pflegte er ein etwas übersteigertes Faible für die Philosophie. Aber gerade deshalb konnte man interessante Gespräche führen, über die es sich auch später noch nachzudenken lohnte. Seine Vorstellungen von Beziehung klangen vernünftig. Hin und wieder ließ er dezent durchblicken, Geld und Erfolg vorweisen zu können. Nach einigen Wochen beschlossen wir, uns zu treffen. Bilder waren selbstverständlich längst getauscht. Seines war leider winzig. Soweit man es beurteilen konnte, sah er sympathisch, aber nicht direkt blendend aus. Mein Bild gefiel ihm sehr. Also machte ich mich auf nach Hamburg. Nach etwa dreieinhalb Stunden rollte der ICE in die altehrwürdige Hansestadt ein. Da stand er, Wolfgang. Trug einen komischen, nicht gut sitzenden Anzug. Seine Bewegungen waren irgendwie hölzern. Er hatte zwar Normalgewicht, doch schien es falsch verteilt zu sein. Die Volumina hatten sich eher um die Mitte herum angesiedelt. Auch sah er keineswegs so jung aus, wie er behauptet hatte. Trotz der jungenhaft kurz geschnittenen, aber recht schütteren Haare, war eher das Gegenteil der Fall. Seine fahle Gesichtshaut machte einen recht mitgenommenen Eindruck. Er schien sich oft ungeschützt der Sonne auszusetzen.

Nach einer herzlichen Umarmung nahm er mein Gepäck. Wir fuhren zunächst in Hamburg herum. Ich wollte etwas von der Stadt sehen, auch wenn es bereits dämmerte. Dann ging es zu ihm nach Hause. Er war mir trotz des komischen Anzugs sympathisch und sah nicht wie ein Gangster aus, also ging das in Ordnung. Die große Wohnung war für eine Junggesellenbude recht gemütlich und gut aufgeräumt, aber nicht direkt sauber. In den Ecken gab es wohlgenährte Staubmäuse. Er war nett, wirklich. Das einzige Problem war, dass er den Sexappeal einer defekten Parkuhr hatte.

Was also tun? Sofort nach Hause fahren konnte ich nicht, es

wäre auch sehr unhöflich gewesen. Also erklärte ich die kommenden zwei oder drei Tage zum Selbstversuch. Es galt zu klären, ob Geld oder/und Erfolg wirklich sexy machen.

Er bereitete das Abendessen zu. Wir aßen und plauderten. Übrigens erzählte Wolfgang nie von irgendeiner Ex. Später sollte mir klar sein, warum. Wahrscheinlich waren derer so dünn gesät, dass es darüber nicht zu reden lohnte.

Erwartungsgemäß verlief der Abend monothematisch: Philosophie stand auf der Agenda. Er erklärte zum wiederholten Male, das Wesen des Baumes fände man nicht im Baum selbst und auch nicht zwischen den anderen Bäumen. Und ich fragte mich zum x-ten Male, was in meinem Wesen wohl diesen Erläuterungsdrang provozierte. Wo das Wesen aber zu finden wäre, verriet er nicht. Noch eine Frage, die ich selbst lösen musste. Auch, wenn sie mich nicht wirklich faszinierte. Dann kamen wir von den Bäumen zu den Menschen. Warum sie sich gelegentlich die Köpfe einschlagen, wollte ich wissen. Die Erklärung geriet schwierig. Zunächst müsse man das Wesen des menschlichen Seins klären. Was sonst? Gut. Dann tun wir das doch. Aber das sei nicht so einfach, erfuhr ich. Nun hatte er mich schon mehrfach mit der Frage nach dem Wesen des Seins konfrontiert. Folglich und folgsam hatte ich über eine Lösung der Frage nachgedacht. Meine ganz persönliche Antwort lautete: Das Wesen des menschlichen Seins ist seine Endlichkeit und das Wissen darum. Ohne dies zu äußern, insistierte ich, was es denn nun sei, dieses Wesen. Sonst könnten wir schließlich nicht weiterdiskutieren und würden uns immer wieder im Kreise drehen. Eine monokausale Endlosschleife. Okay. Er ließ sich zu einer Erklärung überreden.

„Die Grundvoraussetzung dafür, dass der Mensch in der Welt ist, ist was?“

„Dass es eine Welt gibt“, meinte ich und dachte, immer schön simpel denken. Nur nichts verkomplizieren. Einfach die Gleichung einkürzen.

Richtig. Nun, wo der Mensch also in der Welt ist, sei er dort mit anderen Menschen. Das wäre ja noch nichts Besonderes, dachte ich, gilt für den Schimpansen ebenso. Und als weiteres Wesen gäbe es die Angst und die Sorge. Ah, das klang ja ganz nach meiner eigenen bescheidenen These. Prima. Nun traute ich mich damit heraus. Und Wolfgang freute sich wie ein Schneekönig, ganz so, als ob das von mir Gesagte soeben auf seinem eigenen Mist gewachsen wär.

„Prima, ganz prima“, meinte er strahlend.

So ermutigt, spann ich weiter: „Vielleicht ist es auch genau das, was den Menschen vom Tier unterscheidet.“ Eine Frage, die mich übrigens schon länger umtreibt. „Dass der Mensch um seine Endlichkeit weiß und das Tier nicht. Das könnte eine starke Motivation sein, über die Tiere nicht verfügen. Angst und Sorge um das eigene Leben und das Wissen um die verrinnende Zeit.“

„Ja, genau. Super. Du bist so gut! Besser als ich, als ich mit Philosophie anfing. Du bist eine sehr angenehme Frau.“ Er platzte fast vor Begeisterung.

Mit stolz geschwellter Brust ging er schließlich im Schlafzimmer ins Bett. Ich schlief im Wohnzimmer auf der ausgezogenen Couch. Das war okay so. Ich wollte ihm keine Umstände machen. Aber dass es keinen Sex gab, war klar. Es gab ein Gute-Nacht-Küsschen und das war's.

Am nächsten Morgen schliefen wir lange. Ich wurde zuerst wach. Als ich sah, dass er noch fest schlief, ging ich ins Bad und machte mich stadtfein. Er wurde schließlich auch wach. Zunächst schaute er kurz ins Internet nach Post und nach seinen eBay-Aktivitäten. Dann ging er ins Bad, nachdem er für mich sehr zuvorkommend die *gmx*-Homepage geöffnet hatte. Ich hatte keine Post. Wir frühstückten und fuhren in die Stadt. Heute hatte er keinen Anzug an, sondern Jeans. Das war irgendwie vom Stil her angemessener, wenn auch nicht wirklich passender, denn auch die Jeans saß um den Hintern herum komisch. So eine typische Altherren-Kein-Arsch-Hose, die man mit etwas Phantasie auch als ultra hippe *baggy pant* hätte durchgehen lassen können. Während der Fahrt wetterte er eifrig über die Fahrgewohnheiten seiner Mitmenschen, dieser „Dorftrottel“. Er schien mir in seinem Wesen ziemlich frustriert zu sein, da er sein Gemecker selbst vor mir nicht abstellen konnte. Seltsam.

Den ganzen Tag schlenderten wir durch die City und die Speicherstadt, den Gänsemarkt und zum Michel. Keine Sehenswürdigkeit wurde ausgelassen. Am Abend waren wir entsprechend erschöpft, holten vom Markt noch etwas fürs Abendessen und fuhren raus zu ihm nach Hause. Auch diesmal regte ihn der Verkehr sehr auf. Außerdem sprachen wir über die Com. Schließlich hatten wir uns dort getroffen. Wolfgang lästerte in den höchsten Tönen über diese ganzen „Trottel“, „Idioten“ und „Schlampen“. Ich fand's teils lustig, teils wieder seltsam frustriert. Ein bisschen Lästern, okay, aber es gibt ja eine Grenze zur Geschmacklosigkeit, die man tunlichst respektieren sollte. Außerdem redete er erneut über Philosophie. Diesmal ging es um das Wesen der Technik. Auch das hatten wir schon des Öfteren besprochen. Wolfgang meinte, die Technik würde den Menschen eines Tages zu Grunde richten. Und – man ahnt es schon – das Wesen der Technik sei nicht die Technik selbst. Wahrscheinlich ist nicht mal das Wesen des Wesens das Wesen selbst. Oder doch? Darüber würde ich bei Gelegenheit nachdenken müssen.

Er schien, obwohl selbst zuhauf Technik benutzend, diese zu hassen, wie der Teufel das Weihwasser. Glaubte er an eine groß angelegte Verschwörung der globalen Elektronikindustrie zur Erlangung der Weltherrschaft? Schließlich erfuhr ich noch allerlei Wissenswertes über die Verkommenheit der Welt und deren rasanten Sturzflug in den ultimativen Abgrund, Dollar & Rubel, Jubel & Trubel, Öl & Gas, dies & das, Boulevard & Feuilleton, morsch geword'ner Spannbeton und last not least überteuerte Einkaufstüten. Wir schlingern einer traurigen Zukunft entgegen. Alles geht bergab, nur der Benzinpreis geht bergauf. Oh, what a day. Mayday.

Zu Hause im Hamburger Vorort angekommen, schaute er kurz bei eBay rein, öffnete mir *gmx.de* und begann, das Abendessen zuzubereiten. Meine Hilfe lehnte er sehr herzlich dankend ab. Er war überhaupt den ganzen Tag über sehr nett und zuvorkommend zu mir gewesen, bis auf die Lästerei und das Geschimpfe über Gott und die Welt. Wir aßen Pasta mit Tomatensoße, es gab Weißwein, dann noch eine Tour zum Schloss Ahrensburg und danach zu Hause einen Film-Klassiker auf DVD. Später gingen wir schlafen wie am Tag zuvor.

Der nächste Morgen verlief ähnlich wie der erste. Ins Bad, ins Netz, Frühstück. Dann fuhren wir aufs Land an die Nordsee. Es war ein herrlicher Frühlingstag mit sehr warmer Sonne. In einem Ausflugslokal aßen wir zu Mittag, Fisch und Salat. Wolfgang nahm vom Brot und schaufelte eine Gabel voll Salat in den Mund. Ich kostete den Fisch: „Sehr gut."

„Unffd gewunffd", ergänzte Wolfgang enthusiasmiert, denn auf *gewunffde* (*gesunde*, Anm. d. Autorin) Ernährung legte er großen Wert, ließ mich dabei auch gleich einen ausgiebigen Blick auf die vorbildlich zerkauten und gründlich eingespeichelten Salat- und Brotfragmente in seiner Mundhöhle werfen und entließ einige davon gekonnt wieder in die Freiheit. Gut gekaut ist halb verdaut. Den Rest spülte er mit einem großen Schluck Bier hinunter.

Später am Nachmittag musste er zum Fußballtraining. Gut. Nur: er wollte, dass ich ihn begleite und zuschaue. Wahrscheinlich, um mit mir anzugeben. Ich aber wollte einige Stunden meine Ruhe haben. Und auf Fußball hatte ich alles andere als Lust. *Das habe ich ihm dann auch verbal gesagt*, um es mit Mario Baslers Worten auszudrücken. Er meinte, auch die anderen würden ab und zu ihre Freundinnen mitbringen und „Wer weiß, wann du wieder hier bist", und hier wusste ich schon, was er bereits ahnte.

Auf der Rückfahrt tat der halbe Liter Bier, den er zum Essen hatte, seine Wirkung. Er fuhr aggressiv, schnell und zu dicht auf. Als ich sehr freundlich bat, sich etwas zu mäßigen, meinte er, dieser Depp dort vorn müsse ja nicht mit sechzig auf der linken Spur fahren.

Obwohl er auch zum Thema Fußball weiter drängelte, zog ich es vor, mit einem Buch in seiner Wohnung zu bleiben. Mich dort allein zu lassen, war für ihn kein Problem. Wie schön. Er würde ja bald zurück sein, dann könnten wir Günther Jauch gucken. Gut.

Ich las, später schaute ich fern und wartete, dass er vom Sport heimkam. Er kam gut gelaunt, sie hatten das Spiel gewonnen. Es gab ein Käsebrot und Wasser für mich, Bier für ihn und dazu „Wer wird Millionär". Diese Abendunterhaltung war in der Tat etwas unspektakulär. Aber wir hatten nun zwei Tage extrem Sightseeing hinter uns und waren dementsprechend abgekämpft. Bereits in der ersten Werbepause schaute er in die Programmzeitung und verkündete, um einundzwanzig Uhr dreißig Fußball schauen zu müssen. Aus unseren Telefonaten wusste er, dass ich Fußball auch im Fernsehen nicht ausstehen kann. Aber sei's drum. Er sollte ungestört seinen Interessen nachgehen. Ich wollte ein angenehmer Gast sein. Vor dem Fußball ging er eine halbe Stunde auf den Balkon zum Telefonieren. Als er wieder hereinkam lief noch die Werbung. Ein Grund sich wieder lauthals über die Medien zu beklagen. Beklagen schien mir inzwischen seine dritte Leidenschaft neben Philosophie und Fußball zu sein.

„Das ist doch in Ordnung für dich, wenn ich etwas surfe, während du Fußball schaust?"

„Ja, mach nur", sagte er freundlich.

Er holte ein neues Bier, und ich setzte mich an den PC.

Das Spiel begann mit der üblichen Geräuschkulisse aus Gejohle, Tröten und überhitztem Kommentar. Und ich chattete in der Com.

Ab und zu schaute ich rüber. Da hockte ein Kerl mit seinem

Bier sehr breitbeinig auf dem Sofa und gröhlte gestikulierend mit dem dümmlichen Kommentator um die Wette. Als schließlich das entscheidende Tor fiel, entfuhr ihm vor lauter Begeisterung ein knatternder Furz. Wolfgang, mir graust vor dir!

Schon bei Günther Jauch hatte ebendieser Kerl mit den Fingern in seinen Zähnen herumgepopelt. Und nun DAS. Unweigerlich begann es mich zu schütteln. Es stiegen Erinnerungen an meinen Vater auf, den ich nur johlenderweise im Sessel beim Fußballglotzen kannte. Wolfgang hätte nur noch ein Feinrippunterhemd und eine ballonseidene Schnellfickerhose gebraucht, so nannte man in den Neunzigern diese Sporthosen mit Druckknöpfen an den Außenseiten, dann hätte er den perfekten Kietz-Proll-Anwärter abgegeben. Zum Kotzen. Also vertiefte ich mich geduldig lächelnd in den heute leider langweiligen Chat und sinnierte, ob er diese Angewohnheiten nicht schon am Telefon hätte erwähnen können, und wie er sie wohl möglichst stilvoll formuliert hätte:

„Weißt du, meine hochgeschätzte Alex. Ich muss dir etwas Wichtiges über meine Person berichten. Ich finde, man sollte zu Hause ganz man selbst sein, authentisch, weißt du? Keine falschen Hemmungen. Wir sind ja schließlich nicht verklemmt, wir zwei Hübschen, gell? Haha! Also ich finde, zu Hause – *my Home is my* Kast'l, hahaha! – da muss man auch mal … Na ja, wie sag ich das jetzt, dass es nicht zu obszön klingt für dich? Also zum Beispiel sagte ja schon der Martin Luther, das war dieser Reformator damals, na egal. Ich erklär dir das später mal …", er hätte dieses Basiswissen in keinem Falle vorausgesetzt, „Der sagte also: *Warum rülpset und furzet ihr nicht?* Verstehst du? Weißt du, was ich meine? Das ist ja schließlich auch eine Form von Stil, oder? Und auch etwas ganz Individuelles. Sogar intim, irgendwie …"

Irgendwann muss das Spiel wohl zu Ende gewesen sein, denn nun holte Wolfgang sich ein neues Bier, mampfte geräuschvoll schmatzend Billigkekse dazu, diese widerlichen Dinger, die jedes Büro-Meeting überleben und irgendwann wegen Altersschwäche in den Restmüll wandern, und langte nach seiner Gitarre. Es war schon nach zweiundzwanzig Uhr, als er beherzt in die Saiten griff. Diese waren leider von der Stimmung her ziemlich im Soll. Wie auch sein Gesang wenig chart-verdächtig tönte. Statt ihm den erwarteten Beifall zu zollen, fragte ich ironisch-belustigt, ob er die Gitarre vielleicht stimmen wolle. Nein. Er überprüfte die Saiten – schmerzhafte Dissonanzen – und konstatierte, sie stimme perfekt. Sicher doch, nachdem sie wer weiß wie lange dort an die Wand gelehnt gestanden haben musste.

Ich betete, er möge seine momentane Lächerlichkeit bemerken. Leider umsonst. Er sang selbstergriffen, was das Zeug hielt „Seemanns Braut ist die See und nur ihr kann er treu sein“, und mir ging das Wesen des menschlichen Seins, speziell dessen Endlichkeit, nicht aus dem Kopf. So entschloss ich mich, ihn zu ignorieren und einfach der Endlichkeit zu harren. Das wirkte schließlich, und er holte sich das nächste Bier. Ja, Wolfgang, Bierflaschen muss man aufmachen und Gefühle einfach zulassen.

Ich verabschiedete mich aus dem Chat und setzte mich wieder auf die Couch. Ahnungslos, wie dieser Abend weitergehen sollte. Er fragte, was los sei. Was sollte schon los sein. Ich war sauer. Einen Bilderbuch-Proll mit Meteorismus hab ich nicht auf meinem Wunschzettel. Trotzdem meinte ich, es sei nichts. Nur müde. Er fragte noch einige Male nach und plötzlich kippte die Stimmung ins Bodenlose. Dieser Philosoph ließ buchstäblich die Hosen runter.

Es entlud sich erst murmelnd, später schreiend, eine unerhörte Hasstirade auf mich:

„Also, so was hab ich noch nicht erlebt! So eine *Uuun*verschämtheit! *Uuun*verschämtheit! Hier den ganzen Abend rumzuchatten. *Uuun*verschämtheit, so was. *Uuun*verschämtheit! Scheiß Computer.“ Sein Gesicht hatte sich dunkelrot-violett verfärbt.

Ich war baff. Ehrlich. *Was it part of the show?*

„Ich hab nur gechattet, damit du in Ruhe deinen Fußball sehen kannst, und weil mich das nicht interessiert. Gut, ich hätte auch auf dem Balkon warten können, aber es ist noch ziemlich kalt abends.“

„*Uuun*verschämtheit! Das stimmt nicht. Ich hab nur deshalb Fußball geschaut, weil du, seit du hier bist, *nur chatten* willst! Ich hab's doch gesehen, du warst doch schon den ganzen Abend scharf drauf. *Uuun*verschämtheit!“ Sein Lieblingswort.

Ich hatte keine Ahnung, was das werden sollte. Schätzungsweise war er sexuell frustriert. Da hatte er wohl einiges erwartet, und nun? Nix. Er hatte mich zwar hin und wieder linkisch in den Arm genommen und etwas abgefingert, mich aber ließ das vollkommen kalt. Obschon ich immer artig lächelte.

Auch diese Typen scheine ich anzuziehen, die Sexualstümper und Groberotiker. Wolfgang war bereits der vierte in Folge. Doch meine Libido war offensichtlich nicht korrumpierbar. Schon jetzt konnte man die obigen Fragen eindeutig mit „Nein“ beantworten:

Er war in den zwei Tagen kein bisschen sexier geworden und nun gleich gar nicht.

„So eine *Uuun*verschämtheit ist mir noch nie vorgekommen. Seit zwei Tagen muss ich dein schlechtes Benehmen ertragen. *Uhn*verschämtheit! Du bist ja schon internetsüchtig. Jeden Tag bist du *stun-den-lang* im Netz und chattest mit diesen Idioten, diesen Trotteln. *Uuun*verschämtheit! Sowas. *Uuun*verschämtheit!"

Ob ihn diese Beschimpfungen erregten? Sexuell? Soll's ja geben. Verstohlen linste ich ihm in den Schritt. Na ja … möglich wär's. Da zeichnete sich schon so eine Beule ab in seinem Beinkleid.

Da ich emotional unbeteiligt war, konnte ich einigermaßen gelassen reagieren.

„Ich war gestern zweimal, als du im Bad warst, für zehn Minuten nach Post schauen wie du selbst übrigens auch. Gechattet hab ich nur eben, weil du Fußball schauen wolltest", wiederholte ich geduldig.

„Das stimmt nicht. So eine *Uuun*verschämtheit! Als Gast sich so unverschämt zu benehmen. Du bist ja die größte Schlampe der ganzen Communitiy. So was hab ich noch nicht erlebt, so eine Schlampe." Er lief Amok, drehte sich im Kreis und wiederholte sich, wurde primitiv und unlogisch, verließ jegliches Niveau und jedes Maß. Offensichtlich musste ich für seine Technik-Phobie, die hormonelle Dysbalance, seinen Universal-Frust und für seine unter der biederen Spießigkeit verborgenen frühkindlichen Traumata herhalten. Schönen Dank auch.

So eine Unterhaltung brauchte ich nicht. Aber das nützte nichts. Jedes Mal, wenn ich seinen rhetorischen Freiflug unterbrechen wollte, fing er den selben Sermon von vorn an, rechnete mir vor, was er in den zwei Tagen alles Heldenhaftes vollbracht hatte und wie undankbar es von mir wäre, die ganzen zwei Tage *nur und nur* zu chatten. Ich war offensichtlich im falschen Film. Gast zwar, ja. Aber eigentlich sollte ich mir das nicht bieten lassen. Doch zum einen hatte ich das Auto nicht dabei, konnte also nicht sofort weg, und ich schwör's, ich wäre stante pede aufgebrochen. Andererseits hatte der Philosoph im Hemd einiges getrunken. Ich wusste nicht, inwieweit er berechenbar blieb. Beam me up, Scottie! Oder Scotch me up, Jim Beamie?

Nachdem er etwa zwanzig Runden der gleichen, haarsträubenden Argumentation und seinerseits mehr als unverschämten Anwürfe absolviert hatte, jeden eine Stufe impertinenter, und ich immer brav auf dem Karussell dieses Bizarr-Schwachsinns mitgefahren war, meine Argumente gebetsmühlenartig wieder und wieder mit stoischer Einfalt vorgebracht hatte, kam man überein, dass es sich wohl um ein Missverständnis gehandelt haben müsse, welches man am besten vergessen solle. Gut also. Vergessen wir's. Es gab genau hier und jetzt noch einiges mehr zu vergessen. Er hatte bereits geäußert, mich *unverschämte Schlampe nie, nie wieder* sehen zu wollen. Er würde sowieso *nie wieder so eine fürchterliche Schlampe* zu sich einladen. Und eine solch *üble Schlampe* auch niemals im Leben besuchen. Gut, dann wäre das auch geklärt und ich um das Überbringen der unerfreulichen Nachricht erleichtert.

Es war ein klassischer Fall von „mit dem (hier nicht vorhandenen) Hintern einreißen, was man vorn aufgebaut hat". Da hatte er mir zwei Tage lang die nette Fassade mit den biederen Balkonblümchen vorgezeigt, um dann im Rausch doch noch das schäbige, heruntergekommene Hinterhaus zu präsentieren. Schein & Sein von Wolfgang, Manndecker, rechts außen.

Schließlich einigten wir uns endgültig, das Vorgefallene zu vergessen. Ich schaute noch eine Weile still vor mich hin. Er fragte, ob ich etwas möchte, etwas zu trinken vielleicht. Nein, ich wollte gar nichts, außer schlafen gehen, schließlich ging morgen um zehn Uhr zweiundfünfzig mein Zug.

„Ich fahre dich natürlich zum Bahnhof." Irgendwie wollte er wieder gut Wetter machen.

„Nein, danke. Ich werde mir ein Taxi rufen."

„Ich fahre dich natürlich ..." Davon war er partout nicht abzubringen. Ich ließ ihn reden. Den Gentleman rauszukehren, war definitiv zu spät. Den hatte er mit seinem Auftritt endgültig versenkt. Inzwischen war er für mich nur noch ein Hampelmännchen mit Holzkopf, den schon lange niemand mehr an seinem Schniepel gezogen hatte.

Endlich verschwand er in sein Schlafzimmer, und ich legte mich ebenfalls hin. Nach fünfzehn Minuten ging die Tür noch einmal auf, Wolfgang kam hereingeschlichen wie ein Häuflein Unglück. Er kniete sich neben das Sofa.

„Es tut mir so leid. Ich hab mich wohl sehr daneben benommen. Vielleicht haben wir auch zu lange aufeinander gehockt. Jedenfalls tut es mir sehr leid, wirklich. Lass es uns vergessen, ja? Ich möchte mich entschuldigen."

„Hm."

„Du bist eine sehr nette Frau, ein sehr angenehmer Mensch. Das gilt auch jetzt noch, wirklich."

„Hm."

„Brauchst du noch was? Was zu trinken?"

Danke, aber danke nein. *Merci, but no mercy.*

Seine unbeholfene Reumütigkeit hätte mich rühren können, hätte ...

„Hier, der Wecker. Hast du gesehen? Kommst du klar damit?"

„Hm." So ein handelsüblicher Wecker zählt bekanntlich nicht zu den technischen Herausforderungen der Zivilisation, wird in seiner Überschaubarkeit die Menschheit nicht zu Grunde richten.

„Und dann weckst du mich morgen, ja?"

„Natürlich", log ich, denn der geräuschlose Rückzug, auch polnischer Abgang genannt, war längst beschlossene Sache.

Er trollte sich.

Es war nun schon weit nach Mitternacht, und der Wecker stand auf kurz nach acht. Also schlief ich einige Stunden. Gegen sieben erwachte ich und schlich einige Minuten später ins Bad. Nach einer Katzenwäsche mit kleinem, leisem Wasserstrahl schminkte ich mich sorgfältig, zog mich an. Sehr vorsichtig und leise packte ich die Kosmetik ein, das Handtuch oben drauf. Das lauteste an diesem Morgen war das dunkle Ratschen des dicken Reißverschlusses vom Kosmetikkoffer. Den stellte ich gleich neben die Wohnungstür. Daneben die Schuhe. Nun ein Taxi. Die genaue Adresse entnahm ich einem Brief auf der Garderobe, schlich wieder ins Wohnzimmer und mit dem Handy auf den Balkon. Von der Telefonauskunft mit der dortigen Nummer ausgestattet, bestellte ich das Taxi. Es sollte in zehn Minuten da sein. Fast geschafft. Wolfgang schlief nebenan seinen Rausch aus. Den Caddy trug ich auf Zehenspitzen übers Laminat in den Flur, schlüpfte in Schuhe und Jacke, ein Blick zurück – nichts vergessen? Dann zog ich ganz leise die Tür hinter mir ins Schloss. Puh.

Das war ein Durchläufer, Herr Orlowsky.

Sinnfällige Fußball-Spruchweisheiten fielen mir ein: „Erst hatten wir kein Glück, und dann kam auch noch Pech dazu." oder „Manchmal verliert man, und manchmal gewinnen die anderen."

Draußen begann ein wunderschöner Frühlingsmorgen. Die sonnendurchflutete Wohnanlage war erfüllt von Vogelgezwitscher und dem Duft der erwachenden Natur. Dort hinten bog bereits das Taxi in die Straße ein. Zum Hauptbahnhof? Zwanzig Euro. Okay. Man gönnt sich ja sonst nichts, und absetzen kann ich es auch. Der Taxifahrer war ein netter Ur-Hamburger, der mir zum Frühstück Fischbrötchen empfahl. Kurze Zeit später betrat ich den Bahnhof. Es waren noch über zwei Stunden Zeit. Mein Zug ging erst kurz vor elf. Zunächst wollte ich frühstücken, doch dann sah ich vier blitzblanke weiß-rote ICEs in Reih und Glied auf den Gleisen stehen und schaute, einer glücklichen Eingebung folgend, als Erstes auf den Fahrplan. Und tatsächlich schon um acht Uhr zweiundfünfzig, also in zehn Minuten, fuhr der nächste Zug nach Hause. Wie schön. Ein schöner Tag. Trotz allem. Ich würde am frühen Nachmittag schon zu Hause sein. Seltsamerweise war ich auf eine melancholische Art erleichtert. „Der Ball ist rund." Jawoll. „Vom Feeling her hab ich 'n gutes Gefühl".

Als Hamburg langsam in der Ferne zurückblieb, dachte ich noch einige Minuten über den Versuchsaufbau nach. Ich hatte im Selbstversuch klar bewiesen, dass weder Erfolg noch Geld sexy machen … „Im Großen und Ganzen war es ein Spiel, das, wenn es anders läuft, auch anders hätte ausgehen können."

Was Roman betrifft, stellte sich im Laufe der Wochen trotz der Erleichterung und des Triumphes, nicht über ihn, nein, über meine eigene Beschränkt- und Feigheit, ein schales Gefühl ein. Der bittere Nachgeschmack, es wieder einmal nicht geschafft, wieder einmal die falsche Karte gezogen zu haben. Erneut wurden Hoffnungen und Emotionen verschwendet, sinnlos verschleudert. Welchen Teil hab ich dazu beigetragen? Wer hat versagt? Ich? Er? Beide? Trägt einer die Schuld? Ich oder er? Versuche ich ihm die Schuld zuzuschieben?

Doch das Gefühl paart sich schließlich mit der Erkenntnis, dass auch die eigenen Anstrengungen, der gute, sogar beste Wille und die größtmögliche Geduld nicht zwangsläufig zum Erfolg führen. Wir müssen nur wollen? Nur wollen genügt nicht. Man muss auch können.

Selbst Roman kann ich das Wollen nicht absprechen. Das Können hingegen schon. Seinen Charakter konnte er immer schlechter maskieren. Ebenso wie Wolfgang übrigens. Wenn ich also überhaupt irgendeine Schuld trage, dann nur die, zu lange gewartet zu haben. Ich hätte besser auf meinen Verstand hören sollen, statt mich in dieses dämliche Mantra zu verbeißen. Wenigstens hab ich daraus gelernt und bei Wolfgang sofort die Reißleine gezogen.

Aber warum nur fällt es manchen Menschen so immens schwer, sich wenigstens für einige Zeit *real* zum Positiven zu verstellen? Wo es gerade diesen virtuell so leicht zu fallen scheint? Wieso zerplatzt dieses Bild binnen Kurzem? Sind es einfach schlechte Schauspieler? Aber warum gelingt ihnen die Maskerade im Netz so perfekt? Sollte ich vielleicht dankbar sein für die rasche Enthüllung dieser Figuren? Immerhin erspart es doch einiges an Zeit. Man stelle sich vor, die charakterlichen Defizite wären erst Monate oder Jahre später zu Tage getreten.

Oder liegt die Lösung tatsächlich in ihrem *Wesen*? Möglicherweise kann man es nicht wirklich maskieren, verdecken, schönen. Und ebenso wie man das Wesen des Baumes nicht im Baum oder zwischen den anderen Bäumen findet, so findet man das Wesen eines Menschen vielleicht nicht in ihm selbst. Nicht zwischen Leber und Milz, Kopf und Bauch ist es angesiedelt, auch nicht zwischen den anderen Menschen. Das Wesen eines einzelnen Menschen findet man weder in seinen Worten im Chat oder am Telefon noch zwischen den Zeilen schwülstig-schwitziger Poesie. Man findet es in seinem Verhalten. Einzig in der Gesamtheit aus Wort und Tat. Das Wesen wird umso weniger kohärent sein, je mehr Worte und Taten differieren, je mehr das tatsächliche Tun hinter dem moralischen Anspruch zurückbleibt. Wenn die Vorstellung von der eigenen Größe so gar nicht mit der eigentlichen Kleinheit in Kongruenz zu bringen ist.

Vielleicht bin ich einfach zu anspruchsvoll? Mindestanforderungen: Er soll größer sein als ein Hydrant und mit Messer und Gabel essen. (Vor allem auf Letzeres werde ich zukünftig mehr Wert legen.) Des Weiteren wären zu nennen: Sauberkeit, sanierte Zähne, gesittete Tischmanieren, keine ungefragten Vorträge und sexuelle Basisfähigkeiten in Theorie und Praxis. Ob das wohl inzwischen zu viel verlangt ist? In Sachen Optik bin ich mit den Jahren – mein Gott, wie abgeklärt das klingt – duldsamer geworden. Aber Glatze, Bart oder Bierbauch, Feinripp und Trainingshose bleiben NO-GOs.

Kann auch sein, dass ich nicht genug zu bieten habe. Also gutes Aussehen und Figur wären vorhanden. Geist, Witz und Charme kann ich guten Gewissens für mich verbuchen, eigenes Geld, 'ne schöne Wohnung, keine Kinder, keine Tiere, eigenes Fahrrad. Was will Mann mehr? Oder?

Die Tage tröpfeln träge, belanglose Zeit verstreicht. Arbeit und Frühjahrsmüdigkeit nehmen mich hinlänglich in Anspruch und das Wetter wird nach einem ersten, zweiwöchigen Frühlings-Hoch nur sehr langsam wieder besser. Ich habe ein seltsames Gefühl dieses Frühjahr. Es fühlt sich an, wie beobachtet zu werden. Aber vielleicht steh ich auch einfach neben mir. Die Arbeit, der Regen, der graue Himmel, das Thermometer weigert sich beharrlich, die Zehn zu erklimmen, alles drückt aufs Gemüt und man sieht irgendwann Gespenster.

Dennoch, in den letzten Wochen passierten tatsächlich seltsame Dinge.

Post ist verschwunden, gar nicht angekommen oder aus dem Briefkasten geklaut. Wer weiß. Es war nicht weiter wichtig. Vielleicht hab ich sie auch mit der Werbung weggeschmissen.

Und einmal hab ich wohl vergessen, die Wohnung abzuschließen. Das ist mir auch noch nie passiert. Also werde ich jetzt schon senil. Früh-Alzheimer im Spätstadium. Das passt auch zu meiner Schussligkeit. Wie oft ich in den letzten Wochen Dinge verlege. Das ist nicht mehr normal.

Neulich dachte ich schon, ich hätte olfaktorische Halluzinationen. Es schien mir im Wohnzimmer seltsam zu riechen, nach Rauch. Meine Kleidung konnte es nicht sein. Ich hatte mich den ganzen Tag in Nichtraucherbüros aufgehalten. Ohne übermäßigen Argwohn legte ich das Vorkommnis zu den Akten und ging zur Tagesordnung über. Es gab einige Drehtage, ein größeres Projekt in kurzer Zeit, wie immer. Da kommt die innere Uhr durcheinander. Die Wochentage scheinen durcheinander zu purzeln, und nach zwei durchgearbeiteten Wochenenden muss ich erst mal zu mir kommen.

Fast vergessen, der Geruch von neulich. Aber dann scheint eines Abends wieder ein Hauch von Zigarettenqualm in der Wohnung zu stehen. Meiner empfindlichen Nase entgeht das nicht. Schon das Vorbeigehen an der Raucherecke bewirkt, dass ich noch eine halbe Stunde später den Rauch in meinen Haaren wahrnehme. Handwerker werden im Hausflur geraucht haben, denk ich. Doch auch in den nächsten Tagen hängt dieser Geruch mal mehr, mal weniger in der Luft und seltsamerweise im Wohnzimmer. Vom Hausflur her kommend müsste der Rauch eigentlich in der Diele stehen. Als ich die Nachbarin, Frau Dorn, treffe, frage ich sie ganz nebenbei nach Handwerkern oder Leuten, die im Flur waren. Aber sie hat keine Raucher im Haus bemerkt. Komisch. Fazit: Ich werde tüddelig. Manche hören Stimmen, ich rieche Kippen.

Ihrer Katze geht's gut und die neue Hüfte ist auch gut verheilt, erzählt Frau Dorn. Na ja, so ist das. Sonst gibt es nichts Neues. Doch, im Erdgeschoß ist die Wohnung jetzt vergeben. Es ist hin und wieder Licht und einen Fußabtreter gibt's, doch wer da wohnt oder ob es ein Büro ist, keine Ahnung. Den Mieter hat noch keiner gesehen. Müller steht an der Tür. Ist mir auch egal. Mich beschäftigt dieser seltsame Qualmgeruch in meinem Wohnzimmer. Keine Ahnung, was zu tun ist. Ob etwas undicht ist? Ein Riss in der Wand oder im Boden, in der Decke? Mir wird ganz anders, wenn ich an einen größeren Schaden mit entsprechender Reparatur denke. Handwerker in der Wohnung sind mir ein Graus. Doch zunächst müsste ich dem leicht begriffsstutzigen Hausmeister das Problem nahe bringen.

„Guten Tag, Herr Lehmann. Meine Wohnung ist undicht, es stinkt nach Qualm. Der muss von oben kommen." Das hört sich doch schon überzeugend an, oder?

Der Qualm könnte auch eine andere Ursache haben. Meine Fantasie hat da einige Möglichkeiten zu bieten. Hat sich da jemand bei mir zum Rauchen eingeschlichen? Absurd? Vielleicht. Frau Dorn hat einen Schlüssel, ja. Aber sie ist eine ohne jeden Zweifel ehrliche Person. Und zu ihrer Wohnung hat nur noch die alte Dame aus dem vierten Stock Zutritt. Beides gute Seelen. Eine von ihnen schnüffelnd und (!) rauchend in meinem Wohnzimmer? Völlig undenkbar. Und es fehlt das Motiv. Die beiden haben in meiner Wohnung im wahrsten Sinne nichts zu suchen. Und Besuch von minderjährigen Neffen, Tick, Trick und Track, die sich einen Spaß draus machen, heimlich bei Nachbars zu paffen? Nee. Aber durch das geschlossene Fenster kann der Rauch nicht gekommen sein, und die Türen sind auch dicht. Jedenfalls kann ich wegen ein paar verschwundener Briefe und Zigarettengeruch nicht zur Polizei gehen, ausgeschlossen. Ich mach mich doch nicht lächerlich. Wahrscheinlich werde ich einfach nur hysterisch. Paranoid. Na schön. Demenz und Paranoia. Sollte sich ein Kontrollzwang der illustren Diagnose hinzugesellen, hätte ich das Problem wieder im Griff.

Jetzt mach ich mich verrückt und dann gibt es eine ganz einfache Begründung. Eine undichte Zimmerdecke und der Typ oben qualmt wie ein Schlot, oder die Kabelschächte. Ja, das wird es sein. Also kein Grund zur Sorge.

Und tatsächlich scheint das Problem nach ein paar Tagen verschwunden zu sein. Es stinkt nicht mehr. Doch am Wochenende holt es mich ein. Ich finde beim Frühjahrsputz neben dem Heizkörper im Wohnzimmer ein winziges Ascheröllchen. Es lässt mich auf der Stelle erstarren: Da war jemand. Ein Raucher. Und zwar vor kurzem, denn an dieser Stelle sauge ich regelmäßig Staub.

Fassungslosigkeit macht sich breit, Entsetzen. Wer, um alles in der Welt, war hier?

Nein, das kann nicht sein. Ich habe einfach einen galoppierenden Verfolgungswahn, versuche ich mich zu beruhigen.

Es könnte doch ein Ablesedienst gewesen sein, den die alte Dame aus dem Vierten rein gelassen hat, ohne Frau Dorn Bescheid zu sagen. Oder es ist ganz banal, und ein Windstoß hat die Asche vom Nachbarbalkon, von dem schräg oben oder vom Fensterbrett reingeweht. Gut, so wird es gewesen sein, der Wind war's. Was bin ich für eine dämliche Zicke geworden, völlig schreckhaft wegen ein paar Krümeln Asche. Lächerlich. Mit einem Kopfschütteln vertreibe ich die Gewitterwolken aus dem Kopf. Aber diese Unsicherheit, dieses Sich-beobachtet-fühlen wird schlimmer. Und es nagt. In den nächsten Tagen durchsuche ich wie beiläufig und irgendwie auch ohne Absicht, aber gründlich, jeden Winkel der Wohnung und räume sorgfältig auf. Nicht, dass es mir an Ordnungssinn mangelt, nein. Aber da ich auch nicht akribisch oder zwanghaft räume und putze und zum Beispiel ständig Bücher und Kleidung hinzukommen, muss ich ab und zu konzertiert ausmisten, die Papiere und Rechnungen ordnen und abheften, Schränke und Schubladen von Altlasten befreien, alles in blaue Säcke und ab damit in die Container.

Diverse Beschäftigungen bieten Anlass, die Leiter aus dem Keller heraufzuholen und auch die Wohnzimmergardinen abzunehmen. Sie müssen sowieso wieder gewaschen werden. Außerdem könnte ich endlich die Deckenlampe installieren, die seit dem letzten Sommer unter dem Schlafzimmerschrank im Karton auf ihren lichten Einsatz wartet. Ich habe einige kleinere und sehr stimmungsvolle Lichtquellen im Wohnzimmer und die Deckenlampe ist ein apartes Designerstück, welches den I-Punkt bilden würde.

Angesichts dieser Lampe schweifen meine Gedanken in die frühen 90er. Die Wohnung meiner Mutter, in der sie zum zweiten Mal geschieden mit meiner fünfzehn Jahre jüngeren und damals pubertierenden Halbschwester, dem Wunderkind in spe nämlich, hauste, kommt mir in den Sinn. Pia Paschke, besagte Halbschwester mit dem Familiennamen des Stiefvaters, bekam seit ihrer frühesten Kindheit exzessiv Klavierunterricht. Aus diesem Kinde, dem Nachzügler und Sonnenscheinchen, sollte wirklich was werden. Das Projekt „pianisierendes Karriere-Kind nebst partizipierender Mitreise-Mutti“ wurde generalstabsmäßig aufgezogen. Man sah sich bereits in New York (gesprochen *Ju Jork*), Rio, Tokio die Blumenberge dem damit überhäuften Kinde hinterhertragen. Folgerichtig beschränkte Mutter sich nicht darauf, *jede* der unzähligen Klavierstunden persönlich zu überwachen und zu diesem Zwecke ihr halbes Einkommen für Taxifahrten kreuz und quer durch Berlin zu verpulvern, nein. Es wurden auch gleich mehrere Instrumente fürs häusliche Üben angeschafft. Zunächst gab es ein altes Gründerzeitklavier, welches kaum noch zu stimmen war und alsbald durch ein neues DDR-Fabrikat in Kirschbaum hell aus Mark-Neukirchen ergänzt wurde. Später dann, als das Duo Fortissimo in eben diese Wohnung einzog, hatte das alte Klavier bereits einem ebenfalls betagten Stutzflügel für einige Tausend Mark der DDR weichen müssen, den die Möbelpacker zur Freude der Nachbarschaft und unter Einsatz ihres Lebens in den zweiten Stock des Weißenseer Hinterhauses wuchteten. Nachdem der schwarze Stutzflügel nun das halbe Wohnzimmer einnahm und beträchtlich verdunkelte, so ein Flügel hat eine beachtliche Bauhöhe, das DDR-Neubaupiano im Kinderzimmer zu stehen kam und das vor kurzem für einige Tausend nunmehr Westmark erworbene Edel-E-Piano, welches auf Reisen das Übungspensum absicherte, im Flur sein Eckchen fand, wurde dieses illustere Ensemble noch durch einen weiteren, weißen, mittlerweile vergilbten, Flügel komplettiert, der zwei Drittel des Kinderzimmers füllte. Man gönnte sich ja sonst nichts. Der Laufbahn als Wunderkind schien nichts mehr im Wege zu stehen, außer diesem weißen Flügel, den man Richtung Bett nur kletternd überwinden konnte. Einzig die Küche erwies sich als zu klein für ein standesgemäßes Tasteninstrument. Man hätte nur unter Verzicht auf Herd, Spüle oder Kühlschrank ein schmales Billig-Exemplar von Yamaha untergebracht, was angesichts des bereits vorhandenen „konzertverdächtigen“ Arsenals zu popelig schien.

Trotz des instrumentalen Zuwachses wurde nie ein Möbelstück, und sei es im Laufe der Zeit noch so verschlissen, dem Sperrmüll übereignet. Und so kam es, wie es kommen musste. Von den fünfzig Quadratmetern Wohnraum wurden gut fünfzehn, also fast ein Drittel, von Klavieren belegt. Man konnte in dieser Wohnung kaum treten und fatalerweise ausgerechnet im langen, schmalen und fensterlosen Flur auch kaum sehen. Denn es hätte eine Deckenlampe angebracht werden müssen. An sich eine so simple

Angelegenheit, wie einen Stecker in die Steckdose zu befördern, nur mit einem Schraubendreher eben. Mutter jedoch brachte das nicht fertig.

„*Iiich*??? Als *FRAU*???“, pflegte sie bei Gelegenheiten wie dieser zu sagen, „*Iich* kann das nicht.“ Unter diesem Motto blieb der vollgekramte Flur eben dunkel. Ätsch. So einfach war das. Die Frau war damals Ende vierzig und nach meiner Beurteilung körperlich und geistig beieinander. Sie hätte die Lampe mit etwas Hirnschmalz und Werkzeug selbst anbringen können. Doch für handwerkliche Tätigkeiten glaubte sie „als Frau“ ihrer Generation, wäre dringend ein Mann erforderlich. Schon früh, seit ich um den kleinen Unterschied und seine Primärfunktion wusste, von Sex ahnte ich damals noch nichts, fragte ich mich, wieso dieser eine Person für andere Tätigkeiten prädestinieren könne, als elegant im Stehen zu pinkeln. Es sollte mir bis heute ein Rätsel bleiben.

Lars, mein Bruder, weigerte sich aus Prinzip, diese läppische Dienstleistung zu erbringen. Er meinte, das könne jeder. Frau oder nicht Frau, scheißegal. Und mir „als Frau“ wäre es erst recht nicht in den Sinn gekommen, die Lampe anzuschrauben. Irgendwann wurde schließlich eine wacklige Stehlampe Baujahr ’74 in den Flur gestellt, über deren Kabel fortan Generationen von Besuchern strauchelten. Ja, Besuch gab es in diesem schlampig-schäbigen Refugium reichlich, vornehmlich Klavierlehrerinnen. Was den Zustand der Wohnung, auch den hygienischen übrigens, anging, war Mutter schmerzfrei und frei von Scham, eine ihrer wenigen Schamlosigkeiten. Was ich von mir nicht behaupten kann. Auch Mutter war nicht immer von dieser häuslich-ästhetischen Wahrnehmungsstörung befallen gewesen. In früheren Zeiten gab sie an, Unordnung „nicht sehen“ im Sinne von „nicht ertragen“ zu können und daher entfernen zu müssen. Später, so schien es mir, konnte sie trotz uneingeschränkter Sehkraft, den Zustand ihres Domizils nicht mehr objektiv beurteilen.

Bis in die frühen 70er zelebrierte sie in unserer damaligen Wohnung in Berlin-Mitte, unweit der Mauer, rituelle Reinigungsorgien, die einzigen Orgien meines Lebens übrigens. Samstags wurden sämtliche Kleinmöbel hoch gestellt oder raus geräumt, die Teppiche umgeklappt und mit einigem Getöse eines historisch wertvollen Staubsaugers der Marke „Omega“ dem nicht vorhandenen Dreck unterm Teppich ein Ende gemacht, Omega eben. Sparsam dosierte Staubfänger wurden hernach wieder sorgfältig auf freien Flächen und selbst genähten Fransen-Deckchen aus dem jeweiligen Übergardinenstoff drapiert. „Etwas zum Hinstellen“ nannte sich das. Und tatsächlich war das eine treffende Funktionsbeschreibung für diese Art Gegenstände, denn mehr als herumzustehen war nicht ihr Daseinszweck. Nebenbei erfuhr ich, es handele sich um guten Geschmack.

Es musste die Zeit der gefüllten Tomaten-Eier-Fliegenpilze, der Cocktailspießchen im Kohlkopf und der nunmehr bereits weniger modernen Tütenlampen gewesen sein. Es war auch die Zeit, in der mein Vater noch in seinem Fernsehsessel zu Hause gewesen war, der wie eine Insel im Sturm den Putzorgien trotzte. Vater schaute Sport. Immer. Aus dem kleinen „Staßfurt“-Fabrikat auf schiefen, dünnen Elfenbeinimitat-Beinchen plärrten in der Sendung *SPORTAKTUELL* (man sprach es ohne Pause) Zuschauermassen und Heinz-Florian Oertel oder Gerhard Kohse um die Wette. Sobald sich Mutter mit ihrem Staubsauger dieser Kakophonie hinzugesellte, hagelte es Protest aus dem Sessel.

Das Beste an den damaligen Fußballspielen waren die Kommentare, wenn ein Spieler namens Schade beteiligt war. Dann konnte man solche sprachlichen Kleinodien genießen wie dieses hier:

„Und da von links, das ist kein Abseits ... das ist Schade. Und er schießt. Und TOR! JA, SCHADE! TOR! SCHADE! Das war SCHADE!“

Oder aber:

„Und da ... Sparwasser, Seguin und Schade und Schade köpft ... Schade! Daneben. Schade, das ist schade.“

Wieso das eine wie das andere *schade* war, konnte ich damals irgendwie nicht erfassen. Heutzutage könnte Philipp Lahm für ähnliche Verwirrung sorgen. „Und da läuft er und schießt, das ist Lahm, Lahm! Der ist drin!“

Sobald Mutter nicht Staub saugte, bügelte sie. Vater forderte sie dann gelegentlich auf, ohne den Blick vom Apparat zu lösen:

„Mutti, hol mir mal ein Bier.“

Und die *Mutti* holte dem *Vati* dann ein Bier. Sie nannten sich, so lange ich denken kann, Mutti und Vati. Es war die sprachliche Manifestation des Inzest-Tabus. Kein Wunder, dass diese Ehe zum Scheitern verurteilt war. Meine Mutter redete sogar noch, als ich mit achtzehn auszog, von sich selbst in der dritten Person:

„Jetzt ist die Mutti doch ein bisschen traurig, dass die Alex auszieht.“

Diese damalige Wohnung jedenfalls war zwar nicht schön, gemütlich auch nicht, aber man musste sich nicht schämen und sauber war es auch. Mutter behauptete damals immer, die Unordnung, welche in ihrem Elternhause herrschte, wolle sie nie wieder erleben. Sie wäre da ganz anders. Dieses Elternhaus hatte inklusive der zwei ledig gebliebenen Tanten und dem angestammten Chaos überdauert und war bei obligatorischen Besuchen zu begutachten. Mutter schwang sich dann jedes Mal unter Absingen des ewig gleichen Klageliedchens zu vergeblichen Putz- und Räumaktionen auf. Und wo sie gerade ein Eckchen fertig geräumt und geputzt hatte, kam eine der schrulligen Tanten und siffte alles wieder zu. Siffen schien mir damals in reziproker Kausalität zu Sisyphos zu stehen.

Der Wunderkind-Plan ging übrigens gründlich in die Hose. Pia Paschke, Pianistin, brachte es nicht zu dieser aberwitzigen Alliteration, lächelt nicht von Großplakaten, bereist und bespielt weder die Bühnen von Paris, Rom, Erkner, noch die von Wuppertal, Hagen oder Recklinghausen. Zwar wohnt sie inzwischen tief im Westen, wo die Sonne versinkt, doch verdient sie ihr Brot als Klavierlehrerin. Nun ja, wenigstens musste sie sich nicht als Schuhputzerin verdingen, was Mutter ihr stets bei Übungsunlust als Berufsalternative zum internationalen Konzert-Star in Aussicht stellte, mit dem einer Lehrerin angemessenen pädagogischen Geschick, versteht sich.

Ich als Frau werde also heute die Deckenlampe anbringen, suche eine Lüsterklemme und Schraubenzieher aus dem gut sortierten aber nicht geordneten Werkzeugkasten, überfliege der Vollständigkeit halber die Anleitung und auf geht's. Zuerst klettere ich hoch und schaue mir den Anschluss genau an. Ich rüttle ein wenig am Haken, der nachher die Lampe halten soll. Ob er fest ist? Und ziehe die Kabel ein bisschen … was ist denn das da? Ein schwarzes, glänzendes kleines Ding, ein Knopf ohne Löcher? Was ist das? Hat man es bei der Sanierung dort vergessen? Ich pule mit dem Schraubenzieher in der Öffnung herum. Und kippe fast von der Leiter, denn das ist eine winzige KAMERA!

Also doch. Mein Gefühl hat mich nicht getäuscht. Gänsehaut, Ekel, Schock, die ersten Gefühle. Wahrscheinlich werde ich seit Wochen, seit dem Qualmgeruch, nein seit dem Verschwinden der Briefe oder noch früher mit dieser Kamera beobachtet. Ich kann es nicht fassen. Die Tränen kommen. Meine Wohnung, meine Privat-, ja Intimsphäre ausgeforscht, bespitzelt. Widerlich!

Es scheint plötzlich überall zu jucken, kein Ungeziefer könnte schlimmer sein als das. Wie oft bin ich nackt herumgelaufen, in Unterwäsche. Das ganz vor den Augen eines Spanners oder gar des Internets.

So sitze ich eine Stunde im Flur auf dem Teppich und starre fassungslos vor mich hin. Der Unterkiefer schmerzt, ich zittere. Was tun? Zur Polizei? Was können die schon tun. Das ist mit Sicherheit eine kabellose Kamera. Wer auch immer das Bild empfängt, wird die Polizei sehen und verschwinden. Keine Chance, ihn zu fassen. Nach einiger Überlegung entscheide ich, zunächst gar nichts zu tun und bringe die Kamera so gut es geht in die Ausgangsposition. Hoffend, dass meine Entdeckung unbemerkt bleibt. Vielleicht kann ich so dem Spanner auf die Schliche kommen. Ungefährlich ist das nicht. Wie gut, dass ich meine Durchsuchung der Wohnung als Frühjahrsputz getarnt hab.

Der Tag ist gelaufen, ich muss raus. Raus aus der Wohnung, den Kopf in den Wind halten. Am besten in den Fahrtwind. Als erstes fahre ich tanken, dann ab Richtung Berlin. Ein bisschen Kosmetik und die Zahnbürste im Gepäck.

Zweihundert Kilometer nachdenken, was zu tun ist. Wer kann das sein, wer beobachtet mich und warum? ER ist in der Nähe, das spürte ich seit langem. Doch um wen es sich handelt, keine blasse Ahnung. Es könnte Sven-Olaf sein, Roman, oder sogar dieser Wolfgang? Vielleicht der Typ zwei Wohnungen weiter, der mich immer so blöd anglotzt und früher beim Rauchen auf dem Balkon immer in meine Küche gaffte, bis ich das Fenster mit Eisblumen-Folie zugeklebt hab? Nun hat er seine Alte, die einen Waschfimmel hatte, rausgeschmissen. Wer weiß. Könnte es eine Frau sein? Oder dieser schmierige Hausverwalter, der ja in der Wohnung ein- und ausgehen konnte vor meinem Einzug, der alle Schlüssel hat? Aber warum gerade jetzt? Und wie lange geht das eigentlich schon? Ich kann mich an kein bestimmtes Ereignis erinnern, das dieses Gefühl von Beobachtetwerden in Gang gesetzt hätte.

Ich, ein Stalking-Opfer?! Das gibt's doch gar nicht. Ausgerechnet letzte Woche gab es einen Beitrag dazu in unserem Nachrichten- und Politmagazin. Fazit: Das Opfer hat kaum eine Handhabe, die Polizei tut nichts, kann nichts tun. Bevor nichts passiert ist, passiert nichts.

Wieso gerade ich? Hab ich irgendwie Opfersignale gesendet? Glaubt hier jemand, so ans Ziel zu kommen? An welches Ziel? Mich fertig machen? Nein, mein Freund, wer immer du bist, das werde ich nicht zulassen. Bei allem Knieschlottern: Nicht mit mir!

Man denkt, so etwas betrifft nur andere. Jetzt betrifft es mich. Scheiße.

Auch im Forum gab es Fälle von Belästigung. Frauen wurden mit unerwünschten Mails und Telefonaten überschüttet, ihnen wurde sogar in die Heimatstadt nachgereist und aufgelauert. Wie gruselig. Doch im Forum sind die Teilnehmer nicht so anonym wie vermutet. Sie müssen ihre Mail-Adresse angeben und wären im Prinzip darüber namentlich zu ermitteln. Es sei denn, sie hätten bereits diese Adresse unter falschem Namen bei einem kostenfreien Mail-Dienstleister angelegt. Wie dem auch sei, die Stalkingfälle im Forum kamen erst nach Kontakten, persönlichen oder telefonischen, zustande.

Ich sollte den Kreis der Kandidaten auf Bekannte beschränken. Und zwar auf solche mit offener Rechnung, mit genügend Energie und Zeit für solche Aktionen.

Aus den kreisenden Gedanken kristallisieren sich Möglichkeiten heraus.

ER, wer immer es auch ist, sollte wieder in die Wohnung kommen müssen, wenn ich es beobachten kann. Aber wie stell ich das an? Wenn die Kamera außer Funktion wäre, müsste er sie austauschen. Das alles geht ja eh nur, wenn er mich nicht gesehen hat, als ich daran herumfummelte. Was gut möglich ist, denn an diesem Tag war ich nur kurz im Büro und bereits mittags zu Hause. Eine Ausnahme. Und wenn ER mich also nicht gesehen hat, wie kann ich die Kamera ausschalten und gleichzeitig unentdeckt bleiben? Auch wenn ich sie mechanisch zerstöre, wird ER wissen, was ich weiß. Mein einziger taktischer Vorteil ist hoffentlich mein Wissensvorsprung. Wissen ist Macht. Oder nicht?

Ich werde das Zimmer renovieren. Ja. Das ist gut. Ich streiche die Decke mit einer Rolle am Stiel und matsche die Kamera mit Farbe zu. Das müsste klappen. Danach werde ich die Wohnung beobachten. Und zwar aus nächster Nähe. Nicht aus dem Auto. Nicht von gegenüber, denn dort ist ein Park. Auch mit einer Kamera? Schlecht. Ich müsste trotzdem in der Nähe sein, um das Bild zu empfangen und die nötige Technik besorgen.

Bis Berlin ist keine bessere Lösung gefunden. So fahre ich also zu Andy, meinem schwulen Freund aus alten Zeiten. Er wohnt schon ewig im selben Haus in Prenzlauer Berg, ist aber inzwischen aus dem zweiten in den vierten Stock umgezogen. Auf seiner

Dachterrasse hat man einen beneidenswerten Blick über das ganze Berliner Zentrum. Mal sehen, ob er überhaupt zu Hause ist. Er ist, Gott sei dank.

„Alex, was machst du denn hier? Komm rein, setz dich. Du schläfst doch hier, oder?“ Andy ist ein Schatz, küsst mich ab und drückt mich, bis ich anfange zu strampeln.

„Du Andy, ich hab zu Hause ein Problem. Ich erzähl's Dir später, okay?“

„Süße, kann ich Dir irgendwie helfen?“

„Ein bisschen Asyl wäre genug fürs Erste.“

„Aber sicher, Schatz. Komm her“, er nimmt mich gleich noch mal in den Arm.

Wie immer, wenn ich hier unangemeldet aufschlage, viel zu selten leider, steigt gerade eine kleine Party auf der Terrasse. Es wird gegrillt, gequatscht, getrunken. Die Gäste sind Schwule und Heteros, ein lustiger Haufen. Künstler und Lebenskünstler aus der Prenzlauer Berger Musik-, Friseur- und Kleinkunstszene.

Heute esse ich Würstchen und Kotelett. Ist auch egal jetzt.

Später lichtet sich die Runde. Andy und ich sitzen allein auf der Terrasse. Drinnen knutscht noch ein Pärchen, in der Küche vertilgt man die Reste.

„Und du, Alex, Süße? Warst du nicht in so einem hetero Single-Ding im Internet?“

Immer aufs Schlimme.

„Und? Hast du endlich die Nadel im Misthaufen gefunden?“

Andy hat ja noch keine Ahnung …

„Ach, hör mir bloß auf, du.

Das ist in etwa so, wie im Abfall nach Essbarem suchen. Du findest Vergammeltes, leere Packungen und ab und zu was über dem Verfallsdatum, alles was andere Leute weggeschmissen haben oder was im Ausverkauf nicht weggegangen ist. Diese Hetero-Männer dort kannste allesamt vergessen. Spätestens ab vierzig ist die Luft raus, da wollen die nur noch ihre Ruhe. In diesen Single-Dingern im Internet gibt's genau zwei Sorten: fünfundsiebzig Prozent pro forma und fünfundzwanzig Prozent pro familia. Letztere haben einen derartigen Erfolgsdruck, dass sie innerhalb von zwei Jahren gleich drei Kinder wollen. Und die pro-forma-Fraktion ist nur da drin, damit man den verheirateten Kumpels und der Mutti, die jeden vierten Sonntag beim Kaffee fragt, wo denn nun die Frau und Schwiegertochter bleibt, berichten kann, dass man nun sogar die moderne Technik bemüht, um 'ne Frau zu finden. Als ob's keine gäbe da draußen. Aber finden wollen die nicht, nur suchen. Der Weg als Ziel. Und die brauchen auch keine Frau mehr, die sind quasi emanzipiert, autark. Dosenravioli könnten sie zwar aufwärmen, essen sie aber lieber kalt, das Pizzataxi können sie auch selbst rufen. Und Sex braucht so ein Mann ab vierzig auch nicht mehr in der Form, wie ich mir das vorstelle. Der hat zwei gesunde Hände. Und: Seinem Schwanz muss er nicht mal was zum Geburtstag schenken."

„Ähnäää!" tuckt Andy nasal. „Das muss ich entschieden dementieren. Obwohl ... wie du dir Sex vorstellst ...", kichert er.

„HE–TE–ROS, Andy, Darling, ich rede von Heteros. Sei froh, dass dir die erspart bleiben. Du, so ein rüstiger Vierzigplus-Hetero, der will in Unterhosen ... nee, nicht was du denkst, der will Fußball oder CSI glotzen und Entscheidungsfreiheit in den essenziellen Fragen des Lebens wie zum Beispiel, wann und ob er duscht und wann die Socken in die Wäsche kommen. Er will sich ungeniert am Gemächt kratzen und jederzeit einen fahren lassen können."

„Pfui Deibel! Kannst du ordinär sein!"

„Das ist die bittere Realität in diesen Single-Dingern."

„Das klingt ja grauenhaft nach Frust."

„Wie soll man bei diesen Zuständen auch den Optimismus bewahren. Stell dir vor, es gäbe viel mehr rechte Schuhe als linke. Ein Dilemma."

„Du darfst das alles nicht so schwarz sehen. Das Glas ist nicht halb leer ..."

„Ich hab keinen Durst.

Ach Andy, ich wünschte, ich wär schwul. Aber richtig schlimm ist das nicht, eher skurril. Schlimm ist was ganz, ganz anderes ..."

„Heteros kommen von einem anderen Planeten, Süße. Komm, ich bau uns noch einen Joint." Danke Andy, du Lieber, dass du mich heute nicht weiterreden lässt.

Als es gegen vier leise zu regnen anfängt und die Kerzen runter gebrannt sind, gehen wir schlafen. Andy hat immer ein frisch bezogenes Bett im Gästezimmer und ein kleiner seidiger Regen prasselt so sanft auf's Dachfenster , dass ich weit weg von meinem Problem zufrieden einschlafe.

Am nächsten Morgen, de facto Mittag, sitzen wir zusammen in der Küche. Andy hat schon Kaffee gemacht und Brötchen getoastet.

„Also Süße, jetzt erzähl mal."

„Andy, ich glaub das selbst nicht, aber ich habe in meinem Wohnzimmer eine Kamera gefunden. So ein Spy-Teil, weißte. An der Decke, da wo man die Lampe aufhängt."

„Nee! Echt? Das ist ja entsetzlich! Mensch, Alex ..."

„Ja, ne? Ich hab keine Ahnung, wie lange das Teil da schon drin ist. Ich könnte schon ewig beobachtet worden sein."

„ ... bist nackt durch die Wohnung, hattest Sex auf'm Sofa. Igitt. Das ist die Härte."

„Eben. Was mach ich jetzt? Was würdest du machen?"

„Also, ich würde das Ding sofort rausreißen. Haste doch gemacht, oder?"

„Erst mal nicht. Ich konnte gar nichts mehr machen, nur herkommen." Ich muss heulen.

„Du Armes. Die Bullen brauchst gar nicht erst zu holen. Die machen nix. Am besten, du reißt das Ding raus und vergisst das Ganze."

„Ja, das werd ich wohl machen."

Oder auch nicht. Keine Ahnung. Ich muss Ruhe bewahren und nachdenken.

Es tut gut, es Andy zu erzählen. Er hat schon so viele verrückte Sachen erlebt, ihn schockiert nichts mehr. Leider wird er in ein paar Tagen für ein halbes Jahr nach Indien gehen. Er will sein Karma aufpolieren, sagt er. Was für ein Zufall, dass wir uns vorher noch einmal gesehen haben. Sonst hätte ich es vielleicht gar nicht erfahren, denn wir telefonieren nur sehr sporadisch. Schade eigentlich. Ich sollte diese Freundschaft mehr pflegen. Aber vielleicht liegt gerade darin der Reiz, dass man sich eben nur selten sieht und hört und dennoch immer weiß, da ist jemand.

Nach einem langen Spaziergang mit Einkauf auf dem Kollwitz-Markt und einem unnachahmlich leckeren Essen bei Andy verabschieden wir uns für das nächste halbe Jahr. Nicht ohne flaues Gefühl im Magen.

Vielleicht ist alles einfach wieder in Ordnung, wenn ich heute Abend an der neuen Messe vorbei nach Leipzig reinfahre.

Leider nicht, die Wohnung ist mir fremd, als wäre es nicht mehr meine. Und die Kamera ist noch da. Mr. Spy hat sie nicht inzwischen abgebaut. Aber ich sollte besser nicht an die Decke schauen, sonst schöpft er Verdacht, sofern er gerade sein Spanner-TV schaut.

Was hat man hier wohl beobachten können? Die Kamera ist

winzig. Die Bilder werden zwangsläufig von sehr schlechter Qualität und der Bildausschnitt relativ begrenzt sein. Sorgen mach ich mir um das Laptop, obwohl es natürlich passwortgeschützt ist. Ins Büro nehme ich es immer mit. Wenn ich ansonsten das Haus verlasse, bleibt unklar, wie lange ich wegbleibe. Manchmal fahr ich auch mit dem Auto nur um die Ecke. Es wäre ein großes Risiko, dann in der Wohnung und im Laptop herumzuspionieren. Die Parkplätze befinden sich zwar vorm Haus, da es aber ein Eckhaus ist, sind vom Fenster aus nicht alle zu sehen. Nur die Tage in Hamburg war es längere Zeit unbeaufsichtigt. Aber auch da konnte niemand wissen, wie lange ich wegbleibe.

Irgendwie bemerke ich es immer, wenn jemand an meinem Rechner war, egal an welchem. Etwas, und sei es auch nur eine Winzigkeit, ist selbst bei größter Vorsicht anders. Oft ist es nur die Mausposition. Außerdem benutze ich keinen automatischen Passwort-Manager, ohne den muss man alle, auch die Com-Passworte kennen. Die Tastatureingaben sind in keinem Fall mit der Kamera einsehbar. Und ich benutze kein W-Lan, sondern ein Kabelmodem mit Ethernet. Keine Chance, eine Funkstrecke zu hacken. Dennoch besteht eine simple Möglichkeit, an sämtliche Daten zu gelangen. Man kann das Titanium einfach über die FireWire-Schnittstelle mit einem anderen Rechner verkoppeln, es dann als externes Medium starten und hat den vollen Zugriff auf alle Daten.

Allerdings ist nichts wirklich Persönliches auf dem Rechner zu finden. Musik, Fotos, Rechnungen und Belangloses. Nichts, was in diesem Fall gegen mich Verwendung finden könnte. Die Emails bleiben auf dem Server des Mail-Dienstes. Sie wären das einzig interessante, vielleicht. Und natürlich die Internet-Verlaufsprotokolle. Sie befinden sich in der *history.dat* und geben Auskunft über die besuchten Seiten. Man kann also zumindest sehen, wo ich mich online herumtreibe.

Wie soll ich hier schlafen, mit dem Wissen, jemand kann sich hier Einlass verschaffen? Das ist ein Alptraum. Ich kann doch nicht ins Hotel ziehen. So schließe ich nun auch die zweite Tür mit dem Sicherheitsschloss ab, denn meine Wohnung verfügt in Folge von Umbauten über eine kleine Vor-Diele mit einer zweiten Wohnungstür inklusive Sicherheitsschloss. Für diese Tür gibt es nur einen Schlüssel. Das gibt mir etwas Ruhe. Länger als nötig halte ich mich in der Küche auf und verschwinde sehr schnell ins Schlafzimmer. Dort hatte ich schon alles „aufgeräumt“ und nichts gefunden. Am nächsten Morgen treffe ich Frau Dorn vor der Tür.

Sie erzählt, dass sie eine Woche ins Krankenhaus muss wegen einer kleinen Routine-OP und die alte Dame aus dem Vierten zu ihren Kindern ins Sauerland gefahren ist. Ich ergreife die Chance und biete mich an, ihre Katze zu füttern. Ja klar, gerne, danke. Heute Abend will sie mir den Schlüssel vorbeibringen.

„Ach lassen Sie mal, ich klingle lieber bei Ihnen, wenn ich nach Hause komme, dann können Sie mir auch gleich zeigen, wo alles steht, was die Katze braucht." Ja gut.

Na also, geht doch. Eine Wohnung nebenan, eine Woche für mich allein. Genau das hab ich jetzt gebraucht. So nimmt mit Hilfe der Katze, dem Zufall und einem noch zu besorgenden Eimer creme-beiger Dispersionsfarbe der Plan Gestalt an. Außerdem durchsuche ich die Wohnung nun nochmals gründlich. Unter und hinter jedem Möbelstück, in jeder Pflanze, hinter den Büchern, überall schaue ich nach verdächtiger Elektronik. Aber es bleibt bei der einen Kamera. Wenigstens etwas. Im Rest der Wohnung habe ich also nach wie vor die Lufthoheit.

Ein Baumarktbesuch wäre unter normalen Umständen ein Erlebnis für Artenforscher, denn es gibt die Spezies Mann in ihrem angestammten Territorium zu studieren. Da finden sich zum Beispiel die über 50-jährigen Laubenpieper und Frührentner, welche mit Mutti im Schlepptau direkt aus der Schrebergartenkolonie oder vom Plattenbaubalkon ins Gartenparadies oder die Installationsabteilung gebeamt wurden. Man erkennt sie an der demonstrativ sportlich-legeren Freizeitkleidung des vorletzten Jahrzehnts. Eine ausgewaschene Turnhose, wahlweise gemusterte Gummizug-Bermuda, umspielt die knöchrigen Knie, das Feinrippunterhemd spannt figurnah über dem Bierbauch, graue Socken und braune Sandalen komplettieren das Ensemble. Mutti trägt meist einen engen rosa Häkelpullover aus asiatischem Straßenverkauf und einen braunen Rock, Schuhe mit Lochmuster und Keilsohle. Ihr zu enger BH verursacht Querröllchen ziemlich weit oben zwischen den Schulterblättern.

Dann findet sich der jüngere Handwerker, Typ „Do it your self" TV-Show, der direkt vom Ort des Geschehens in seiner farbbekleckerten Blau-Latzhose die letzten Meter Raufaser besorgt und nicht nur herb-männlich ausschaut, sondern auch so riecht. Der Frührentner steht ihm darin in nichts nach. Er riecht morgens um zehn schon genauso wie abends um zehn. Allerdings hat der Blaubelatzhoste für seinen Geruch was getan – renoviert. Der Pensionär hingegen hat etwas unterlassen – sich zu waschen. Es ist schon ein Kreuz mit dem Geruchssinn.

Nicht zu vergessen das Verkaufspersonal. Da ist alles vertreten. Von älteren, abschätzig an mir herunter schauenden Elektrobereichsexperten bis zu netten, jüngeren Brillenträgern, die mir als Beratung lediglich die großen Hinweisschilder vorlesen und nicht wissen, was ein Tacker sein soll, sobald eine Frau danach fragt:

„Meinen Sie so ein Ding wie so einen Klammeraffen?"

„Einen Tacker, genau. Fein, Sie scheinen schon davon gehört zu haben. Ansonsten hätt' ich es Ihnen gern erklärt. Also, wo liegen die?"

Wie gut, dass ich das Aussuchen der Farbe samt Malerrolle und Abstreichsieb ganz allein hinbekomme, als Frau sozusagen.

Diese Woche nehme ich frei. Bereits am Sonntag wird das Wohnzimmer teilweise ausgeräumt, Folie ausgelegt und ein wunderhübscher Zeitungshut über den Farbeimer drapiert. Demonstrativer Aktionismus für den anonymen Zaungast. Jeden Tag gehe ich zu Frau Dorns Katze rüber zum Füttern und Spielen. Sie ist ein freundliches und verschmustes Tier. Ich hätte gern wieder eine Katze.

Am Dienstag ist es soweit. Es wird gemalert. Die Wände und dann die Decke. Ich matsche alles mit Farbe voll. Wer immer am Endgerät sitzt, jetzt hat er Bildstörung. Am Mittwoch räume ich alles wieder ein, die Fenster demonstrativ geöffnet. Heute bin ich zu Hause. Nun heißt es warten. An diesem Abend laufe ich unbeobachtet, frei und von einem gewissen Jagdfieber befallen in der Wohnung herum und genieße diesen kleinen Luxus.

Am Donnerstag wird es spannend. Zunächst stehe ich wie gewohnt auf und fahre sichtbar und scheinbar ins Büro. Doch ein paar Querstraßen weiter stelle ich das Auto in der Tiefgarage vom Einkaufszentrum ab. Eine andere Jacke und ein Basecap. Na ja, eine Verkleidung ist was anderes. Aber das muss reichen. Ein kleiner Umweg und dann über den Hof … ins Haus und zu Frau Dorn in die Wohnung. Rasch gebe ich der Katze Futter. Dann setz ich mich in die Diele und warte. Warte. Warte. Es ist halbdunkel. Die Katze kommt auf meinen Schoß und will gestreichelt werden. Was für eine absurde Situation. Wenigstens bin ich nicht ganz allein. Die Katze schnurrt. Als ich nach einer Ewigkeit das erste Mal auf die Uhr sehe, sind zwanzig Minuten vergangen. Es kam mir mindestens wie eine Stunde vor. Was, wenn ER, ich nenn ihn mittlerweile *Mr. Spy*, nicht kommt? Nicht heute kommt? Muss ich morgen auch hier sitzen und warten? Was, wenn er gerade dann kommt, wenn ich ins Bad muss? Wenn ich ihn verpasse? Dann hab ich mein Wohnzimmer umsonst gemalert. Und das wäre das kleinste Übel.

Und was mach ich, wenn er tatsächlich kommt und bei mir einsteigt? Darüber hab ich mir noch gar keine Gedanken gemacht. Ich könnte ihn stellen. Ich könnte ihn einschließen, den Schlüssel stecken lassen und die Bullen rufen. Das wäre nicht schlecht. Auf jeden Fall in flagranti und keineswegs lächerlich. Ich müsste im schlimmsten Fall erklären, wie ich ihn erwischt hab. Da kann man geringfügig improvisieren.

Warten. Warten. Warten. Die Katze schläft inzwischen im Wohnzimmer. Ich würde so gern fernsehen oder Musik hören. Nur nicht einschlafen.

In den ersten drei Stunden hatte ich noch bei jedem Geräusch der Fahrstuhltür einen Adrenalinschub. Jetzt hocke ich hier im Halbdunkel und halte mich für komplett verrückt geworden. Wenn das jemand sieht. Man kann es keinem erzählen. Es ist zu absurd und peinlich. Wo ist eigentlich das Handy? Es ist in der Tasche und nicht abgeschaltet. Ich schalte es aus. Von der Notwendigkeit dessen bin ich alles andere als überzeugt.

So langweilig wie heute war mir noch nie. Wirklich. Ich überlege ernsthaft, die Aktion abzubrechen. Es ist einfach zu dämlich und kann nicht funktionieren. Es ist so still, dass man das alte Haus fast atmen hört. Inzwischen ist es 16 Uhr und ich döse lethargisch vor mich hin.

Wieder kommt ein Hausbewohner die Treppe herauf. Ein Fahrstuhlignorant. Sicher der Typ von oben. Tut sportlich, der Kerl. Aber er tritt vorsichtig auf heute. Hat vielleicht einen Muskelkater vom Joggen. Gleich ist er auf dem Absatz, dann wird er die Treppe weiter hoch gehen in den dritten Stock. Aber da bleibt er auf dem Absatz stehen. Es raschelt, etwas klappert metallisch. Ich stehe auf. Nur nicht atmen jetzt. Hoffentlich wird die Katze nicht wach. Ich bewege mich in Zeitlupe, ohne Schritt, nur mit dem Oberkörper, auf den Spion zu.

Da! Ich sehe zunächst nur den Rücken, eine braune Jacke. Einen Mann, er ist vielleicht 1,80 groß. Er fummelt mit irgendetwas herum. Nun schaut er sich um … Es ist Sven-Olaf! Scheiße! Ich glaub's nicht. Diese widerliche Ratte. Der Magen dreht sich fast um. Aber was ist das denn? Er klingelt, wartet, klingelt wieder. Nun macht er sich an der Tür zu schaffen, scheint was zu schreiben, fummelt herum, dreht sich um und verschwindet. Er kann nicht der Spanner sein. Oder doch?

Sofort als seine Schritte nicht mehr zu hören sind, stürze ich raus. Da ist ein Umschlag an der Tür festgemacht. Zitternd fingere ich ihn hinter dem Gitterchen hervor, welches sich vor den Riffelglasscheiben rankt. Da ist ein Schlüssel drin und ein Zettel:

„Alex, Dein Handy ist aus und die anderen sind alle in Potsdam. Ich weiß nicht, was ich noch machen soll. Du bist die einzige, die das Ding noch retten kann. Micha hat sich den Fuß gebrochen und wenn du nicht einspringst, platzt der Dreh heute Abend. Ruf mich oder Ralph dringend auf dem Handy an und sag Bescheid, ob du einspringen kannst. Tom wird dich briefen. Hier ist der Schlüssel zum Techniklager. Sven-Olaf"

Ausgerechnet heute ist am Nachmittag niemand mehr in der Firma, denn alle sind zu einer Filialeröffnung gefahren. Außer Sven-Olaf, den haben sie wie immer zum Telefondienst verdonnert, aus dem er sich mit diesem Botengang wohl selbst beurlaubt hat. Und ich muss mich mit diesem Projekt herumschlagen. Na ja, kein Problem. Aber meine ermittlerischen Aktivitäten kann ich für heute vergessen. Ich schalte das Handy wieder ein und finde mehrere Nachrichten auf der Mailbox und eine SMS von Sven-Olaf. Na, sei's drum. Was aber viel schlimmer ist, der Spanner ist mir nicht auf den Leim gegangen und ich bin keinen Schritt weiter. Ich muss die Aktion unmittelbar abbrechen. Nicht mein Tag heute. Gar nicht.

Also mach ich mich auf den Weg in die Firma und warte auf Tom, den Kameramann. Im Techniklager finden wir die benötigte Ausrüstung vor und müssen uns sofort auf den Weg machen, denn es gibt noch einen Kollegen von zuhause aufzusammeln, und zum Drehort werden wir mindestens drei Stunden fahren. Zeit genug, um das Projekt zu besprechen und ein bisschen zu tratschen.

So eine verdammte Scheiße! Ich bin bis spät in die Nacht unterwegs. Freie Bahn für Mr. Spy. Wenigstens reichte mein Restverstand noch, um über der Zimmertür eine Renovierfolie zu drapieren und sie unten mit einigen winzigen teppichbodengrauen Papierschnipseln zu spicken, die beim Öffnen herunterfallen würden. Für den Fall, dass jemand vor mir die Tür öffnet, würden die Schnipsel nie und nimmer an ihrem ursprünglichen Platz anzutreffen sein. Wenigstens noch ein Geistesblitz in diesem verpatzten Szenario.

Manchmal bin ich sehr froh, mit einer blühenden Phantasie ausgestattet zu sein. Spielt sie mir zwar oft den einen oder anderen

Streich, wenn ich mich in komische, witzige oder gruselige Storys verstricke und diese im Geist tagelang bis zur Absurdität weiterspinne, ist sie im Job und nun auch privat von Nutzen.

Fix und fertig fahr ich nach dem Dreh nach Hause durch die Einsamkeit der nächtlichen Stadt. Hier irgendwo hinter diesen Fenstern belauert mich jemand, will mich fertig machen. Aus dem Radio dudelt's „Guten Tag, guten Tag! Ich will mein Leben zurück.“ Ich auch, verdammt noch mal. Mein Leben! Es droht mir abhanden zu kommen, zu entgleiten in eine seltsame Parallelwelt. Der Titel heißt bezeichnenderweise *Reklamation*. Ich drehe das Radio laut und öffne das Fenster einen Spalt. Es nieselt.

Das gelbe und ziemlich überflüssige Rundumlicht eines Service-Fahrzeugs der Straßenbahn ist das einzige Lebenszeichen zu dieser späten Stunde auf dem weitläufigen Bahnhofsvorplatz. Es ist bereits nach drei Uhr in der Nacht. Und wie immer gibt's nachts keinen Parkplatz mehr vorm Haus. Da braucht man gar nicht zu suchen. So lasse ich das Auto gleich vorn an der Kreuzung stehen und schlendere ganz allein durch die schlafende Straße. Um diese Zeit gehört sie mir allein. Alle Fenster sind dunkel, nichts ist zu hören, keine Stadtgeräusche, nicht mal meine Schritte, denn ich hab meine On-The-Road-Schuhe an, flüsterleise Bequem-Treter. Detektivschuhe, denk ich amüsiert und bin plötzlich wieder mittendrin in meiner Gruselgeschichte. Noch eben, als Tom und ich in der Firma die Technik ausluden, der Dritte im Bunde war bereits zu Hause abgesetzt und längst im Tiefschlaf, war alles so schön in Ordnung gewesen, so arglos. Das Alltagsgeschäft, die Nacht und die Kollegen – all das war so beruhigend normal. Kein Gedanke an meine Schwierigkeiten.

Ich bin im Begriff, die Straße zu überqueren, als im Parterre, dort in der neubezogenen Wohnung, das Licht eingeschaltet wird, eine nackte Glühlampe knapp unter der Decke, wie geschmackvoll. Einem Instinkt folgend schlüpfe ich rasch in die Dunkelheit eines Hauseingangs, halte unnötigerweise den Atem an. Vielleicht gibt's was Interessantes zu beobachten. Nach einigen Minuten will ich schon weitergehen, zweifle erneut an meiner Zurechnungsfähigkeit und schiebe meinen Wahn auf die Übermüdung, als das Fenster geöffnet wird. Ein Mann, ja, das ist eindeutig ein Mann, schaut heraus und raucht, blickt die Straße herunter, nach links, nach rechts, bläst Rauch in die Nacht. Wenn ich es recht erkenne, mit meinen mittlerweile schon sehr beanspruchten Augen, die im wahrsten Wortsinn drauf brennen, von den Kontaktlinsen befreit zu werden, trägt der Kerl eine Brille. Na, das ist ja mal eine ganz spektakuläre Entdeckung, denke ich konsterniert, mein Nachbar ist also ein fehlsichtiger Raucher mit Schlafstörung. Congrats, Miss Marple. Was für ein Ermittlungserfolg. Ich sollte umsatteln auf *PI*, Private Investigator, mich Rockford nennen und in einen Wohnwagen ziehen. Nun wirft er die Kippe raus, schließt das Fenster und löscht das Licht. Ich wechsle die Straßenseite und gehe kopfschüttelnd über die grotesken Blüten meines Detektivspiels Richtung Hauseingang. Diese ganze verdammte Scheiße wird mich noch komplett irre machen. Paranoid bin ich bereits.

Als ich vor der Tür den Schlüssel aus der Tasche fingere, fällt mein Blick auf einen großen Hundehaufen, den die noch glimmende Kippe krönt. Volltreffer. Eine Selbstgedrehte, und was für eine häßliche, denk ich noch als ich ins Haus gehe, und ein Nachbar, der zielgenau mitten in die Scheiße trifft. Heutzutage drehen so viele ihre Kippen selbst. Als ich noch selbst geraucht hab, irgendwann im letzten Jahrtausend, war das noch total unüblich.

Oben angekommen und völlig aufgedreht vor Übermüdung, kann ich mich gerade noch zurückhalten, die Tür mit der Folie aufzureißen, ohne die Schnipsel zu kontrollieren. Und siehe da, sie sind noch an ihrem Platz. Wenigstens etwas. Ich lasse die Klamotten in gerader Linie zum Schlafzimmer hinter mir fallen und greife mir den Bademantel, als das Handy klingelt. Tom, dieser unverbesserliche Witzbold will mir wohl gute Nacht sagen. Und tatsächlich, die Nummer des Anrufers erscheint nicht im Display. Das kann nur Tom sein. Er ist, wie ich, in der Bedienung von Profitechnik sehr versiert, aber das Konfigurieren von Trivial-Elektronik überfordert uns beide gleichermaßen. Und so zeigt sein Handy keine Nummer an, und meine Mailbox hat immer noch die dämliche Standardansage der Telefongesellschaft.

„Tom, du alter Telefonstalker, wat gibbet noch so spät? Haste das Drehband geschreddert?“ sag ich lachend. Keine Antwort.

„Tom? Hallo? Bist du das?“, nur Atmen. Sofort leg ich auf und stehe da wie vom Blitz getroffen. Eben noch, für eine Sekunde, als die Schnipsel unverändert da lagen, hatte ich zaghaft gehofft, die ganze Stalkinggeschichte wäre doch nur ein Produkt meiner Einbildungskraft gewesen. Die Kamera hätte ja vor meiner Zeit hier eingebaut worden und längst außer Funktion gewesen sein können, als ich sie fand. Auch wenn mir eigentlich klar ist, dass es diese kleinen Kameras vor sechs Jahren wahrscheinlich noch gar nicht ohne Weiteres zu kaufen gab und die Wohnung seit der Sanierung leer stand, bis ich einzog. Die Briefe und Unregelmäßigkeiten hätten auch andere Ursachen haben können als einen Spanner. Schön wär's gewesen. Nun hat er sich also auf anonyme Anrufe verlegt. Hastig mach ich das Licht aus, schleiche zum Fenster. Vielleicht steht er draußen ... Nichts ist zu sehen.

Es ist alles ruhig, nur mein Herzschlag läuft auf Hochtouren. Der Puls dröhnt in den Ohren. Schließlich schleich ich ins Bett und falle irgendwann in einen unruhigen Schlaf.

Am nächsten Morgen steh ich spät auf und fahre ins Büro. Nervös. Paralysiert.

Schade, dass ich nicht feststellen kann, ob der Anruf auf der Handynummer oder der Festnetznummer der Homezone einging. Erstere haben viele; ich brauche sie fürs Geschäft. Die Homezone-Nummer haben nur wenige Freunde und gute Kollegen wie Tom. Ob ich die Nummern wechseln sollte? Wenigstens die Homezone-Nummer? Aber was bringt das? Oder eine Fangschaltung? Wenn er clever ist, und davon geh ich aus, ruft er mich vielleicht übers Internet an. Oder er benutzt ein Pre-Paid-Handy. Keine Chance. Ich sollte zunächst Tom fragen, ob er nicht doch der Anrufer war. Vielleicht hatte er das Handy in der Hemdtasche und der Anruf wurde nur aus Versehen ausgelöst, schließlich hatte er mich am Nachmittag angerufen, versuch ich mich zu beruhigen. Falls nicht, sollte ich zunächst abwarten. Vielleicht hat sich doch jemand verwählt. Klar, das ist jetzt ziemlich unwahrscheinlich in dieser Situation. Auch werde ich mit dieser Strategie nicht weiterkommen. Ich kann nicht für jede Absonderlichkeit eine Entschuldigung suchen. Ich muss den Tatsachen ins Auge sehen. Da ist jemand, der mich beobachtet und verfolgt. Da ich von der Polizei keine Hilfe zu erwarten hätte, bleibt mir keine andere Wahl, als die bereits begonnene Strategie weiter zu verfolgen. Den Kerl selbst dingfest machen, ihn konfrontieren, mit seinen eigenen Waffen schlagen. Bloßstellen wie einen Entblößer, der auf meine Angst und mein Erschrecken aus ist, und dem ich dann mit einer völlig unerwarteten Reaktion den Spaß an seinem Tun vermiese.

Am nächsten Tag in der Firma frage ich Tom, ob der nächtliche Anruf auf sein Konto geht. Er verneint, hatte sein Handy, wie es sich gehört, schon zu Drehbeginn aus- und erst heute Morgen wieder eingeschaltet. So, nun scheint es fast klar zu sein. Es muss Mr. Spy gewesen sein, der höchstwahrscheinlich die Homezone-Nummer hat und vielleicht, um herauszubekommen, wann oder ob ich zu Hause bin, möglicherweise sogar öfter die Home-Nummer anrief.

Und als ich dann endlich zu Hause war, klingelte auch das Handy. Ich hatte nach dem Anruf die Stummschaltung aktiviert, um schlafen zu können, aber nicht angenommene Anrufe am nächsten Morgen auf der Anzeige vorzufinden. Die blieben aber aus.

Wer ist Mr. Spy?! Sven-Olaf? Möglich. Aber ist ihm so etwas zuzutrauen? Ein bisschen Mobbing ja, aber handfestes Stalking? Dafür hat er eigentlich nicht genug Rückgrat und im Grunde auch keinen Anlass. Ich suche keinen pickligen Bubi mit Verklemmungen und Körpergeruch, sondern einen Psychopathen. Ist Sven-Olaf einer? Woran erkennt man die?

Mein derzeitiges Leben spielt im Konjunktiv. Dieser, der oder jener könnte es sein.

Ein weiteres Übel der Situation ist, dass ich mit niemandem darüber reden kann. Judith sitzt über ihrer Dissertation und hat den Kopf voll. Ich kann sie nicht mit meinen Abenteuer-Klamotten belasten. Andy, der einzige, den ich wirklich damit behelligen könnte, ist für Monate in Indien. Fällt auch aus. Und: Wenn ich mir vorstelle, Andy oder Judith würden mir mit so einer Story kommen, ich würde zwar zuhören und Tipps geben. Aber mal ehrlich, leise Zweifel kämen mir schon. Das Ganze ist schlicht zu abgefahren. Einen verflossenen Liebhaber, der frustriert Briefe schreibt, anruft, vor der Tür steht, das könnte man sich noch vorstellen. Aber eine Kamera im Wohnzimmer? Einen, der hier offenbar ein- und ausgegangen ist, das vielleicht immer noch tut? Nein, das wär selbst meinen bodenständigen Freunden zu viel des Guten. Sie würden mich für völlig plemplem halten.

Verflossene Liebhaber … Ja, die sind für solche Aktionen prädestiniert. Ich sollte endlich systematisch vorgehen. Mir ein Täterprofil erstellen. Für irgendwas muss es doch gut sein, die ganzen Profiler-Krimis gesehen zu haben.

Also: Mr. Spy ist männlich, technisch versiert, einfallsreich und beharrlich, lebt allein, hat genug Geld und Freizeit, sich seinem Projekt auch tagsüber zu widmen, und er ist in der Nähe. In unmittelbarer Nähe, wenigstens zeitweise. Vermutlich ist er sehr eitel, ein Egozentriker. Und: Er hat was gegen mich. Ich muss ihn schwer brüskiert haben. Und er raucht zumindest möglicherweise. Denn das Ascheröllchen, okay, das könnte nun wirklich durchs Fenster hereingekommen sein. Oder? Und woher kam dann der Qualm? Also: Er ist Raucher. Punkt.

So. Dieses Profil Marke Eigenbau passt ja mehr oder weniger auf all meine Kandidaten. Sven-Olaf hat zwar nicht sehr viel Geld, jedenfalls seinem Geiz nach zu urteilen, kann aber auch tagsüber mal für ein Stündchen verschwinden, wenn er sieht, dass ich arbeite. Er wohnt in der Stadt, rauchen tut er auch und kennt sich mit Computern recht gut aus. Roman kommt eigentlich nicht in Frage, kein Geld. Damit fällt alles andere aus. Kann er doch nicht in der Nähe sein und das nötige Equipment nicht bezahlen. Obwohl, man kann Dinge auch besorgen, ohne sie zu bezahlen. Aber er müsste in der Stadt sein. Ohne Geld unmöglich. Wolfgang ist Freiberufler und hat reichlich Geld. Er ist zwar nicht in der Nähe, könnte das aber einrichten. Ob er versiert genug wäre und ob sein Motiv ausreicht? Der Kerl zwei Wohnungen weiter ist schwer zu beurteilen. Ob er Geld hat? Keine Ahnung. Jedenfalls hat er Zeit, hockt den lieben langen Tag in seiner Bude herum.

Ich beschließe, nach dem Ausschlussverfahren vorzugehen. Wer also kann es in keinem Falle sein? Also beginne ich mit den unwahrscheinlicheren Kandidaten, Sven-Olaf und Roman. Und was böte sich da besser an, als die Com? Zunächst gilt es zu klären, ob er inzwischen zu Geld gekommen ist. Vielleicht durch das ominöse Projekt mit Richie?

Ich danke meinem Schöpfer, dass ich mir damals den neuen Nick, *M_f_G*, zugelegt hatte. Inzwischen hab ich ein solides Standing in der Com, viele Bekannte, und kann ungehindert agieren. Im Stress der letzten Wochen konnte ich zwar einigermaßen regelmäßig Beiträge im Forum verfassen, war aber nur selten im Chat und muss mich zunächst wieder öfter sehen lassen. Dann werde ich mich im zweiten Schritt an die geeigneten Chatter heranrobben, die ihn zwar nicht leiden können, aber umso besser informiert sind.

Und ich muss mir für den nächsten Anruf eine Strategie zurechtlegen. Wenn meine „Entblößer-Taktik“ greifen soll, muss ich zunächst das Spielchen mitspielen. Also Angst markieren. Die hab ich ja tatsächlich. Ich werde also die nächsten Anrufe annehmen und die hilflos Verzweifelte geben: „Hallo, wer ist da? Wer sind Sie? Melden Sie sich doch! Was wollen Sie von mir? Hören Sie doch endlich auf damit!“ Und so weiter und so fort. Alles schön vorhersehbar. So ein richtiges Weibchen, wie Mr. Spy es mag. Und im Flur werde ich immer eine Kleinigkeit platzieren, die einen ungebetenen Besucher verraten würde. Guter Plan, das.

Das Auto werde ich sehr aufmerksam im Auge behalten müssen. Es stellt einen weiteren Angriffspunkt dar.

Mit diesem Plan geht's mir schon viel besser. Aber ich habe

mich, glaube ich, im Leben noch nie so allein gefühlt. Es gibt einiges zu arbeiten, ich sehe die Kollegen regelmäßig. Und mit Judith telefoniere ich so regelmäßig wie immer. Trotzdem ...

Nun also Anrufe. Dieser Klassiker fehlte ja noch in der Sammlung. Doch der Anrufer schweigt beharrlich, atmet nur. Keine Chance, von ihm selbst seine Identität zu erfahren. Er will mich fertig machen. Keine Forderungen, keine Beleidigungen, nichts dergleichen. Es ist Psychoterror vom Feinsten.

Die Anrufe kommen nicht jeden Tag, nicht zur selben Zeit, manchmal ist es einer, manchmal sind es drei, vier, fünf bis spät in die Nacht hinein. Jedesmal sage ich so hysterisch wie möglich meine verschiedenen Verslein auf, drohe mit der Polizei und mach mich bestens zum Affen. Und auch Post verschwindet nach wie vor. Wichtige Briefe lasse ich mir inzwischen postlagernd schicken. Ohne meine bescheidene Theorie und den Plan, das muss ich gestehen, würde es mich komplett mürbe machen. Aber die Angst steigert auch meine Aufmerksamkeit und schärft die Sinne. Also gebe ich mein Bestes und spiele das hilflos-verängstigte Dummchen. Wenn er mich schon dafür hält, bitte schön, soll er es geboten bekommen. Eine Aufgabe, die mich in Anspruch nimmt und ablenkt, das Ganze in eine Art Spiel, in ein Machtspiel verwandelt. Doch habe ich längst noch nicht die Oberhand. Nur einen kleinen Wissensvorsprung, vielleicht. Und einen mittlerweile leidlich kühlen Kopf. Meine Befürchtungen, ich sei langsam dabei, senil zu werden, sind jedenfalls einer verzweifelten Entschlossenheit gewichen, diesem Kerl das Handwerk zu legen.

In der Com geht alles seinen Gang. Ich chatte wieder öfter, schreibe den einen oder anderen Beitrag. Sehr bald werde ich beginnen können, meine Fühler hier auszustrecken. Es fehlt nur der geeignete Anlass, man darf nichts überstürzen.

Sehr lange muss ich gar nicht warten. Es gibt wieder mal eine Forumsdiskussion. Und das Thema ist zum wiederholten Male „Emanzipation“. Hier im Forum werden, wie in einschlägigen Frauenzeitschriften, die Themen im Abstand einiger Monate repetiert. „Diät – Faltencreme – Traummann“ oder eben „Diskussionskultur in der Com – Raucher vs. Nichtraucher – Emanzipation“. Na prima. Eine Steilvorlage. Roman schreibt von ganzen Generationen verunsicherter Frauen und verunsicherter Männer, von seiner Oma, die sich, traditionell wie sie war, prima in ihrem kleinen Leben eingerichtet hatte - anspruchslos, aber glücklich, meint er zu wissen - und von seiner Mutter, dieser in seinen Augen verwirrten, weil überforderten Karrierefrau, die aus lauter Mangel an geeigneten Rollenbildern *IHN* vernachlässigte und nie „ganz Frau“ sein konnte. Klar, die Emanzipation muss Schuld sein an seinem Dilemma und dem der Welt. Er bläst seine einstigen familiären Verhältnisse zum Exempel für die gesamte Menschheit auf. Die der westlichen Welt, um genau zu sein. Als Fazit ist – für ihn – die Emanzipation das General-Übel unserer Epoche. Schuld am Verfall der guten Sitten, am Niedergang von Bildung, Kultur und Natur, siehe TK-Pizza, Pisa und RTL2, Schuld am Ölpreis und dem schlechten Kantinenessen sowie den Hundhaufen im Stadtpark, et cetera pp. Die Frau gehöre gemäß ihrer biologischen Bestimmung nach Hause zu den Kindern. Basta. Mehr als das dafür Notwendige müsse sie auch nicht lernen. Alles wie gewohnt, antiquiert-ornamental geklöppelte Wortakrobatik am Rande der Lächerlichkeit. Er schwafelt wie kein Zweiter, was nicht bedeutet, dass er der Erste wär.

Was muss ich borniert gewesen sein, ernsthaft und so lange mit einiger Inbrunst geglaubt zu haben, mit einem solch chauvinistischen Kleingeist, der sich auch noch irrtümlich für dominant hält, eine Beziehung eingehen zu können. Hätte er diesen Schmonzes doch einige Monate eher verfasst, es wäre mir Abschreckung genug gewesen.

Wieso sind es eigentlich häufig die Frauen, die sich um Männer bemühen? Die sich aufbrezeln, am Telefon warten, im Konflikt klein beigeben und IHN schließlich doch immer wieder anrufen? Sie sind diejenigen, die sich häufig defizitär wähnen, nicht schön genug, nicht gut genug, unterlegen, passiv, als Anhängsel des Mannes vieles von sich aufgeben, sich für ihn ändern oder dies zumindest versuchen. Erwarten sie eine solch immense Aufwertung durch einen Mann? Heute noch? Ich auch?

Sind am Ende nicht die Frauen, sondern die Männer die wirklich Begehrenswerten? Wählen nicht Frauen, sondern Männer die Partnerin aus? Das stünde im Widerspruch zu allen einschlägigen Untersuchungen. Und was ist es Bedeutsames, was Männer zu geben haben, dass frau dafür schon mal die eigene Großmutter verscherbeln würde?

Trifft es hier wie überall zu, dass Frauen sich unter-, Männer sich dagegen überschätzen? Sollte frau sich generell mehr schätzen? Ich schätze, ja.

Die Mähr von den inneren Werten, welche man im Internet – ohne den im Falle der Inkompatibilität störenden Sichtkontakt

– angeblich viel deutlicher als im so genannten realen Leben wahrnehmen könne, scheint leider zu den *urban legends* unserer Zeit zu gehören. „Man sieht nur mit dem Herzen gut“? Wie griffig wünschenswert, wie zuckersüß und moralinsauer. Ein Schokoriegel im Quengelregal auf Griffhöhe der Flachphilosophen – wenig delikate, aber mehrheitsfähige Komposition für den kleinen Hunger auf Alltagsweisheit; und wie unzutreffend oft.

So formuliere ich eine nette kleine Antwort. Es sei kein Wunder, dass der Verzicht auf Macht und Privilegien für „Verunsicherung“ seitens (einiger!) Männer sorge. Selbige könne ich bei Frauen hingegen kaum feststellen. Schlichte Gemüter mögen die Männer für Verlierer und die Frauen für die Gewinner halten. Die Verlierer aber seien eindeutig diejenigen, denen nicht Einsicht, Kooperationswille und -fähigkeit, sondern Kleinheit im Geiste, Neid und Missgunst sowie der Wunsch nach sehr überschaubar einfachen Strukturen, wie wir sie im neunzehnten Jahrhundert noch vorfanden, die Feder führen. Und nicht zu vergessen: Früher war eh alles besser, wir hatten einen Kaiser und seitdem geht’s nur noch bergab. Es lebe der Stammtisch. *M_f_G.*

Fein, fein. Ich reib mir die Hände und warte gespannt, welch laues Paroli man mir diesmal andienen wird.

Es gibt einige erfreuliche Reaktionen. Von Roman kommt ein lascher Zweizeiler. Inzwischen haben sich auch neue Chat-Kontakte ergeben. Auch *WilmaTell* ist da. Es wird Zeit, diesen netten Kontakt wieder aufzufrischen.

Chatbot: M_f_G betritt den Raum Kaffeehaus
*(WilmaTell) hi M_f_G *freu**
(M_f_G) hi wilma, nice 2 cu :-))
(WilmaTell) wo warst du die ganze zeit?
(M_f_G) ach, viel arbeit und dann im urlaub fast ohne netz
(WilmaTell) wie gehts dir?
*(M_f_G) gut, danke. viel zu tun, wie immer. und privat tote hose *lol* also nix neues.*
(WilmaTell) privat gibts bei mir auch nix neues, keine zeit, keine angebote
*(M_f_G) tja, das leben ist hart *ggg**
(WilmaTell) nur weich wär’s auch nicht erfreulich
*(M_f_G) stimmt *lol**
(M_f_G) was gibts denn hier so neues?
*(WilmaTell) im forum fliegen fetzen, hast ja gesehen *fg*

(WilmaTell) und Hr_Kunz ist inzwischen VIP, macht auch schwer auf sich aufmerksam mit diesen ganzen "back to topic, kinderchen"-postings
*(M_f_G) *lach* der geborene hilfspolizist, sehr komisch*
(WilmaTell) ja, es ist und bleibt eine geistige schrebergarten-kolonie
*(M_f_G) *rofl* so isses*
(WilmaTell) dem hömma haste ja nett einen eingeschenkt
*(M_f_G) *salute* ... ich dachte fast, es wär zu fett *ggg**
*(WilmaTell) gar nicht, ich fands köstlich *salute**
(M_f_G) was ist eigentlich mit dem? der ist so frustig drauf? hat ihn wiedermal eine rauskomplimentiert?
(WilmaTell) weiß nicht, aber er scheint eins der üblichen dramen am laufen gehabt zu haben, mit allen schikanen
(M_f_G) oha. drama & schikanen. das riecht nach eklat, oder hieß das jetzt eclaire?
(WilmaTell) na ja, es war eher das übliche, er hat eine fies abserviert, so ein mäuseken, hat sich abgemeldet, die kleine
*(M_f_G) mäuseken *lol* das ist berlinisch!!*
(WilmaTell) ick weeß
*(M_f_G) verstehe, multi-talking. man ist ja weltbürgerin *rofl**
Chatbot: MaxiMA betritt den Raum Kaffeehaus
(WilmaTell) servus maxi mit abschluss
(M_f_G) wellcome magisterin
*(MaxiMA) hi ihr 2 *winke**

Vorerst nichts Neues.

Aber Neues von Wolfgang. Ich hatte kurz nach dem Hamburg-Wochenende einem gemeinsamen Bekannten die Story kurz umrissen erzählt, und er berichtete, auch von Wolfgang bereits davon gehört zu haben, der froh gewesen sein wollte, dass ich am Morgen verschwunden war. Er kennt Wolfgang zwar nur flüchtig, aber es war ihm sofort klar, dass diese Konstellation nur scheitern konnte. Nun hörte ich von einem weiteren Bekannten um drei Ecken Wolfgangs aktuelle Version der Geschichte. Und wie könnte es anders sein, in dieser hat er mich, die *uuunverschämte Schlampe*, rausgeschmissen, nachdem ich mich – was sonst – völlig daneben benommen haben soll. Was für ein Held. Da waren die Trauben zu sauer und der männliche Stolz wohl ziemlich angekratzt, nach Monaten noch.

Inzwischen hatte ich meinen Ausschluss-Plan auf Sven-

Olaf erweitert. Es begann damit, dass eine wichtige Projektausschreibung für mich und damit die Firma entschieden wurde. Dieser Anlass sollte gebührend begossen werden. So lud ich alle Kollegen, auch Sven-Olaf natürlich, in eine Szene-Kneipe in der Nähe meiner Wohnung ein. Dort befinde ich mich mit meinem Handy noch ganz knapp in der Homezone. Es lief also darauf hinaus, zu testen, ob der Anrufer sich auch meldet, während Sven-Olaf anwesend ist. Sollte das passieren, könnte ich Sven-Olaf streichen. Falls nicht, wäre ich in seinem Fall keinen Schritt weiter und müsste mich wohl oder übel Tom anvertrauen, der ihn ohne meine Anwesenheit zum Beispiel abends beim Bierchen oder Billard im Auge behalten könnte.

In der Wohnung ließ ich an diesem Abend den Fernseher und das Licht an und begab mich zu Fuß in die Kneipe. Es war ein sehr netter Abend. Sven-Olaf verschwand nur einmal auf die Toilette. Den ganzen Abend schwieg das Handy und die Hoffnung auf einen bescheidenen Ermittlungserfolg schwand. Schließlich löste sich die Runde auf. Für diesen Fall hatte ich Tom gegenüber eine Andeutung fallen lassen, er möge doch bitte Sven-Olaf im Auto mitnehmen und zu Hause absetzen, was er auch ohne viel zu fragen versprach. Schließlich machte auch ich mich auf den Heimweg. Und dann kam er doch noch, der Anruf. Ich war in einer ruhigen Seitenstraße unterwegs und konnte ungestört meine übliche Show abziehen. Und Sven-Olaf saß definitiv bei Tom im Auto. Zwanzig Minuten später rief ich ihn an:

„Hat er telefoniert?"

„Nein. Er hat mir ausführlich erzählt, wie seine *Akazien an der Börse* stehen, der Schwätzer. Aber Alex, was soll das Ganze, was ist eigentlich los?"

„Nichts weiter. Du weißt doch, dass wir keine Freunde sind, der Sven-Olaf und ich. Ich erzähl dir die ganze Geschichte später mal."

„Na okay. Pass auf dich auf, hörst du?"

„Mach ich, Großer. Mach ich."

Prima, den ersten Kandidaten konnte ich nun sicher von der Liste streichen.

Zu Frau Dorn pflege ich inzwischen einen engen Kontakt und bringe das Gespräch auf den Kerl zwei Wohnungen weiter.

„Ja, seine Freundin hat ihn verlassen, weil er zu viel trinkt," sagt sie. „Stellen sie sich das vor. Aber er hat schon wieder eine Neue. Sie ist nur an den Wochenenden da. Das ist ein ganz zwielichtiger

Geselle, kann ich ihnen sagen. Ich trau dem keinen Meter", verrät sie mir unter dem Siegel der Verschwiegenheit und streichelt die schnurrende Katze auf ihrem Arm.

Das hilft mir nicht weiter. An den wird schwer ranzukommen sein. Über ihn weiß ich am wenigsten. Aber nicht mehr lange, beschließe ich. Ich könnte fürs Erste seine Wohnung beobachten. Dann werde ich bei Gelegenheit einen Brief an mich in seinen Kasten werfen. Dann wird man ja sehen, ob er ihn entweder bei mir hineinwirft oder behält. Das wäre immerhin schon ein Indiz.

Frau Dorn kommt auch nochmals auf diesen neuen Mieter unten im Erdgeschoß zu sprechen. Tatsächlich hat sie den inzwischen beschrieben bekommen, von der Dicken im ersten Stock. Er sei ein untersetzter Mann mit Brille, freundlich, aber einsilbig, der nur von Call-a-Pizza zu leben scheint. Man bekäme ihn selten zu sehen. Er scheint fast unsichtbar zu sein. Außerdem erzählt mir Frau Dorn, dass heute Mittag der Handwerker kommt, um ihr Balkongeländer zu überprüfen.

„Ja ja, es passiert jede Menge in diesem Haus. Man muss nur hinsehen und hinhören." Wie Recht sie hat.

„Ist es denn kaputt, das Geländer?", will ich wissen. Nein, es sei vollkommen in Ordnung. Es müsse nur regelmäßig überprüft werden, hatte ihr der nette Handwerker am Telefon gesagt.

„Dann wurde es in den letzten Jahren auch schon überprüft?"

„Nein, das wird zum ersten Mal gemacht. Ich wohne ja schon über fünfundzwanzig Jahre hier im Haus, aber das Balkongeländer hat bisher niemanden interessiert."

Seltsam.

„Wann kommt der Handwerker denn?"

„Um vierzehn Uhr."

Um diese Zeit habe ich einen höchst wichtigen Termin. Aber den verschiebe ich. Es muss sein. Den Balkon von Frau Dorn kann ich vom Wohnzimmerfenster aus bestens einsehen. Das bedeutet, auch vom Balkon aus kann man in mein Fenster spähen.

Ich fragte mich eh schon, ob es nicht bald eine neue Kamera geben würde. Mein Plan zu renovieren war gut gewesen, keine Frage. Aber nicht gut genug. Die Kamera funktioniert nicht mehr, ein Teilerfolg immerhin. Doch so einfach ist der gesuchte Typ nicht gestrickt. Er könnte vielleicht Schwierigkeiten gehabt haben, eine neue Kamera zu beschaffen. Oder war bereits mit anderen Plänen zu Gange.

Der Handwerkertermin bei Frau Dorn ist mir mehr als suspekt.

Die Kamera in ihren Blumenkästen platziert, wär eine perfekte Tarnung außerhalb meiner Wohnung. Diesen „Handwerker" sollte ich mir dringend ansehen.

Ich fahre ins Büro, erledige die Dinge des Tages, sage den Termin mit einer abenteuerlichen Entschuldigung ab, ärgere mich darüber fürchterlich, egal, und mach mich wieder auf den Heimweg. Das Auto kommt wieder in die Tiefgarage vom Einkaufszentrum. Auf einem kleinen Umweg und über den Hof komm ich nach Hause. In der Diele warte ich auf den „Handwerker". Die Fahrstuhltür öffnet sich und ... heraus kommt ROMAN! Das kann doch nicht wahr sein!

Und jetzt klingelt er bei Frau Dorn.

Pah! Dieser Vollidiot. Er ist es, kein Zweifel. Aber wie geht das denn? Wie kommt er hierher? Ich muss mir heftigst auf die Lippen beißen. Er sieht aus wie einer, der als Handwerker verkleidet zum Karneval geht, mit einem peinlichen Basecap, dieser Büro-Fuzzi-Aktentasche und dem lächerlich neuen Blaumann mit den regalfrischen Falten. Fehlt nur, dass der Preis noch hinten zum Kragen heraushängt.

Frau Dorn lässt ihn rein, und ich schleiche ins Wohnzimmer. Die Sonne steht mittags direkt auf meinem Fenster, so kann man von außen nicht hereinsehen. Wie praktisch. Trotzdem spähe ich nur sehr, sehr vorsichtig hinaus. Und da kommt Roman auch schon auf den Balkon.

„Ja, danke. Einen Kaffee nehm ich gern, Frau Dorn. Aber erst muss ich das hier erledigen. Geben Sie mir freundlicherweise zehn Minuten, ja?"

„Gut, gut, junger Mann", ruft sie aus der Küche.

Nun öffnet er die Tasche, tut geschäftig, fuhrwerkt so demonstrativ wie ungeschickt mit Zollstock und Wasserpumpenzange herum, beides niegelnagelneu, und bringt schließlich wie erwartet eine Kamera unter den Blumenkästen an. Nun richtet er sie auf mein Fenster. Dann nimmt er den Zollstock wieder zur Hand und macht sich lautstark am restlichen Balkongeländer zuschaffen. Liebe Güte, ist das peinlich. Wie immer klemmt eine hässliche, selbstgedrehte Kippe in seinem Mundwinkel. Nun ist er fertig, schmeißt die Kippe vom Balkon. Mit der Kippe fällt endlich der Groschen. Der Hundehaufen! Roman ist der neue Mieter im Parterre. Oh, Gott ... Mir läuft es eiskalt den Rücken runter. Der hat schon seit Wochen hier sein Unwesen getrieben. Das zahle ich ihm heim! Ich kenne meine Rechte – und die Linke auch, verlass dich drauf, Roman.

Ich muss mich schnell verdrücken, damit er nicht mitbekommt, dass ich hier war. Also schnell raus und zurück ins Büro.

Jetzt könnte ich die Polizei verständigen. Schließlich gibt es nun zwei Beweisstücke, eine Zeugin und den Täter. Vier Asse. Aber vorerst habe ich andere Pläne. Die Polizei kann ich auch später noch einschalten.

Am Abend komm ich heim. Aber anders als vor kurzem weiß ich nicht nur dass, sondern auch von wem ich beobachtet werde und gebe fortan mein Bestes für mein kleines (harrharr!) Publikum. Was wird er für einen Spaß haben, wenn er mich nun auch dabei beobachten kann, wie ich bei seinen abendlichen Anrufen stilecht die Fassung verliere. Kein Gedanke daran, die Kamera außer Betrieb zu setzen. Er soll sich in Sicherheit wiegen. Ich weiß nun, wer er ist und wo. Prima. Nun kommt die nächste Stufe. Ich werde mich als *M_f_G* an ihn heranpirschen und ihn dann genüsslich auflaufen lassen. Langsam macht das Ganze Spaß.

Doch zunächst gibt es wichtige Fragen zu klären. Wie ist Roman zu Geld gekommen? Hat er ganz sicher keine Ahnung, dass ich *M_f_G* bin?

Also: Mein Plan sieht vor, den Stalker, nun also Roman, zu konfrontieren. Da er sich nach wie vor sorgsam vor mir verbirgt, muss er glauben, dies sei erfolgreich. Genau das kann ich für mich verwenden. Wenn er erfährt, dass ich seine Identität längst kenne, wird ihm die Sinnlosigkeit seines Tuns klar werden müssen. So weit, so gut. Theoretisch

Im Chat erfahre ich, was ich bereits vermutete. Roman hat tatsächlich das Projekt mit Richie beendet. Man erzählt, er sei in eine größere Stadt im Osten gezogen. Stimmt.

Wir sind in der Com keine Freunde. Das ist allgemein bekannt. Zu oft hab ich entsprechend auf seine Beiträge geantwortet. Es wird eine ganz spezielle Taktik brauchen, diese Antipathie ins Gegenteil zu verwandeln. Immerhin weiß ich, dass er in seltenen Fällen einige seiner Feinde, die „gefährlichen“ nämlich, die ihm vorbehaltlos widersprechen, durch Schmeicheleien zu Freunden macht. Oder es zumindest versucht. Ich werde ihm dafür einen geeigneten Anlass bieten.

Gibt es für einen Mann etwas Besseres als Sex? Nein? Doch! Rechthaben. Mann kann es quasi an jedem Ort, zu jeder Zeit praktizieren. Anders als Sex ist es in der Kneipe oder im Kreise der Familie, beim Sport, nur unter Männern, im Meeting oder vor einer Schulklasse durchführbar. Alles, was er dazu benötigt, ist Publikum. Und selbst wenn das sexuelle Wollen längst mit dem Können nicht mehr Schritt hält, kann er noch nach Herzenslust Rechthaben. Wie schön für ihn. Dieses Phänomen gilt es zu nutzen. Ich werde Roman das erste Mal im Forum in Bausch und Bogen Recht geben.

Dies passiert schon am nächsten Abend. Er schrieb einen Beitrag zum Thema Esoterik. Und tatsächlich sind wir hier völlig *d'accord*, ich muss nicht flunkern oder schleimen. Noch etwas chatten und abwarten.

Am nächsten Morgen hab ich eine Nachricht im Postfach. Mein Beitrag habe ihm sehr gefallen, er sei erfreut, sich mit mir im Konsens zu befinden. Na, wie schön. Es läuft wie am Schnürchen.

Chatbot: Listen2Me betritt den Raum Kaffeehaus
*(WilmaTell) hi & bye ich muss los *wink*
(M_f_G) bye wilma, schönen abend dir
(M_f_G) hi Listen
Chatbot: WilmaTell verlässt den Chat
(Listen2Me) Dein Beitrag hat mir gefallen
(M_f_G) danke, sehr freundlich
(Listen2Me) Das mein ich ernst. du bist eine sehr kluge Frau
*(M_f_G) oh … komplimente? *g**
(Listen2Me) Mitnichten. ich mag deine Schreibe und deinen Esprit. Nur hab ich des Öfteren den Eindruck, du hättest was gegen mich.
(M_f_G) wieso sollte ich? wenn ich nicht deiner meinung bin, hat das nichts mit deiner person zu tun, sondern mit deiner meinung.
(Listen2Me) Na gut. Vielleicht können wir einfach das Kriegsbeil begraben und uns angenehmeren Dingen widmen. Wie wär das?
*(M_f_G) kriegsbeil? so dramatisch seh ich das nicht. aber wenn du willst, ok. ich werde mich in zukunft zurückhalten *g*
(Listen2Me) Weisst du, es gibt hier nur wenige, sehr wenige Frauen, mit denen es sich zu streiten lohnt. Du bist eine davon. Aber ich will mich nicht mit dir als Person streiten, sondern in der Sache.
(M_f_G) dito. hattest du den eindruck, ich wolle mich mit dir als person streiten?
(Listen2Me) Nein, eigentlich nicht. Aber du hast eine scharfe

*Zunge *gg**
*(M_f_G) kann sein. so bin ich *gg**
(Listen2Me) Das gefällt mir, gefällt mir sehr …

Hossa, er geht aber ran wie Blücher. Prima. Genauso hab ich mir das vorgestellt. Ich präsentiere ihm eine hübsche Legende: Wohnort Hamburg, Alter zweiunddreißig, Beruf Kontakterin in einer Werbeagentur und als Sahnehäubchen einen Ex, den ich nicht los bekomme. *harrharr*

Diesmal werde ich ihm geben, was er braucht. Eine Maßanfertigung, nichts Ordinäres, kein Menu á la carte, sondern eine erlesene Komposition für den besonders verwöhnten … Gaumen? Nein, nicht für den Gourmet, eher für den Gourmand.

Immer noch grüble ich über das Motiv von Romans Aktionen. Viele Stalker wollen die Beziehung zu ihrem Opfer wieder aufnehmen. Das kann kaum sein Ziel sein, denn er gibt sich nicht zu erkennen und ist in Sachen Beziehung schon wieder anderweitig orientiert. Wenn er wüsste, mit wem! Also kann es nur Rache sein für die erlittene, aber selbstverschuldete Demütigung.

Wo hat er eigentlich den Wohnungsschlüssel her? Hatte ich damals erwähnt, dass Frau Dorn einen Zweitschlüssel hat? Schon möglich. Wahrscheinlich an dem Tag, als ich ihn in dieser Dönerbude geparkt hatte. Aber wie ist er da herangekommen? Keine Ahnung. Vielleicht hat er einfach einen Schlüsseldienst gerufen, seinen Namen an Frau Dorns Tür geklebt, sich so Zutritt verschafft und die Schlüssel dann nachmachen lassen. Es wäre nicht wirklich ein Problem. Die Menschen sind so arglos. Wer diese Adresse im Ausweis stehen hat, kann mit ein paar Tricks in jede Wohnung des Hauses gelangen.

Gleich beim zweiten Chat am nächsten Abend will er telefonieren. Ich muss grinsen. Ob er auch mit mir beim ersten Telefonat schon auf die Familienplanung zu sprechen käme? Das wird leider nicht herauszufinden sein, denn es kann kein Telefonat geben, logisch. Ich erzähl ihm, dass ich wegen meines lästigen Ex alle privaten Telefone abgeschafft hätte. Ich würde eh nichts von diesem ganzen technischen Firlefanz halten, hätte auch keinen Fernseher oder Videorecorder, keine Mikrowelle, kein Auto. Nur ein Fahrrad und den Computer, den brauch ich schließlich auch im Job. Und ganz ohne Kommunikation geht‘s heute ja auch nicht. Ja ja, das könne er sehr gut verstehen, meint er.

(Listen2Me) Du bist eine sehr ungewöhnliche Frau, unkonventionell
*(M_f_G) so, findest du? *gg**
(Listen2Me) Ja. Wir sind uns da sehr ähnlich. Ich hab auch weder TV noch Auto, nur den PC und ein Handy für den Job.
(M_f_G) das passt ja :-)

Ich vermute, in seiner neuen Bude zwei Etagen unter mir, hat er schon eine genauso vergammelte, verqualmte Küche wie Richie, schläft auf einer Matratze und hat seine Klamotten im und neben dem Koffer. Die nackte Glühbirne kenne ich bereits. WIR sind uns ähnlich, ha, guter Witz.

Manchmal, einen flüchtigen Moment nur, während dieser Gespräche, blitzen Erinnerungen auf an die Zeit, als ich Roman noch nicht persönlich kannte, als er noch nicht mehr war als eine Gestalt meiner Phantasie, bestehend aus Bits und Bytes, aus Zeichen auf einem Bildschirm und den Träumen und Wünschen in meinem Kopf. Eine Projektion, die der Realität nicht standhielt, eine Illusion, wie der Zauberer von Oz. Ein Schlumpf hinterm Wandschirm, weiter nichts. Doch inzwischen ist er mehr als real geworden. Und eine reale Bedrohung. Eine, die ich kenne.
Wieder soll unser Kennenlernen in der Com nicht bekannt werden. So chatten wir also wieder im Messenger. Auch diesmal ist es Roman, der auf Diskretion drängt. Eine Begründung gibt es nicht. Mir soll's Recht sein. An meine Story vom aufdringlichen Ex anknüpfend erzählt Roman mir, auch er werde des Öfteren von Verehrerinnen bedrängt und belästigt. Er könne meine Situation nur zu gut verstehen und versorgt mich zur Krönung mit sachdienlichen Tipps, wie ich meinen angeblichen Ex loswerde. Er habe da leider auch gaaanz schlechte Erfahrungen machen müssen mit Ex-Frauen. Tja, wenn man so begehrt ist …

Gerade kürzlich erst wäre eine so aufdringlich gewesen, ihn immer wieder anzurufen und anzumailen, trotz seines eindeutigen Neins. Selbst die Com habe sie für ihre Machenschaften benutzt und übelste Gerüchte über ihn in Umlauf gebracht.

Erwartungsgemäß beflügelt Roman alsbald das, was er für seine erotisch-exotische Phantasie hält. Und verdorben wie der prähistorische Joghurt, der monatelang im Kühlschrank-Türfach überdauert hatte, wächst er in der Anonymität des Chats förmlich über sich hinaus …

Im Messenger

Roman: Kleines, beschreib mir bitte deinen Körper, ja? Sag, welche Farbe haben deine Brustwarzen …

Riccarda: oh, du schelm. bist wohl ein gourmet?

Roman: Aber natürlich. Also, ich höre …

Riccarda: colored like cafe au lait

Roman: Sehr schön, sehr schön. Kleines … Ich persönlich mag gewisse Dinge, die vielleicht nicht ganz so üblich sind. Dinge die du möglicherweise so noch nicht getan hast.

*Riccarda: *erröt**

Roman: Ein aufregendes Thema, nicht wahr, Kleines?

Riccarda: du glaubst nicht, wie es mich auf- & erregt …

Roman: Du wirst mir deine Erregung später genau beschreiben! In aller Ausführlichkeit. Ich bestehe darauf!

*Riccarda: was sind es für ungewöhnliche dinge? etwas verbotenes?? *g**

Roman: Aber nein, mein Kleines, nur keine Sorge. Ich praktiziere einfach eine sehr delikate und verfeinerte Form der Erotik. Außergewöhnlich und exquisit. So exquisit wie du, meine schöne Gazelle. Und zu dieser exquisiten Erotik brauche ich eine sehr besondere Frau. Aufgeschlossen, aber schüchtern, mit der zarten Unschuld eines eben erblühenden Mädchens und der lustvollen Reife einer wunderbaren Frau.

Riccarda: ich muss dir etwas gestehen …

Roman: Sprich, meine Schöne.

Riccarda: auch ich habe ein faible für exquisite erotik und durfte einige ihrer süßen früchte bereits kosten. umso mehr erfreut & begeistert es mich, bei dir auf ein ähnliches interesse zu treffen

Roman: Du machst mich sprach- und hemmungslos …

Riccarda: :-) erzähl mir mehr, bitte …

Roman: Ich mag die Magie bestimmter Orte, ihr Flair, ihr Schwingen, diese Energie …

Riccarda: ihre ungewissheit …?

Roman: Die Ungewissheit ist der köstliche Zauber, ja. Es ist diese Mischung aus Lust und Scham, aus Wollen, ja, Müssen und eigentlich nicht Dürfen …

Riccarda: in der tat eine deliziöse komposition für verwöhnte gaumen …

Roman: Gaumen ist ein vorzügliches Stichwort, meine Schöne. Darf ich etwas direkter werden ohne dich zu verschrecken?

Riccarda: unbedingt. ich brenne darauf …

Roman: Ja? Du hast es gern direkt? Magst du den Geschmack von Sperma?
Riccarda: hmhm …
Roman: Ich stelle mir vor, wie wir durch die Stadt schlendern, du und ich, die Menschen schauen sich nach uns um …
Riccarda: sie ahnen die magie in unseren augen, dieses strahlen
Roman: Ja. Denn du trägst keine Unterwäsche!!!
Was fühlst du dabei? Erregt es dich?
*Riccarda: es regt mich quasi auf … *lol**
Roman: Jaaaa … Wir kommen in ein etwas abgelegeneres Viertel, es sind weniger Menschen auf den Straßen unterwegs. Einige Häuser sind verlassen, die Dämmerung zieht herauf, taucht die Stadt in ihren zartblauvioletten Schmelz …
Riccarda: ohhh …
Roman: Du ziehst mich in einen verlassenen Hauseingang …
Riccarda: jaaaa?
Roman: Dort verwöhnst du mich oral.
*Riccarda: hm. *schwer begeistert**
Roman: Sag mal, lese ich da einen Anflug von Ironie in deinen Worten?
*Riccarda: aber wo denkst du hin! ich finde deine phantasie wunderwunder…*hust*…WUN-DER-SCHÖN. echt! da geht was! ich „verwöhne dich oral". das klingt doch mal so richtig stilvoll. nicht so plump wie „du bläst mir einen und zwar hier auf der stelle". in der tat delikat. also im hausflur. ok. und ohne u-wäsche. wahnsinn … ich gehe davon aus, dass dein szenario im sommer spielt?*
Roman: Findest du den Hausflur nicht so erotisierend? Gut, dann fangen wir eben mit etwas anderem an.
*Riccarda: fein. schieß los! *lauscht gespannt**
Roman: Ok. Wir kommen also abends nach Hause, du hast keine Wäsche an. Nachdem du das Auto in der Tiefgarage abgestellt hast, beugst du dich über die Motorhaube, ich hebe deinen Rock hoch, greife dir an die Möse, du bist feucht. Ich nehme dich von hinten.
*Riccarda: wow *augenroll**
*Roman: Ja, ich stehe auf außergewöhnliche Orte beim Sex. Ich schätze, du wirst deinen Spaß haben *gg*
Riccarda: in der tiefgarage … und im hausflur. und was hältst du so von sex im fahrstuhl?
Roman: Sehr geil!
Riccarda: und in der umkleide im kaufhaus?

Roman: Du kleine geile Sau!
Riccarda: also roman …
Roman: Ja? Macht dich das geil, ja, du kleines Bückstück? Magst du es, wenn ich dich Sau nenne? Es macht mich wahnsinnig, rasend, dich Schlampe, Luder oder Hure zu nennen, du kleine geile Fotze! Da könnte ich dich gleich … Sag, bist du nass, mein kleines lüsternes Nüttchen?
Riccarda: roman! sei mir jetzt mal nicht bös'. aber das ist doch pillepalle. sex in der umkleide! ist was für 16-jährige. das kann nicht dein ernst sein.
Roman: Wie bitte?
Riccarda: du hast schon richtig gelesen: sex im fahrstuhl, in der garage oder in der umkleide, rumlaufen ohne wäsche, schlampe oder hure etc. … bitte!?! das ist doch so erregend wie tagesschau mit jan hofer. ernsthaft. damit lockst du niemanden hinterm ofen hervor. ich kann dir gern ein paar wirklich aufregende dinge flüstern … dass dir alle sinne schwinden und du einen ständer bekommst, wann immer du nur dran DENKST …
Roman: Da bin ich ja gespannt …
Riccarda: ja, ich mag _außergewöhnliche_ orte. knisternde, heiße und glühende orte, flüsternde, wimmernde, schreiende orte … glitzernde orte, göttliche orte … sich irgendwann halbnackt im beichtstuhl eines altehrwürdigen doms wiederfinden, sich während der messe ganz still & leise um den verstand vögeln und später eine kerze stiften. DAS ist für mich außergewöhnlich.
Roman: Ich wusste, warum ich dich geile Sau genannt habe … Du treibst es auf die Spitze.
Riccarda: ich treib es auf DER spitze.
Roman: Weiter, weiter …
*Riccarda: nächstes mal. für heute hab ich genug. hausflur *kopfschüttel* wo bin ich hier gelandet … kindergarten.*
Roman: Also weißt du. Erst machst du mich heiß …
Riccarda: träum schön vom hausflur. bye
Messengerservice: Riccarda hat den Chat verlassen.

Kopfschüttelnd sitze oder liege ich vorm Laptop und schüttle respektabel versaute Kabinettstückchen aus der Tastatur, die ich mir, als meine eigenen Phantasien nicht mehr ausreichend, weil zu unspektakulär erschienen, tagsüber in einem anderen Board angelesen hatte. Vive la www. Und so sicher, wie das Amen in der Kirche, werden sich meine Storys in Romans Repertoire für die nächste Kandidatin wiederfinden.

Die abendlichen Anrufe werden weniger, seitdem die neue Kamera in Betrieb ist. Dafür finden sich nun seltsame Dinge in meinem Briefkasten. Neulich lag eine tote Maus drin. Ich musste sofort auf den Hof, mich vom Frühstück trennen. Später rief ich den Hausmeister an, die Sache zu bereinigen. Am nächsten Tag gab's toten Fisch. Und das mir. Wo ich Vegetarierin bin! Wie geschmacklos.

Damit es Roman bei seiner Spannerei nicht fad wird, kauf ich eine Flasche Wodka, fülle sie mit Wasser und gebe jeden Abend die angehende Alkoholikerin. Das hat den Vorteil, dass ich früh ins Schlafzimmer verschwinden kann.

Als *M_f_G*, der ich mit einem Schmunzeln den Real-Namen Riccarda gegeben hab, chatte ich mit Roman jeden Abend. Like good old times, but I don't like it. Es fällt nicht besonders schwer, mich anders zu geben, als bei unserer ersten Mesalliance. Die Monate in der Com, meine Zeit als vermeintlicher Mann und natürlich mein heutiger Erkenntnisstand sind mir sehr von Nutzen. Diesmal gebe ich eine Frau, die sich nicht so leicht beeindrucken lässt. Er muss sich anstrengen, balzt und turnt wie ein Beifußhahn, gibt sich redlich Mühe. Ich goutiere dies, wenn auch nur mäßig, gebe mich unnahbar, arrogant und spöttisch, provoziere ihn, was sein Interesse mächtig anzuheizen scheint. Ahnungslos zieht er dieselbe Masche ab wie vor einem dreiviertel Jahr, die primär aus Schmeichelei in Kombination mit diesem Ich-kenn-dich-besser-als-du-selbst-Getue gewoben ist.

Dabei bedient er sich bei distanzierter Betrachtung ganz einfacher Schemata. Geschickt wie ein geschulter Fahnder holt er sie aus dir heraus, deine Bedürfnisse und Bedürftigkeiten, deine Schwächen und weichen Stellen, erklärt sie gekonnt charmant zu Vorzügen. Doch später werden sie gegen dich verwendet. „Alles, was Sie sagen, kann und wird gegen Sie verwendet werden." Genau so.

Er erzählt Intimes von sich, so dass du Vertrauen fasst. Er gibt dir das Gefühl, die Einzige zu sein, die eine Auserwählte, erzählt dir, wie diese zu sein hat und du glaubst, auf wundersame Weise genau diese Eine zu sein und fast, aber eben nur fast, seinen exquisiten Auswahlkriterien zu entsprechen. Dann hat er dich am Haken. Es ist so einfach und so perfide. Ein Spielchen mit den ureigensten menschlichen Ängsten, Wünschen und Bedürfnissen. Und er gibt dir das, was so viele zu geben scheuen, eine Perspektive. Oder besser, die Illusion einer Perspektive.

Da kommen Aussagen wie „Ich weiß, du fühlst dich manchmal sehr einsam, heimatlos. *(Bedeutungsschwere Pause)* ... Stimmt das?“, na logisch. Jeder fühlt sich gelegentlich so. Oder: „Du sehnst dich nach Wärme, nach Geborgenheit. *(Pause)* Nach einem Halt, der Dir Sicherheit gibt. ... Stimmt das?“ Oder: „Du bist ihrer überdrüssig, der Männer ohne XYZ *(positive Eigenschaften je nach Situation kommen hier zum Einsatz)* ... Stimmt das?“

Und immer dieses eindringliche „Stimmt das?“ Jetzt im Chat lese ich es. Aber ich weiß noch zu gut, wie es klingt. Hypnotisch geradezu. Dabei hält er das Telefon sehr nah an die Lippen und spricht sehr leise, langsam und rau, und man stellt sich einen Kerl vor wie Robert De Niro, Redford oder diesen charismatischen Robert Beltran, der in Star Trek Voyager den Chakotay mimte. In jedem Falle einen heiseren Robert mit Dreitagebart.

Ich hab des Öfteren mit Synchronsprechern zu tun und sollte wissen, dass die erotischsten Stimmen oftmals zu wenig erotischen Menschen gehören. Der Typ, der fast wie ein Jack Nicholson klingt, ist ein nicht gut erhaltener Mittfünfziger mit Halbglatze, roter Riesennase und sieht aus wie unser Briefträger. Der Kerl mit diesem sonoren Werbetimbre ist ein kleiner, pummeliger Lockenkopf. So kann man sich täuschen. Ja, SICH täuschen!

Auch diesmal erscheint alsbald die obligatorische Kein-Kontakt-Anzeige. Danke, nein. Er sucht nicht und bittet höflich, jedoch mit Nachdruck, von jeglicher Kontaktaufnahme abzusehen. Es würde ihn zwar leidlich erfreuen, so nachhaltig Interesse zu wecken, doch möge man sein sehr freundliches und geduldiges *Nein* bitte in jedem Falle akzeptieren. Er habe die Eine, die Einzige gefunden, die Kluge, Wahre, Reine, Anmutige und schließlich Schöne. Sollte man ihn nun für ein Arschloch halten, wäre diese für ihn ausschließlich erfreuliche Nachricht bitte per Privatmail mitzuteilen. Na prima. So was Originelles.

Apropos Schönheit. In meinem Profil hab ich ein völlig abstraktes Bild einer Landschaft. Und wie schon vor Monaten, soll ich nun Fotos von mir mailen.

Im Messenger
Riccarda: ich kann ja eines ins profil stellen.
Roman: Nein. Das möchte ich nicht. Mail es bitte, Kleines, ja?
Riccarda: aber warum das denn?

Er nennt mich Kleines, unglaublich.

Roman: Ich will nicht, dass alle hier sehen können, wie du aussiehst. Deshalb. Du bist doch Meine.
Riccarda: na gut. ich werde sehen, was sich machen lässt.
Roman: Das reicht nicht. Du mailst mir die Fotos, ja?
*Riccarda: ich lasse sie dir zukommen. verlass dich drauf. *ggg**
Roman: Was machst du heute Abend? Gehst du aus?
*Riccarda: ja, ich werde ausgehen und zwar nackt *lol**
Roman: Was???
Riccarda: keine sorge, ich geh in die sauna. weiter nichts :-)
Roman: Ach so. Eine Frauen-Sauna, will ich doch hoffen?
*Riccarda: nein, gemischt. frauensaunen gibts hier nicht mehr. Wir sind doch nicht verklemmt *g*
Roman: Das gefällt mir aber gar nicht. Ich will nicht, dass fremde Leute dich nackt sehen.
Riccarda: die anderen sind auch nackt. das ist so in der sauna. außerdem hat man handtücher um
Roman: Ich will das nicht. Bitte geh nicht in die Sauna. Meine Frau zeigt sich nicht vor Fremden nackt. Das geht nicht. Ich wünsche nicht, dass du dort hingehst!
Riccarda: also bitte …
Roman: Versprich es!
Riccarda: wenn's dich beruhigt …
*Roman: *Kuss**

So ein Depp. Könnte es eh nicht kontrollieren. Ich hatte zwar nicht vor, in die Sauna zu gehen, aber warum eigentlich nicht?

Für die Fotos muss ich mir etwas einfallen lassen. Ich kann ja kaum welche von mir mailen. Also such ich zunächst mit einer Bildersuchmaschine und im Folgenden aus einer Website mit Privatfotos aus ganz Europa, einige nette Bilder einer brünetten Schönheit aus Polen heraus. Tiefe hat sie in den Augen und Verlangen, Melancholie und einen Hauch von Geheimnis. Posen in Dessous im Wohnzimmer und ein Akt, auf dem sie sitzend die Arme um die Knie geschlungen hat und so unschuldig in die Kamera lächelt, dass es schon wieder verdorben wirkt.

Prima Fotos. Und eine prima Idee, genau diese Fotos in mein Profil zu stellen. Aus den besten Fotos bastele ich eine kleine Diashow und stelle sie in mein Profil. Roman wird platzen vor Wut. Die Vorfreude kommt obenauf in die Saunatasche und ab geht's ins Schwimmbad.

Später am Abend geh ich in den Com-Chat. Roman ist nicht

online. Wie immer sind viele Stammchatter da. Lautstark mach ich *WilmaTell* auf meine neuen Fotos im Profil aufmerksam. Das bewirkt unter anderem, dass viele Neugierige ebenfalls nachschauen. Auch Roman werden sie nicht entgehen. Ganz sicher schaut er täglich in mein Profil und ins Gästebuch, könnten doch interessante Einträge zu finden sein.

Ich liege im Bett, das Laptop vor mir, und lache in mich hinein. Zum Chatten geh ich abends meist ins Schlafzimmer, damit Roman im Verdachtsfall nicht vergleichen kann, wann wer online ist. Aber er ahnt nichts. Dessen bin ich sicher. In diesem Katz-und-Maus-Spiel bin ich die Katze. Der Mäuserich hat zwar ein Identitätsproblem, hält sich versehentlich für einen Panther, doch das wird ihm nichts nützen. Ich werde ihn laufen lassen, keine Frage. Aber vorher lass ich ihn auflaufen. Auch wenn er sich heute noch für den genialen Jäger hält.

Chatbot: Listen2Me betritt den Raum Lobby
(Listen2Me) Guten Abend.

Die anderen Chatter grüßen eifrig.

(M_f_G) hi Listen
Listen2Me flüstert zu dir: komm bitte sofort in den Messenger!
Du flüsterst zu Listen2Me: was gibts denn?
Listen2Me flüstert zu dir: Das erklär ich dir nebenan. Komm jetzt.
Du flüsterst zu Listen2Me: na da bin ich gespannt …

Im Messenger
Roman: Was fällt dir ein, diese Fotos ins Profil zu stellen?
Riccarda: hoppla, wie redest du mit mir? und: es ist mein profil!
Roman: Du hattest versprochen, sie zu mailen!
Riccarda: das hast du falsch verstanden, ich schrieb: ich lasse sie dir zukommen. bitte. das tat ich.
Roman: Ich bin sehr enttäuscht von dir. Ich glaube, ich habe mich schwer in dir getäuscht. Mein Interesse jedenfalls, ist sehr abgekühlt.
Riccarda: tja … so unkonventionell, wie du vorgibst, bist du anscheinend doch nicht, oder? mein aussehen ist schließlich kein geheimnis.
Roman: Das nicht. Aber ich erwarte von Frauen Respekt und Loyalität.
Riccarda: ich glaube, du verkennst die lage. wir kennen uns nur

aus dem chat. daraus resultieren keinerlei ansprüche oder verpflichtungen. wenn du kein interesse mehr hast, dein pech.
Riccarda: ich muß jetzt los. also bis irgendwann, bye
Messengerservice: Riccarda hat den Chat verlassen.

So. Nun heißt es achtgeben, dass er nicht abspringt. Aber erst am übernächsten Nachmittag, bis dahin herrscht Funkstille, maile ich ihm ein weiteres Aktfoto der brünetten Schönen. Auf diesem ist einiges mehr zu sehen, ein perfekter Körper als perfekter Köder. Und tatsächlich. Am Abend kommt er in den Chat und bittet um gut Wetter. Ich solle keine Spielchen spielen. Er sei schon so oft von Frauen ... Ja ja. Ich höre geduldig zu und gelobe Besserung. Die Beute soll schließlich erlegbar sein. Waidmannsheil.

Zeitgleich scheint sich im Forum gar Dramatisches abzuspielen. Da balgt man sich zum Thema Borderlinesyndrom und Selbstmord. Sehr emotionale Beiträge fachen die Debatte gehörig an. Natürlich darf Roman nicht fehlen im Getümmel. Geschickt nutzt er die Gelegenheit zu ausschweifender Selbstdarstellung. Meine Güte, genau wie vor Monaten. Was muss ich blind gewesen sein, die Masche nicht durchschaut zu haben.

Wie immer gibt er sich wissend, kompetent. Lässt die Gemeinde beinahe beiläufig wissen, er habe es erst kürzlich lustvoll genossen, in einer Beziehung zu einer Bordelinerin, diese fortdauernd ganz knapp am Rande des *„sich Suicidierens"* entlangzuführen.

Wie pervers ist das denn!? Und er schreibt *sich Suicidieren*, so was Blasiertes. Als ob es irgend *chique* wäre, oder vielleicht *en vogue?*

Weiter schwadroniert er, froh zu sein, diese Beziehung beendet zu haben, es habe gegen Ende zu sehr an der ihm so wichtigen Ästhetik gemangelt.

Ob dies wohl dieselbe Frau ist, die ihn angeblich belästigt hat?

Ha. Davon träumt der doch, dass ihn eine Frau *belästigt!*

Er habe zwar gelegentlich Frauen das Herz herausgerissen, doch diesmal hätte es sich in Seichtigkeit aufgelöst. Nunmehr sei er ohnehin nur noch marginal an Bekanntschaften interessiert.

Weil er glaubt, mich am Haken zu haben? Mag sein. Dieser Kretin. Erfreut sich sichtlich an den zu Recht empörten Reaktionen. Denn aufgebracht wie selten jault die Gemeinde auf ob seiner widerlichen Selbst-Enthüllungen, deren Wahrheitsgehalt nicht zu unrecht angezweifelt wird. Und ich danke, wem auch immer, für die späte Einsicht, dem damaligen Spektakel ein Ende gemacht zu haben. Wer weiß ... Ob ich es soweit hätte kommen lassen – an den Rand des *Suicides*? Wäre ich jetzt das bedauernswerte Opfer seiner kranken Phantasie? Wie viel seiner Geschichten ist überhaupt Phantasie, wie viel real? Sollte es real sein, was sind das für Frauen, die so mit sich umspringen lassen? Und ist dieser Mann nicht gefährlicher, als ich es jetzt wahrhaben will?

In früheren Auseinandersetzungen ist er immer dann eingeknickt, wenn der Widerstand nur entschieden, fundiert und vor allem konsequent genug war. Dann sackte er zusammen, als hätte man dem aufblasbaren Auto-Piloten aus dem *Verrückten Flugzeug* den Stöpsel herausgezogen. Dann schien er lediglich eine Attrappe zu sein. Und Attrappen sind in Wahrheit harmlos.

Und wieder einmal bin ich im Chat diese aufreizende Brünette, sitze auf meinem Bett, hab nichts an, als den Fernseher und ein geblümtes Badetuch, im Gesicht eine grüne Creme-Maske, dazu einen Handtuchturban. Wirklich unwiderstehlich. Fast hätt' ich die Skisocken vergessen. Ich trage sie häufig nach dem Bad gegen kalte Füße. Wenigstens dufte ich unwiderstehlich.

Im Chat habe ich mittlerweile eine neue Bekannte, die sich irgendwie an mich ranrobbt. Sie nennt sich *Manu* und schrieb mir zunächst Me-too-Mails wegen meiner letzten Beiträge zum Borderline/Suizid-Strang. Später sprach sie mich im Chat an und war nicht dran zu hindern, mir Bilder von sich zu mailen. Die Kleine ist ziemlich neu in der Com und auf der Suche nach Chatfreundschaften. Ihr Freund lebt in einer anderen Stadt und sie langweilt sich abends zu Hause, erzählt sie. Nun chatte ich auch hin und wieder mit ihr, bevor Roman hereinkommt. Ich werde den Eindruck nicht los, dass diese *Manu* weniger naiv ist, als sie tut. Einerseits schwärmt sie mir von ihrer perfekten Beziehung zu ihrem Freund vor, doch dann versucht sie mich über andere Com-Mitglieder auszufragen. Auch über Roman. Sicher, er ist eine schillernde Gestalt. Was mich an *Manu* stutzig macht, ist ihre traumwandlerische Treffsicherheit, was Fragen über Roman angeht. Es scheint, als wüsste sie genau, wonach es sich zu fragen lohnt. Entweder, sie trifft rein zufällig ins Schwarze, oder sie verfügt über eine beachtliche Menschenkenntnis oder vielleicht über noch ganz andere Kenntnisse, oder ich sehe Gespenster. Außerdem versorgt sie mich ungefragt mit unappetitlichen Details über die Person, die Roman angeblich kürzlich verlassen hat. *Dreaming75* soll sie sich genannt haben, na spannend. Wer das wohl ausgerechnet der *Manu* auf die Nase gebunden hat? Roman habe sich sehr um *Dreaming75* gekümmert. Sie habe ihm alles von sich erzählen müssen. Ihre Kindheit, die Pubertät, das erste Mal, der erste Freund, der zweite – alles. Auch ihre Gewichtsprobleme und die Narben auf den Unterarmen hätte sie ihm nicht verschwiegen. So einen verständnisvollen Mann habe *Dreaming75* noch nie getroffen. Und Roman hätte versprochen, ihr zu helfen, wieder gesund zu werden. Sie müsse ihm nur vertrauen und tun, was er sagt.

Bald hätte er sie besser gekannt, als sie sich selbst, weiß *Manu* zu berichten. Er habe ihr gesagt, was sie zu tun und zu lassen hatte. Auch wenn seine Anweisungen ihr manchmal unsinnig vorgekommen seien, habe sie alles gewissenhaft befolgt. Zunächst sollte sie ihren Job bei einer Fast-Food-Kette kündigen und im Lager eines Großbetriebes anfangen. Wegen der Kunden, wie er sagte. Er wünsche nicht, dass sie täglich von so vielen Menschen angesprochen und manchmal sogar belästigt wird.

(M_f_G) manu, warum erzählst du mir das eigentlich alles?
(Manu) na ich finde das eben echt schräg. du kennst doch diesen Listen2Me, oder?
(M_f_G) nee manu, ich kenn den gar nicht. und hab auch nicht vor, das zu ändern.
*(Manu) stell dir nur vor, der hatte mit der dreaming jede nacht T6 *weia**
(M_f_G) bitte was? ich kenne nur F6 …
*(Manu) na telefonsex *ggg* er hat ihr so heisses zeug ins ohr geflüstert und sie musste es sich dabei selber machen. wenn er gehört hat, wie sie stöhnt, war er mit ihr zufrieden *rotwerd**
(M_f_G) telefonsex. na wahnsinn. und das hat die dir alles genau so erzählt??
(Manu) ja! echt wahr!
(M_f_G) aha.
*(Manu) sie mußte sich auch so wäsche kaufen, dessus oder so. netzstrümpfe und einen ledermini in so einem sex-shop … und sogar einen vibrator!!! *weia**
(M_f_G) sachen gibt's.
(Manu) und in den klamotten mußte sie dann in die stadt gehen, aber ohne slip und die rolltreppe im kaufhaus hoch fahren. abends sollte sie ihm dann erzählen, wie sie sich gefühlt hat, ob es sie erregt hat usw.
*(M_f_G) wie aufregend … *gäääähn**

*(Manu) und fotos musste sie mailen, nacktfotos, aber nicht was du jetzt denkst *ggg**
(M_f_G) was denkst du denn, denk ich denn?
*(Manu) na keine bilder mit ihren titten drauf, sondern bilder von wo man sonst nicht fotografiert … *hüstel* MÖSEN-bilder musste sie ihm mailen sogar MIT dem teil aus diesem sex-shop *psst**
(M_f_G) na wers braucht. aber mal ehrlich, sie „musste"? die kannte den knilch doch gar nicht. sie WOLLTE, so wird wohl eher ein schuh draus
(Manu) na was hättest du denn gemacht, wenn einer dir mit sowas kommt?
(M_f_G) ich hätte mich 1. schlapp gelacht und 2. hätte ich ihm mitgeteilt, dass er sich wieder melden soll, wenn er aus der pubertät raus und in der realität angekommen ist
*(Manu) *lol* so cool ist die halt nicht*
(M_f_G) glaub ich unbesehen
(Manu) aber irgendwie muss es auch geil gewesen sein und voll aufregend. kann ich mir jedenfalls vorstellen
(M_f_G) sicher, sicher … vorstellen kann man sich ja einiges
(Manu) nach einer weile wurde der typ dann aber richtig fies zu ihr, obwohl er wusste, wie sie so drauf ist und dass sie ihn doch braucht und so
(M_f_G) manu, wenn du mich fragst, war er schon von anfang an fies zu ihr gewesen. der hat sie doch verarscht.
(Manu) nein, das kannst du nicht so sehen. das war eine ganz romantische und tiefe beziehung
(M_f_G) beziehung?!? manu, die haben sich NIE gesehen. und sie hat für den kerl sogar ihren job aufgegeben. wie schräg ist das denn, bitte? die hat wie ein dackel alles gemacht, was der wollte. wenn du mich fragst, ist das ausnutzen einer emotional abhängigen und labilen person. der hat sie nach strich & faden manipuliert.

… mich hat er auch manipuliert. Und das war gar nicht schwer, denn ich hab mich manipulieren lassen.

(Manu) er hat sie geliebt! jedenfalls am anfang …
*(M_f_G) klar, manu, dream on *fg* und wie gings weiter?*
(Manu) er hat sie dann irgendwann „entlassen", weil sie ihm langweilig wurde.
(M_f_G) ENTLASSEN?!? na danke schön! und sie?
(Manu) war fix und fertig, ist ja logisch. ich glaube, sie wollte ihn dann irgendwie überreden, es noch mal mit ihr zu versuchen

(M_f_G) ... hatte keinen stolz, die frau
(Manu) oh doch. die war sogar sehr stolz ...
*(M_f_G) alles klärchen, manu *ggg* ich finde die story wirklich panne. und was ist aus dieser dreaming nun geworden?*
*(Manu) keine ahnung. hat sich abgemeldet. *schulterzuck**
(M_f_G) besser so. kann dir und mir ja auch egal sein.
(Manu) stimmt. ich bin ja super glücklich in meiner beziehung :-)
(M_f_G) fein
(Manu) und wie isses mit dir?
*(M_f_G) passt schon *g**
(Manu) der Listen2Me hat ja auch wieder eine, weiß nur keiner, wer die ist
(M_f_G) wie kommste da drauf?
(Manu) na haste die anzeige nicht gelesen? „danke, ich suche nicht" das ist doch eindeutig
(M_f_G) hm, wenn du meinst ... ich lese keine anzeigen
Chatbot: WilmaTell betritt den Raum Kaminzimmer
(M_f_G) wilma!!! grias di!
*Du flüsterst zu WilmaTell: dich schickt der himmel! manumaus schwätzt mir ein loch in den kopf *fg**

Wie ich diese Indiskretionen hasse. In der virtuellen Welt kann man niemandem trauen. Wieweit man allerdings in der realen Welt Menschen trauen kann, wäre die nächste Frage. Real sieht man zumindest, ob der- oder diejenige wirklich existiert, wirklich Mann oder Frau ist.

Jedenfalls erzähle ich dieser komischen *Manu* nichts Wichtiges und vor allem nichts Wirkliches von mir. Inzwischen bin ich selbst schon zum Fake mutiert. Dieses Medium kann einen krank machen. Man darf es auf keinen Fall zu ernst nehmen. Es ist und bleibt ein Spiel. Selbst Schuld, wer das nicht für sich realisieren kann und sich in den Maschen dieses Netzes verfängt.

Immer noch bekomme ich die Anrufe. Auch wenn ich häufig das Handy ausschalte, gebietet mir inzwischen meine Kreativität, an Texten und Haltung zu arbeiten. Hysterie, Heulen und die Polizei sind vom Tisch. Schließlich soll er sich nicht langweilen. Der momentane Trend gestaltet sich wie folgt:

„Was soll das, Sie Trottel. Wenn Sie einen Funken Verstand haben, dann lassen Sie das bleiben. Sehen Sie mal, Sie verschwenden Ihr Geld und meine Zeit."

Oder sächsisch „Erotikcenter, Ehrenfriedersdorf-Ost. Was

kann ich für sie tun?"

Oder auch „Mutti? Bist du das? Hier ruft immer ein fremder Mann an. Was soll ich nur machen. Mutti? Sach doch was!"

Letzteres natürlich mit Kinderstimme vorgetragen und am späteren Abend leicht gelallt, versteht sich.

Auf diese Weise kann er seinem Bedürfnis nach fernmündlicher Kommunikation frönen, während ich zeitgleich mit ihm chatte, und er sich nur zwei Etagen unter mir befindet. Und tatsächlich schreibt er jedes Mal bevor er anruft brav *„mompls"*, sprich *moment please*. Ein Possenspiel. Wer glaubt einem das ... niemand. Selbst Andy, der für einiges zu haben ist, würde mir davon keine Silbe abkaufen. Wenn ich es recht bedenke, ich selbst glaub's auch nicht. Es fühlt sich an wie ein seltsamer Traum, ein Räuber-und-Gendarm-Spiel, aus dem ich hoffentlich alsbald erwachen werde. Denn langsam bin ich mit meinen Kräften am Ende. Die Arbeit, dann immer noch die Anrufe, die Kamera, die Möglichkeit für Roman, jederzeit in die Wohnung einzudringen. Überdies das nächtliche Chatten. All das beansprucht mich mehr, als ich mir eingestehen will. Langsam muss es ein Ende haben. Meine drei Rollen werden langsam zu viel. Am Tage im Büro genieße ich die Normalität des Alltags. Aber abends jongliere ich zwischen mir als alkoholgefährdetem Nervenbündel, der Sexbombe *M_f_G* und nicht zuletzt mir selbst. Wenn das so weiter geht, werde ich bald eine angemessene Medikation benötigen. Irgendwelche Wiederaufnahmehemmer. Wiederaufnahme hemmen, gute Sache.

Erfreulicherweise entwickelt sich alles ganz nach Plan. Und folgerichtig schlägt Roman bald ein Treffen vor. Aber ich lasse ihn noch einige Tage zappeln. Auch diesmal versucht er, mit emotionalem Druck und Ultimaten, einen baldigen Termin zu erpressen. Man dürfe den magischen Augenblick nicht versäumen, wir seien doch füreinander bestimmt etc. pp. Und mich covern lassen, also eine dritte Person zu meiner Absicherung hinzuziehen, müsse ich eh nicht. Was wäre das für ein schäbiger Vertrauensbruch, wir sind doch integere, erwachsene Leute mit Stil, nicht wahr?

Doch diesmal zieht das nicht. Ich bestimme, wann sich getroffen wird und niemand anders.

Mit *M_f_G* hat er es wirklich nicht leicht. Ein harter Brocken, aber gerade deshalb interessant. Eine Beute, die zu jagen sich lohnt. Dass er gar nicht der Jäger ist, er weiß es nicht. Noch nicht.

Schließlich willige ich in das Treffen ein.

Am Samstag wird es also soweit sein. Wir werden uns treffen, genauer gesagt, Roman glaubt, Riccarda in Berlin zu treffen, denn diese hat einen geschäftlichen Termin dort, so die Legende.

Als Treffpunkt ist ein übersichtlicher Ort in der Vorhalle eines großen Bahnhofes vereinbart, den ich aus einem Café im Innern des Bahnhofsgebäudes bestens im Auge behalten kann. Er wird Riccarda aus Richtung Taxistand erwarten. Ich kann von der anderen Seite überraschend und effektvoll auftauchen. Am Samstagabend werden nicht viele, aber genug Menschen dort unterwegs sein. Ein optimaler Platz für den zweiten und hoffentlich endgültigen Showdown.

Ich hatte die Zugverbindungen Leipzig-Berlin gecheckt und einen Termin gewählt, an dem Roman bis zur nächsten Rückfahrmöglichkeit zwei Stunden würde warten müssen. Das verschafft mir einen entscheidenden Vorsprung. Ich werde mit dem Auto zwei Stunden vor ihm wieder in Leipzig sein. Dann ist auch der perfekte Zeitpunkt für die Polizei gekommen. In diesen zwei Stunden wird die Kamera gefunden und die Wohnung im Parterre durchsucht werden und Frau Dorn wird ihre Zeugenaussage machen.

Die drei Tage bis Samstag verbringe ich nahezu in Trance. Es ist das Adrenalin der Anspannung, das mich in diesem Schwebezustand hält. Bald wird es vorbei sein, bald. Dann hab ich endlich mein langweiliges Leben wieder, das ich noch vor Monaten so wenig zu schätzen wusste. Endlich werde ich die unrühmlichen Kapitel „Roman I und II" zu den Akten legen können. Was für eine herrliche Erleichterung. Ich werde Kartoffelsalat machen und in den Urlaub fahren. In den Süden oder zu Judith oder beides hintereinander, mal sehen.

Es wird Zeit, meinen Auftritt vorzubereiten. Was werde ich anziehen? Vor allem, was werde ich sagen?

In Gedanken dekliniere ich alle möglichen Varianten der Begegnung durch, optimiere die Texte, sehe die Szene schon vor mir. Das wird großes Kino …

Ich trage hohe Schuhe, klar. Einen Hosenanzug, den leichten, langen Mantel darüber. So werde ich plötzlich, wie aus dem Nichts, vor ihm stehen. Und dann bekommt er das Go.

„DU?" Er wird sehr überrascht sein.

„Ja, Roman. Ich. Da staunst du Bauklötze."

„Was …?"

„Du erwartest Riccarda. Ich weiß. Sie steht vor dir."

„Wie? Ich versteh nicht recht …“

„Ich bin Riccarda. Deshalb hat Riccarda auch nie mit Dir telefoniert. Riccarda war eine schöne Rolle, sie kam recht authentisch rüber, nicht wahr? Und du Loser hast es nicht bemerkt, trotz deiner Kameras, der Schnüffelei in meiner Wohnung. Du hast dich angestellt wie ein Vollidiot. Du Anfänger. Wie dämlich du als Handwerker ausgesehen hast. Zum Brüllen komisch.

Weißt du, wenn du es mit mir aufnehmen willst, musst du früher aufstehen.“

„Das glaub ich nicht …“

„Glaub es nur. Es ist vorbei, Roman. Du wirst mich nicht mehr bespitzeln, du wirst aus Leipzig verschwinden, du wirst aus meinem Leben verschwinden. Endgültig.“

„Du bist Riccarda …?“

„Ganz recht. Ich hab dich die letzten Wochen hübsch an der Nase herumgeführt. Verarscht, Roman. du glaubtest, die Fäden in der Hand zu haben. Was für ein kurioser Irrtum.

Sag mal, hast du eigentlich wieder nasse Klamotten dabei?

Egal, ich will es nicht wissen.

Es ist vorbei, Roman.“

Ich werde ihn stehen lassen. Er wird mir vielleicht was Blödes hinterherrufen.

Ich werde ins Auto steigen, nach Hause fahren und die Polizei verständigen. Wenn Roman zwei Stunden später ankommt, wird er schon erwartet werden.

Und am Sonntag pack ich meine Sachen und bin raus …

Samstag. Endlich. Ich stehe früh auf. Ich habe am Vormittag noch einen Friseurtermin. Wenn schon, denn schon. Die Haare werden um einiges kürzer geschnitten und gefärbt. Ein warmes Honigbraun und ein neues Styling, ich bin sehr zufrieden. Noch beim Friseur, einem guten Bekannten, zieh ich mich um, werfe Jeans und T-Shirt in den Kofferraum und fahre direkt nach Berlin.

Die Autobahn ist frei. Ich bin überpünktlich und fahre noch ein wenig spazieren. Wie schnell diese Stadt sich verändert. Sie überrascht mich immer wieder.

Schließlich wird es Zeit. Sorgfältig suche ich einen Parkplatz. Dann schlendere ich in das Bahnhofsgebäude, kaufe die hiesige Abendzeitung. Es ist noch eine halbe Stunde Zeit. Im Café setz ich mich an einen kleinen Tisch, von dem aus ich die ganze Halle beobachten kann. Essen kann ich nicht, nehme aber einen Tee. Er schmeckt wie immer – nicht besonders gut. Auf die Toilette sollte ich auch noch mal gehen. Dann warte ich, blättere in der Zeitung, ohne wirklich etwas lesen zu können. Die Minuten ziehen sich hin. Bald müsste der Zug einfahren. Dann wird Roman aussteigen. Er muss sich orientieren und den Treffpunkt suchen. Das dauert wieder fünf Minuten. Oder zehn? Warten. Kalte Hände. Wenn er kommt, lass ich ihn noch ein Weilchen schmoren. Zehn Minuten mindestens. Man gönnt sich ja sonst nichts.

Warten.

Jetzt, eine Durchsage, der Zug hat Einfahrt.

Noch wenige Minuten.

Ich bin ruhig. Jedenfalls äußerlich.

Der Zug muss ziemlich leer gewesen sein. Es kommen nur wenige Menschen in die Halle. Sie eilen hinaus zu den Taxis, Bushaltestellen und Parkplätzen.

Da. Dort hinten, das könnte er sein. Ja. Er ist es. Ist offensichtlich dicker geworden. Hat den Trolly dabei, den Mantel an. Wie im Drehbuch, geht doch! Ich muss schmunzeln.

Er schaut sich um, ah, dort, diese überdimensionale rot-blaue Fahrplanfigur muss der Treffpunkt sein. Mit großen Schritten steuert er ihn an, bleibt schließlich stehen, steckt sich eine Kippe an und stolziert herum wie ein kleiner Italiener-Hahn. Ein Kerl aus dem Regal „Hoppla, hier komm ich". Ein Linksfahrer auf der Rolltreppe.

Ich spüre das Adrenalin aus der Magengegend strömen. Noch zehn Minuten. Ich beobachte ihn, wie er suchend da steht, raucht, sich umschaut und seine Grandezza probt. Irgendwie reckt er die Nase hoch. Kleine Männer haben gelegentlich diese Angewohnheit, um größer zu erscheinen. Er raucht mit ausschweifenden Gesten. Ein Gockel. Das ist der Mann, der mich seit Wochen bespitzelt hat, der zwei Kameras installierte, meine Wohnung und Post durchsuchte, ja sogar in meine Stadt, in mein Haus zog. Und gleichzeitig im Chat eine Liaison mit mir anbahnte. Wer weiß, was zur Zeit unserer ersten Begegnung alles parallel ablief.

Es ist Zeit. Ich zahle, ziehe den Mantel über. Ein Pärchen kommt herein. Ich trete an den beiden vorbei hinaus in die Halle. Einige Menschen eilen oder schlendern an mir vorüber. Nervös gockelt Roman Richtung Bahnhofsvorplatz. Gegenüber, neben dem Eingang, lungern einige Punks mit ihren Hunden und Sixpacks herum. Eine kleine abgefressene Punkerin oder eher Gothic-Maus eilt aus Richtung der Bahnsteige quer durch die Halle. Komisch, sie steuert eher auf die Fahrpläne zu, als auf die anderen Punks. Ob sie wohl verreisen will mit ihrem putzigen Sarg-Täschchen? Jetzt bemerkt Roman die kleine, schäbige Pissnelke und scheint zu erschrecken. *Was machst du denn hier?* Lese ich von seinen Lippen. Die Kleine redet auf ihn ein, gestikuliert und scheint zu heulen. Roman ist anscheinend wütend. Beide schreien sich an. Ich höre zwar nur Wortfetzen, aber offenbar soll sie schleunigst verschwinden. Verzweifelt schüttelt sie den Kopf, rudert flehend mit den Armen. Unauffällig schlendere ich weiter, um sie von vorn sehen zu können und setze vorsichtshalber die Sonnenbrille auf. Das sieht zwar hier wirklich albern aus, aber egal jetzt. Man hört die beiden nun deutlich zetern.

„Warum tust du mir das an? Das kannst du doch nicht machen“, jammert die Kleine.

„Verschwinde, du billiges Flittchen! Schau dich nur mal an!“, keift Roman.

Das zerzauste Mädel kommt mir irgendwie bekannt vor. Wo hab ich die schon mal gesehen? Auf einem Foto? Plötzlich erkenne ich sie: Das ist ja *Manu*! Wie kommt die denn hierher? Und woher weiß die ... ??? Langsam dämmert's ... das ist nicht nur *Manu*, das muss auch *Dreaming75* sein.

Roman wird ihr gegenüber mit dem Date heute angegeben haben. Und ich hatte auch erwähnt, heute in Berlin zu sein ... Diese kleine, gerissene Vogelscheuche hat sich blöd gestellt und mich die ganze Zeit verarscht!

Jetzt packt sie Roman verzweifelt am Revers, zerrt daran herum. Aber er schiebt sie weg und verpasst ihr eine schallende Ohrfeige. Doch sie lässt sich nicht abschütteln, trommelt mit ihren Fäustchen gegen seine Brust und jammert, dass sie ihn liebt und ohne ihn nicht mehr leben will. „Dann lass es eben, aber belästige mich nicht weiter!“

Er stößt sie brutal von sich. *Manu* fliegt krachend auf den Steinfußboden und rutscht noch einen Meter weiter inmitten des herumpurzelnden Inhalts ihres Täschchens. Kurz ist zu sehen, dass sie unter ihrem Ledermini kein Höschen trägt. Doch eine Platzwunde am Kopf zieht schnell die Aufmerksamkeit auf sich. Es blutet schlimm. Inzwischen sind schon einige Reisende stehen geblieben und gaffen. Aus Richtung der Punks kommt eine leere Bierdose geflogen und trifft Roman direkt am Kopf.

„Lassen Sie das, Sie impertinentes Subjekt!“, keift dieser mit sich überschlagender Stimme. Jetzt stehen die Punks auf, einer nach dem anderen. Eine abgefuckte Irokesin ist bereits bei der wimmernden *Manu*, versucht sie zu beruhigen und wischt mit einem nicht ganz frischen Tempo an ihrer Stirn herum. Eine zweite klaubt *Manus* verstreute Habseligkeiten inklusive Kleingeld zusammen. Entsetzen und Nächstenliebe stehen einer betroffen glotzenden Öko-Kartoffel direkt ins Gesicht geschrieben. Sie wirft gleich einen Euro dazu – damit *Manu* sich einen Slip kaufen kann? – und enteilt angewidert, aber reinen Gewissens. Asiatische Touristen machen Videoaufnahmen mit ihren winzigen Handys und werfen nun auch mit Kleingeld, wahrscheinlich als Gage für diese bizarre Darbietung, während die anderen Punks einen immer enger werdenden Kreis um Roman bilden. Der steht keifend und zeternd in der Mitte:

„Was wollen Sie von mir? Wollen Sie mein Geld? Lassen Sie ihre Finger von mir, Sie widerlicher Schmutzfink. Ich bin ein unbescholtener Bürger eines freien und überdies demokratischen Staates! Ich habe Rechte! Sind Sie überhaupt befähigt, das zu antizipieren?"

„Anti... wat?"

„Ich habe es in keinster, hören Sie, in *keinster* Weise nötig, mich von solch arbeitsscheuem Abschaum wie Ihnen belästigen zu lassen. Da habe ich es schon mit ganz anderen aufgenommen, als mit Ihnen, mit ganz anderen, verstehen Sie? Sie unverschämter Rüpel! Das gebe ich Ihnen zur Not auch schriftlich, falls Sie überhaupt lesen können!"

„Man haut keene Damen, du Scheißkerl. Hat deine Mutti dir det nich jelernt, du Feife?"

Ein Filzkopf kippt Roman sein Bier ins Gesicht. Ein anderer fängt an, ihn zu schubsen. Unter den Augen nunmehr etlicher Gaffer kegeln die Punks den hilflos protestierenden kleinen Mann im zerknitterten Mantel zwischen sich im Kreise herum.

„Contenance, meine Herrschaften! Das führt eindeutig zu weit ... bitte ... lassen Sie das doch. Auch meine Geduld hat Grenzen! Ich bin Bürger der Europäischen Union! Hier gelten die Menschenrechte. Im Übrigen auch für sowas wie Sie, was an sich bereits so erstaunlich wie beklagenswert ist. Doch leider bringt die Demokratie, wie man mal wieder sieht, einiges an Unbill mit sich. Und ich habe auch gar kein Geld."

Die Punks verstehen Bahnhof.

„Alda, wat labert der Gnom da eijentlich?"

„Is doch Ladde ...“

„Halt keene Volksreden, Opa, un entschuldje dir bei die Kleene da.“

„Finger weg, Sie Prolet!”

Ich glaube zu erkennen, dass einer Roman was in die Manteltasche schiebt, kann aber auch eine Täuschung sein.

Inzwischen sind bereits ein Ärmel seines „Designer“-mantels halb aus- und sämtliche Knöpfe abgerissen. Die Brille sitzt auf Halbmast. Ein garstiger kleiner Punk-Köter mit Totenkopfhalstuch hat sich übel knurrend in Romans Hosenbein verbissen. Der zweite Köter, ein schwabbeliger brauner, beschnuppert ausgiebig Romans Koffer und hebt schließlich das Bein.

„Pfui! Aus! Stalin ... du olle Dreckstöle!“, ruft die rot-grün toupierte Irokesin ihr inkontinentes Flohtaxi vergeblich zur Ordnung.

Ein älterer Herr in Trachtenjanker ruft:

„Jemand muss die Polizei holen, die Polizei!“

„Genau, die Polizei“ echot seine blonde Holde mit brüchigem Sopran.

Konsterniert stehe ich mit meiner lächerlichen Sonnenbrille inmitten der Gaffer, im Hirn einzig die Worte *„Kinder! So kann ich nicht arbeiten!“*. Was immer jetzt noch passiert, mein Plan ist gefloppt, die wochenlange Vorbereitung, die ausgefeilte Logistik und wundervoll geplante Inszenierung – alles im Eimer. Da endlich kommt die Polizei. Die ganze Mischpoke wird zunächst zur Ruhe gebracht. Irgendwann kommen eine *grüne Minna* und ein Krankenwagen. Sämtliche Protagonisten werden entsprechend verarztet. Dann ist der Spuk vorbei, und ich sehe den Satz von Joseph Beuys in neuem Licht: Die Mysterien finden im Hauptbahnhof statt.

Ich muss nach Leipzig und zwar schnell. Plan B muss her. Die Autobahn ist frei. Vermutlich werden sie Roman über Nacht in Gewahrsam behalten. Wenn ich es recht gesehen habe, hat der eine Punk ihm Drogen zugesteckt. Die Formalitäten und Befragungen, die Körperverletzung und die möglichen Drogen sollten für mindestens diese eine Nacht reichen.

Gegen dreiunzwanzig Uhr bin ich in Leipzig. Zunächst Bargeld abheben. Dann rufe ich den Vierundzwanzig-Stunden-Schlüsseldienst, der in einer halben Stunde da sein wird. Zu Hause schraube ich mein Namensschild von der Tür ab und befestige es mit doppelseitigem Klebeband an der Tür im Erdgeschoß über dem handgekritzelten Schildchen „Müller“. Dann setze ich mich auf die Treppe und sehe verzweifelt aus, was wenig Mühe bereitet. Nach langen zwanzig Minuten kommt der Schlüsseldienst. Er will meinen Personalausweis sehen und prüfen, ob ich hier wohne. Dann will er zunächst das Schloss aufbohren. Ich kann ihn mittels Augenaufschlag und fünfzig Euro extra überreden, das Schloss unbeschädigt zu öffnen. Es ist ja kein Sicherheitsschloss. Der Typ kassiert eine unverschämt hohe Summe nebst fünfzig Euro extra und trollt sich. Ich betrete die Wohnung. Sie ist fast leer. Es stinkt auch nach Rauch. Im Wohnzimmer liegt eine Matratze mit einem versifften Spannlaken drauf und einer schäbigen Wolldecke. In der Mitte ein Campingtisch mit dem Computer. Ich streife meine von oben mitgebrachten Putz-Gummihandschuhe über und bewege vorsichtig die Maus. Ha! Er hat den Rechner nicht ausgeschaltet, das erleichtert einiges. Der Bildschirm leuchtet auf. Ich setze mich auf die hochkant stehende Bierkiste und orientiere mich zunächst. Unix. Prima. Nein, ich hab kein Interesse, in seinen Daten rumzustöbern, sondern öffne eine neue Console und schaue, unter welchem Benutzer er angemeldet ist. Mit sämtlichen Administratorrechten als *Root*, na klar. Was sonst. Aber der Computer muss noch einen Moment warten. Zunächst präpariere ich die Tür, damit sie nicht zuschlägt, dann tausche ich die Namensschilder wieder aus, reiße die Kamera aus meiner Decke, läute Frau Dorn aus dem Bett „Entschuldigen Sie vielmals und fragen Sie nicht, bitte, ich muss sofort auf ihren Balkon, da ist eine Katze“. Verdattert steht sie daneben in ihrem Flanellnachthemd, als ich die Kamera unter dem Blumenkasten hervorfingere. „Und wo ist nun die Katze?“ „Das erkläre ich ihnen morgen. Gute Nacht. Und: Danke.“ Beide Cams werfe ich auf den Boden vor Romans Computer und nehme seine CD-Box an mich. Sein nachgemachter Zweitschlüssel zu meiner Wohnung liegt direkt neben der Tastatur. Jetzt ist der Computer dran. Sehr sorgfältig gebe ich die Zeichen *rm* für remove, sprich löschen, und *-r /** ein. Das wird den gesamten Inhalt seiner Festplatte löschen, und zwar auf nimmer Wiedersehen. Unix-Daten sind dann nicht wiederherstellbar. Das System läuft danach nur noch mit den Daten aus dem temporären Arbeitsspeicher weiter und zwar nur noch solange, bis man es ausschaltet. Es kann keine Befehle mehr ausführen, denn auch alle System- und Programmdaten sind futsch. Das war‘s dann. Aber Moment, beinahe hätte ich das Wichtigste vergessen. Ich ergänze die Eingabe um einen persönlichen Gruß, den das Kommando *banner* gleich in Blockschrift auf den Monitor platzieren wird:

```
     #####     ###     #      #  #######      ######   #      #  #######  ######
    #         #   #   ##    ##  #            #      #  #     # #          #     #
   #         #    #  #  #  # #  ######      #      #  #    #  ######    #     #
   #  ###   #######  #  ##  #  #            #      #  #   #   #         ######
  #    # #       #  #    #  #  #           #      #  # #   #         #      #
   #####  #      #  #       #  #######      ######   #   #######  #      #

       #        #           #######           #####
      ##      ##           #                 #
     #  #  # #           ######             #
    #  ##  #            #                 #  ###
   #   #  #            #                 #     #
  #       #  #######   #      ########   #####
```

*rm -r /**

Signierte Bücher können versandkostenfrei bei der Autorin bestellt werden: www.anke-behrend.de

Röschen-Verlag

Simon Schweitzer - immer horche, immer gugge

Eines Tages wird Simon Schweitzer, ohne daß er es merkt, mit einer Leiche konfrontiert. Und außerdem sind da noch die zwei bis dato ungeklärten Polizistenmorde an der Startbahn West und Maria von der Heide. Die mit der atemberaubenden Figur.

ISBN-13: 978-3-9809915-0-6 **Preis: 9,30 Euro / SFr. 17.70**

Simon Schweitzer - Geiseldrama in Dribbebach

Eines tristen Tages betritt Simon Schweitzer die Filiale der Teutonischen Staatsbank, um sich über deren widerlichen Gebührenpolitik zu beschweren. Doch dann gerät er unversehens in einen Überfall, der von Anfang an etwas seltsam anmutet und sich gar arg in die Länge zieht.

ISBN-13: 978-3-9809915-1-3 **Preis 9,30 Euro / SFr. 17.70**

Simon Schweitzer - Tod im Ebbelwei - Expreß

Schurkische Kräfte aus Rußland und Italien versuchen, im Apfelweinland Sachsenhausen Fuß zu fassen. Doch haben sie nicht mit dem Widerstand der einheimischen Bevölkerung und dem Ebbelwei-Expreß gerechnet.

ISBN-13. 978-3-9809915-2-0 **Preis 9,30 Euro / SFr. 17.70**

Simon Schweitzer - die Leiche am Eisernen Steg

Alles fängt ganz harmlos mit einer Leiche am Eisernen Steg an. Dann bekommt Laura Roth, seine Untermieterin, Besuch aus Berlin, und Herr Schweitzer wird in einen Fall verwickelt, dessen Wurzeln im Dritten Reich liegen.

ISBN-13: 978-3-9809915-4-4 **Preis 9,30 Euro / SFr. 17.70**

+++Tagesgeschäfte+++

Das vorliegende Buch beruht auf einer wahren Begebenheit, die sich im Umfeld des Autors zugetragen hat. Das couragierte Verhalten eines unbedeutenden Sachbearbeiters entwickelte sich zum wohl teuersten Mobbing-Fall in der Geschichte der Bundesrepublik Deutschland.

Es ist eine Hommage an all diejenigen, die trotz größter Repressalien den Blick für Recht und Unrecht nie aus den Augen verlieren.

ISBN-13: 978-3-9809915-3-7 **Preis 10,00 Euro / SFr. 18,50**